Michael Peinkofer
Spiel der Schatten

Weitere Titel des Autors:

Am Ufer der Styx
Bloodcast
Das Buch von Ascalon
Das Licht von Shambala
Das verschollene Reich
Der Fluch von Barataria
Die Erben der schwarzen Flagge
Die Flamme von Pharos
Die Runen der Bruderschaft
Der Schatten von Thot
Team X-treme

Titel in der Regel auch als Hörbuch und als E-Book erhältlich

Michael Peinkofer

SPIEL DER SCHATTEN

Baumhaus

MIX
Papier aus verantwortungsvollen Quellen
FSC® C014496

Papier: holzfrei Schleipen – Werkdruck, der Cordier Spezialpapier GmbH

Dieser Titel ist auch als E-Book erschienen

Originalausgabe

Die Veröffentlichung dieses Werkes erfolgt auf Vermittlung
der literarischen Agentur Peter Molden, Köln.

Lektorat: Barbara Rumold
Redaktion: Kristin Overmeier
Umschlaggestaltung: Christina Seitz, Berkheim unter Verwendung von Motiven
von shutterstock © Nataljia Hura, © John M Fischer, © MaxyM
Satz: Dörlemann Satz, Lemförde
Gesetzt aus der Minion
Druck und Einband: GGP Media GmbH, Pößneck

Printed in Germany
ISBN 978-3-8339-0245-1

5 4 3 2 1

Sie finden uns im Internet unter www.baumhaus-verlag.de
Bitte beachten Sie auch www.luebbe.de

PROLOG

Es war sein Fund.

Seine Entdeckung.

Seine Erleuchtung.

Zitternd nahmen die langen knochigen Finger den Glutscheit von der Feuerstelle und trugen ihn quer durch das Gewölbe, das keine Fenster besaß und nur eine einzige Tür, die von einem eisernen Riegel verschlossen wurde. Er selbst hatte den Riegel vorgelegt, denn niemand sollte ihn stören im Augenblick des Triumphs.

So lange hatte er nach ihr gesucht, so viele Jahre, dass es ihm bisweilen wie ein ferner, unerreichbarer Traum erschienen war. Viele hatten ihn deswegen verlacht, hohe Gelehrte, Alchemisten, wie er selbst einer war, doch er hatte an seinem Traum festgehalten, ihn unnachgiebig weiterverfolgt.

In zahllosen Bibliotheken hatte er nach Hinweisen gesucht, auf brüchigen Pergamenten und in alten Folianten, hatte tief in der Vergangenheit gewühlt, im Staub von Jahrhunderten, um dem Rätsel auf die Spur zu kommen – jenem Rätsel, das er nun endlich lüften würde. Sechzig Jahre seines Lebens und beinahe sein ganzes Vermögen hatte es ihn gekostet, sie zu finden und in seinen Händen zu halten. Nun jedoch war der Augenblick gekommen, da er ihr Geheimnis endlich lüften würde.

Die Flamme, die er vor sich hertrug, warf flüchtiges Licht auf seine faltigen, an Backobst erinnernden Züge sowie auf die uralten, mit abstrusen Dingen vollgestopften Regale, die die Wände des Gewölbes säumten. In Leder geschlagene Bücher, deren Rücken mit fremdartigen Zeichen versehen waren, gehörten noch zu den gewöhnlichsten Stücken. Es gab auch unzählige Glasflaschen, die mit Flüssigkeiten aller Art gefüllt waren, dazu bizarr geformte Gefäße, in denen tote Käfer, Schlangen, Ratten und anderes Getier eingelegt waren. Und in einem anderen Regal befand sich eine Reihe von Schädeln, die offenbar von Tieren stammten und deren leere Augenhöhlen jede einzelne seiner Bewegungen genau zu verfolgen schienen.

Das Alter machte dem Alchemisten zu schaffen, selbst in einem Augenblick wie diesem. Mit langsamen, schlurfenden Schritten näherte er sich dem steinernen Tisch, der das Zentrum des Gewölbes einnahm und dessen fleckige Oberfläche von den ungezählten Experimenten zeugte, von den Giften und Säuren, die darauf zubereitet worden waren und sich tief in den Stein gefressen hatten.

In dieser Nacht jedoch hatte der Alchemist nur Augen für das Objekt, das in der Mitte des Tisches stand.

Die *laterna*.

Schon ihre ungewöhnliche Kugelform zog die Aufmerksamkeit des Betrachters auf sich, noch ungleich mehr taten es jedoch die kreisförmigen Öffnungen, die die metallene, gelblich schimmernde Oberfläche überzogen und in die gewölbte Glasstücke eingesetzt waren. Lediglich am oberen Pol der Kugel war die Öffnung unverschlossen; durch sie griff der Alchemist ins Innere der Laterne. Mit zitternder Hand führte er den brennenden Scheit an den Docht, der weder von einer Kerze noch von Öl genährt wurde und dennoch sofort Feuer fing.

Ruckartig zog der Alchemist seine Hand zurück, schüttelte den Scheit, damit die Flamme daran wieder erlosch, und warf ihn dann von sich – während er wie gebannt auf die Laterne starrte, die aus sich selbst heraus zu brennen schien. Gleichmäßiges Licht ging von ihr aus, ein gelber Schein, der die umliegenden Regale beleuchtete und dafür sorgte, dass der alte Mann triumphierend die Knochenfäuste ballte.

Gebannt wartete er darauf, dass etwas geschehen würde. Etwas das von solcher Bedeutung war, dass es nicht nur ihn, sondern die ganze Welt verändern würde, die Gesetze der Natur, das ihm die Herrschaft über die Elemente eintragen und ihm dabei helfen würde, das Geheimnis der Schöpfung zu enträtseln …

Doch die Veränderung blieb aus.

Die Laterne leuchtete weiter nur still vor sich hin, ansonsten geschah nichts.

Kein Geheimnis offenbarte sich.

Kein Rätsel löste sich.

»*Non è possibile!*«, rief der Alchemist in seiner Sprache, während er den steinernen Tisch umkreiste und weiter auf die Lampe starrte, die knochigen Schultern hochgezogen und den Kopf lauernd gesenkt, einem Aasfresser gleich.

Sollte er sich geirrt haben? Sollte es die falsche Lampe sein, ein Irrtum wie all die anderen, die er entzündet und die sich als nutzlose Fälschungen erwiesen hatten?

Nein, ein Irrtum war diesmal nicht möglich.

Es war die richtige Laterne, diese und keine andere. Aber warum, in aller Welt, zeigte sich keine Reaktion? Was hatte er nur falsch gemacht?

Seine Aufregung wuchs, seine dürren Hände begannen zu schwitzen, während er sie aufgeregt aneinanderrieb. Er hatte alles getan, was notwendig war, hatte sämtliche Vorbereitungen getroffen – und dennoch geschah nichts.

»*Perché?*«, fragte er leise und raufte sich das wenige Haar, das noch übrig war und in dünnen weißen Strähnen von seinem Hinterkopf hing. »*Perché …?*«

Verzweiflung wollte ihn packen, die Furcht davor, einmal mehr einen Misserfolg zu erleiden und sich womöglich eingestehen zu müssen, dass er sein ganzes Leben lang einem Traum nachgejagt, dass er sein Streben auf etwas gerichtet hatte, das es in Wirklichkeit gar nicht gab.

Viele Jahre hatte er mit der Suche zugebracht, und der Alchemist spürte, wie die Last dieser Jahre an seinem alten, ausgemergelten Körper zerrte. Viel Zeit auf Erden blieb ihm nicht mehr, womöglich war dies die letzte Möglichkeit – und nun sollte sich der Gegenstand, um dessentwillen er nicht nur zum Verräter geworden war, sondern sogar gemordet hatte, als völlig nutzlos herausstellen, als ein weiteres Hirngespinst?

Verzweifelte Wut schoss ihm in die Adern, und für einen Moment verspürte er den Drang, die Laterne einfach vom Tisch zu fegen und zu vernichten. Doch hätte er damit auch alles vernichtet, wofür er sechs Jahrzehnte gelebt und beinahe den gesamten Besitz seiner Familie verbraucht hatte!

Mit Gewalt riss er sich vom Anblick der Laterne los, damit er sie nicht noch länger anschauen musste und womöglich noch etwas tat, das er später bereuen würde – als er sie plötzlich wahrnahm: die Schatten, die über die Wände des Kellergewölbes und über die mit Büchern und Gefäßen gefüllten Regale huschten.

Zuerst glaubte er, dass es seine eigenen Umrisse waren, die er dort sah. Aber das war unmöglich, denn die Schatten waren nicht nur an einer Stelle der Wand zu sehen, sondern buchstäblich überall! Und sie bewegten sich, während er selbst wie angewurzelt stand und ihnen zusah!

Verblüfft drehte sich der Alchemist im Kreis und bewunderte die wundersamen Silhouetten, die sich dort tummelten.

Einen Läufer, der über unsichtbare Hindernisse sprang.

Einen Bauern, der Ähren aus unsichtbarem Getreide schnitt.

Einen Jäger mit Pfeil und Bogen.

Einen riesigen Elefanten, vor dessen schierer Größe der Alchemist zurückschreckte, dazu ein Raubtier, das entfernt an eine Katze erinnerte und geschmeidig umherhuschte.

Zwei Schwertkämpfer, die sich in einem erbitterten Duell befanden.

Und eine Tänzerin, die sechs Arme und sechs Beine hatte und zu deren Füßen sich die Schatten züngelnder Schlangen wanden. Der Alchemist stieß einen Schrei aus und schlug bestürzt die Hände vor das faltige Gesicht, doch schon im nächsten Moment teilte sich die furchterregende Gestalt, und man konnte sehen, dass es sich in Wahrheit um drei Tänzerinnen handelte, deren Silhouetten für einen Augenblick zu einer verschmolzen waren. Umwirbelt von Schleiern, durch die der Laternenschein schimmerte, tanzten sie zu lautloser Musik und gesellten sich zu all den anderen Silhouetten, fügten sich ein in das wundersame Panorama, das den Alchemisten zu allen Seiten umgab und ihn völlig in seinen Bann schlug.

Manch Wundersames hatte er von der Laterne erwartet, aber sicher nicht das! All diese Schatten bewegten sich, als ob sie von Leben, ja von einem eigenem Willen erfüllt wären. Wie war so etwas möglich? Wie konnte eine unscheinbare Lampe dies alles bewerkstelligen?

Begierig darauf, ihr Geheimnis zu ergründen, wandte er sich wieder der Laterne zu – und sah, dass an ihrem unteren Rand, auf dem metallenen Kranz, auf dem die Kugel ruhte, Zeichen sichtbar wurden!

Anfangs waren sie kaum zu sehen gewesen, doch nun, da sich das Metall erwärmte, traten sie deutlicher hervor, gewannen an Kontur und begannen schließlich zu leuchten.

Verschlungene Zeichen waren es, Wörter einer uralten, längst vergessenen Sprache, wie der Alchemist sie noch nie zuvor gesehen hatte – doch noch während er darauf starrte, veränderten sie vor seinen Augen ihre Form, und plötzlich vermochte er sie zu entziffern. Murmelnd begann er, die Worte vorzulesen, eines nach dem anderen.

Sie klangen ebenso fremdartig wie dunkel, hatten etwas Gemeines, Bedrohliches an sich, das dem Alchemisten nicht gefallen wollte. Dennoch schlich er auf leisen Sohlen um den Tisch herum, betrachtete die Lampe von allen Seiten und las die Zeichen vor.

Dann wurde es still in dem Gewölbe.

Die Stimme des Alchemisten verstummte, und einen endlos scheinenden Augenblick stand er nur da und wartete, ohne dass er zu sagen vermocht hätte, worauf.

Dann geschah es.

Die Flamme in der Laterne, die auf rätselhafte Weise Nahrung fand, wechselte die Farbe. Ihr eben noch so warmer Schein verblasste und wurde fahl, nahm eine grünliche Färbung an. Dieses grüne Leuchten steigerte sich, bis es schließlich den ganzen Raum ausfüllte – und in diesem Moment bemerkte es der Alchemist.

Etwas war anders.

Zunächst war es nur ein seltsames Ziehen, das er empfand und von dem er noch nicht einmal wusste, ob es wirklich da war. Es war mehr ein

Gefühl, die plötzliche Überzeugung, diesen Ort verlassen zu müssen, weil er andernorts dringend gebraucht wurde. Und dieser Ort war, so stellte er mit einiger Bestürzung fest – die Laterne!

Auf einmal hatte er das Gefühl, von ihrem Schein unwiderstehlich angezogen zu werden, wie eine Motte vom Licht. Er sann noch darüber nach, was das wohl zu bedeuten hätte, als unvermittelt der Sturm einsetzte.

Als der erste Windstoß kam, fuhr der Alchemist herum, um zu sehen, ob die Tür offen wäre, aber sie war noch immer fest verschlossen und der Riegel lag davor. Woher also rührte der Wind, der sein weites Gewand bauschte und die Laterne flackern ließ? Der über die Regale fuhr und den Jahrzehnte alten Staub fortblies, der Pergamentseiten und kleine Gegenstände mitriss und sie wie welkes Laub über den Boden trieb? Bestürzt erkannte der Alchemist, dass die Laterne der Mittelpunkt des kleinen Orkans war, der sich in dem unterirdischen Gewölbe zusammenzubrauen schien und sich immer noch schneller drehte, ein unheilvoller Strudel.

Der Alchemist streckte die dünnen altersschwachen Arme aus, um sich am Tisch festzuhalten, aber die Kräfte, die die Laterne entfesselt hatte, zogen immer heftiger an ihm, je mehr er sich dagegenstemmte – und plötzlich begann sich sein Körper aufzulösen!

Mit einem entsetzten Aufschrei beobachtete der Alchemist, wie sich das Schwarz seines weiten Gewandes verflüchtigte und in den grün leuchtenden Strudel mischte wie flüssige Farbe, um schließlich von der Laterne aufgesogen zu werden – und im nächsten Augenblick wurde auch der Alte selbst von der Kraft des Strudels erfasst und hinfortgerissen, dem grünen Leuchten entgegen, das aus der Laterne drang – und in dem er in diesem Moment eine verschwommene Gestalt zu erkennen glaubte. Vergeblich versuchte der Alchemist, sich zu wehren. Er wedelte wild mit den Armen, schrie in heller Panik, verwünschte sich für seine Neugier und seine törichte Beschäftigung mit Dingen, die er noch nicht einmal ansatzweise verstand.

Aber es nützte nichts.

Er wurde fortgerissen und verschwand im gleißenden Schein der Laterne. Niemand hörte seine Schreie – und selbst wenn, hätte ihm niemand helfen können, denn aus eifersüchtiger Furcht vor Entdeckung hatte er die Tür zu seinem Laboratorium ja sorgfältig verriegelt.

Und so verstrich diese kalte Novembernacht des Jahres 1587, ohne dass irgendjemand in der Stadt Florenz erfuhr, was in jenen finsteren Gewölben vor sich ging.

1
DER KÖNIG DER NACHT

Dreihundert Jahre später

»Willkommen im Caligorium!

Wer auch immer Sie sind, was auch immer Sie tun – das Caligorium wird Sie überraschen! Ehrenwerte Gentlemen und hochgeschätzte Damen, das Caligorium ist einzigartig! Sehen Sie Dinge, die Sie nie für möglich gehalten hätten, einzigartige Attraktionen, aufsehenerregende Darbietungen der vortrefflichsten Art, wie kein anderes Theater sie bieten kann! Das Caligorium nimmt Sie mit auf eine Reise in längst vergangene Zeiten. Es lässt die Schatten der Vergangenheit wieder lebendig werden und führt Sie an Orte, von denen Sie nicht zu träumen wagten!

Kommen Sie und sehen Sie! Treten Sie ein und staunen Sie, wozu das Genie des Professor Caligore fähig ist! Erleben Sie den fernen Orient in Geschichten aus tausendundeiner Nacht! Leiden Sie mit Othello, dem Mohren von Venedig! Brechen Sie auf zu einer Reise in das dunkelste und schwärzeste Afrika, die inspiriert wurde von den wagemutigsten Forschern und Entdeckern des gesamten Empire – oder lassen Sie sich verzaubern von der geheimnisvollen Aida und den meisterlichen Klängen Guiseppe Verdis! Die Wahl liegt bei Ihnen, ehrenwerte Gentlemen und hochgeschätzte Damen, doch seien Sie stets auf der Hut – was Sie im Caligorium sehen, wird Sie niemals wieder loslassen, eine vortreffliche

Erfahrung, die Ihr Leben verändern wird! Treten Sie näher und kommen Sie herein! Das Caligorium erwartet Sie …!«

Es war eine kalte Novembernacht.

Nebel lag in den Straßen Londons, Rauch drückte von den Schornsteinen und sorgte dafür, dass die gelb-grauen Schwaden, die in den Straßen hingen, so dicht wurden, dass der Schein der Gaslaternen sie kaum noch zu durchdringen vermochte. Die Droschken, die die Straßen auf und ab fuhren, waren nur noch als verschwommene Schemen wahrzunehmen, begleitet vom Geräusch dumpf klappernder Hufe. Feuchte Kälte durchsetzte die von Brandgeruch erfüllte Luft und kroch unter die Kleider – doch keiner der Männer und Frauen, die im weiten Oval des Finsbury Circus aufgereiht standen, wäre auf den Gedanken gekommen, deswegen umzukehren und nach Hause zu gehen. Sie waren nur aus einem einzigen Grund gekommen: um das zu sehen, was der Ausrufer so vollmundig ankündigte.

In einen vornehmen Gehrock gehüllt, einen hohen Zylinder auf dem Kopf und einen Stock in den Händen, mit dem er eifrig gestikulierte, stand der Mann auf einem von zwei Laternen beschienenen Podest, und seine laute Stimme, die sich an Nebel und Kälte nicht im Geringsten zu stören schien, drang bis ans Ende der langen Schlange, die um den halben Platz herum bis hinüber zur Mündung der Bloomfield Street reichte.

»Kommen Sie und sehen Sie mit eigenen Augen, ehrenwerte Gentlemen und hochgeschätzte Damen«, fuhr er mit lauter Stimme fort. »Das Caligorium ist ein Ort der Wunder! Ein Platz sagenhafter Mysterien, wie sie selten geworden sind in dieser Welt! Kommen Sie und staunen Sie! Treten Sie ein und sehen Sie, was das Genie des Professor Caligore bewerkstelligt hat!«

Er hätte nicht so laut zu schreien brauchen.

Längst hatte sich herumgesprochen, dass das alte Theater am Finsbury Circus eine Sensation beherbergte, eine Darbietung von solcher Güte, dass sie selbst die künstlichen Schneestürme und Vulkanausbrüche, die auf den extravaganten Schaubühnen des Londoner West End geboten wurden, vergessen machte. Zu Hunderten drängten die Menschen allabendlich durch die verschiedenen, nach Preisen getrennten Eingänge – und das, obwohl niemand eine rechte Vorstellung hatte von dem, was sich im Theater abspielte, sobald die Lichter erloschen und der Vorhang sich hob. Wer das Theater verließ, war anschließend nicht in der Lage zu schildern, was genau sich dort ereignet hatte, noch nicht einmal die Reporter des »Echo«, des »Daily Chronicle« oder der »Times«, die scharenweise in die Vorstellung geschickt wurden, fanden die rechten Worte, um das zu beschreiben, was auf der Bühne vor sich ging – so andersartig, so unerwartet und so unglaublich schien das zu sein, was es dort zu bestaunen gab. Ein Spektakel der besonderen Art, das längst nicht mehr nur die Bewohner des ärmeren Teils von London anzog, sondern auch immer mehr Besucher aus den wohlhabenderen Stadtvierteln anlockte – entsprechend hatten sich die Eintrittspreise verteuert.

Als das Caligorium öffnete, hatte der Preis für einen Sitzplatz in der niedrigsten Kategorie noch einen halben Shilling betragen. Inzwischen waren es zwei Shillings, und es war abzusehen, dass es sich noch weiter verteuern würde, je mehr Menschen das Panoptikum des Professor Caligore zu sehen wünschten.

Umberto Caligore!

Der Mann, der das Caligorium ins Leben gerufen hatte, war mindestens ebenso geheimnisvoll wie seine Erfindung. Keiner im East End hatte ihn je zu Gesicht bekommen, niemand wusste, wie er aussah. Gleichwohl sah man jede Nacht im obersten Stockwerk des Theatergebäudes Licht brennen. Manche wollten auch eine Gestalt gesehen haben, die dort ruhelos auf und ab ging, und es ging das Gerücht, dass es der Professor wäre, der sich Tag und Nacht den Kopf über immer neue Attraktionen für sein Theater zerbrach und darüber weder Schlaf noch Ruhe fand, ein Getriebener seiner eigenen Kunst und Fertigkeit.

»Treten Sie ein, ehrenwerte Gentlemen und hochgeschätzte Damen! Das Caligorium zeigt ihnen eine andere Welt! Das Caligorium lässt Sie die Wirklichkeit vergessen! Treten Sie ein und sehen Sie mit eigenen Augen, was Worte nicht beschreiben können! Das Caligorium ist so außergewöhnlich, so einzigartig und so erstaunlich, dass nur eine einzige Vokabel dafür existiert: das Caligorium!«

Jemand aus einer Gruppe von Männern, die am Theatereingang und der Schlange der Wartenden vorbeiwollten, lachte laut.

»Sie lachen, Sir?«, sprach der Ausrufer ihn sofort an. »Sie glauben nicht, dass Sie jenseits dieser Pforte wahre Wunder zu sehen bekommen?«

Die Männer blieben stehen. Einer von ihnen, ein grobschlächtiger Hüne, dessen gerötete Nase davon zeugte, dass er dem Gin schon reichlich zugesprochen hatte, trat mit einem breiten Grinsen im Gesicht vor. »Nein, das glaube ich nicht«, bestätigte er mit vom Alkohol schwerer Zunge und starkem irischem Akzent.

»Genau, Shamus, zeig's ihm«, raunte einer seiner Kumpane ihm zu, der ein Landsmann zu sein schien. Vermutlich arbeiteten sie unten an den Docks, wo viele Iren beschäftigt waren.

»Wissen Sie, Sir«, fuhr der erste gedehnt fort, »ich habe schon so ziemlich alles gesehen, was es in Schaubuden zu sehen gibt – Schlangenfrauen, siamesische Zwillinge, Zwergmenschen und sogar solche, die angeblich keinen Kopf haben. Allerhand kurioses Zeug – aber ganz bestimmt keine Wunder.«

»Sie denken, dass dies nichts weiter als eine Schaubude wäre?«, fragte der Ausrufer lauernd von seinem Podest herab, mit einer effektheischenden Geste auf das Theater deutend. Das Gesicht mit dem schwarzen Schnauzbart dehnte sich zu einem Lächeln. »Sie denken, in diesem Hause würden nur geschmacklose Absonderlichkeiten geboten?«

»Nun ja, Sir«, meinte der Ire, »wenn Sie die Dinge so beim Namen nennen, dann fürchte ich, dass ich genau das vermute.« Seine Kumpane klopften ihm ebenso anerkennend wie ermunternd auf die Schulter – doch der Ausrufer ließ sich davon nicht beeindrucken.

»Weit gefehlt!«, rief er mit belehrend erhobenem Zeigefinger. »Was Professor Caligore der staunenden Welt präsentiert, ist ein wirkliches Wunder, ein echtes Mysterium!«

»Klar – und ich bin die Königin von England«, konterte der andere, und er und seine Freunde lachten.

»Sie glauben mir noch immer nicht?« In den Augen des Ausrufers blitzte es. »Dann überzeugen Sie sich selbst, werter Herr! Gehen Sie ins Caligorium! Lösen Sie eine Karte und lernen Sie zu staunen – ich verspreche Ihnen, dass Sie Ihr Eintrittsgeld in voller Höhe erstattet bekommen, sollten Sie von den dargebotenen Wundern nicht absolut überzeugt sein!«

»Ist das Ihr Ernst?«

»Mein voller Ernst.« Der Ausrufer sprang von seinem Podest herab und streckte herausfordernd seine Rechte vor. »Meine Hand darauf, mein unbelehrbarer irischer Freund. Wenn Sie nach der Vorstellung Ihr Eintrittsgeld zurückverlangen, so sollen Sie es bekommen. Aber ich versichere Ihnen, dass Sie von dem, was Sie zu sehen bekommen, so gefangen, so fasziniert sein werden, dass Sie bedauern werden, nicht das Fünffache an Eintritt dafür entrichtet zu haben.«

»Hoho!«, machte der Ire. »Sie nehmen den Mund reichlich voll, werter Herr!«

»Gilt der Handel?« Der Ausrufer hielt ihm noch immer die Hand hin.

»Er gilt.« Unter dem Beifall seiner Kumpane schlug der andere ein.

»Also ist es besiegelt«, bestätigte der Ausrufer, und sein Blick wurde für einen Augenblick so stechend, so durchdringend, dass das überlegene Grinsen aus dem Gesicht des Betrunkenen verschwand.

»I-in Ordnung, Sir«, stammelte er nur.

Der Ausrufer nickte und kehrte dann mit einer eleganten Drehung auf sein Podest zurück. Indem er den Stock in seiner Hand wirbeln ließ, zog er die Aufmerksamkeit sowohl der Wartenden als auch der Passanten wieder auf sich.

»Niemand kann beschreiben, niemand sagen, was im Inneren dieses Theaters vor sich geht. Man muss es mit eigenen Augen gesehen haben. Es ist ein Wunder, es ist Magie! Es ist – das Caligorium!«, behauptete er mit lauter, eindringlicher Stimme, und keiner der Menschen, die vor dem Theater warteten und Einlass begehrten, nahm die dunklen Schatten wahr, die im Schein der Gaslaternen durch den dichten Nebel huschten.

2
SCHLECHTE ZEITEN

»Wenn wir Schatten euch beleidigt,
O so glaubt – und wohl verteidigt
Sind wir dann! –, Ihr alle schier
Habet nur geschlummert hier
Und geschaut in Nachtgesichten
Eures eignen Hirnes Dichten.
Wollt ihr diesen Kindertand,
Der wie leere Träume schwand,
Liebe Herrn, nicht gar verschmähn,
Sollt ihr bald was Bessres sehn.
Wenn wir bösem Schlangenzischen
Unverdienter Weis' entwischen,
So ist es Puck, der lust'ge Geist,
Der Euch seinen Dank erweist.
Ist ein Schelm zu heißen willig,
Wenn dies nicht geschieht, wie billig.
Nun gute Nacht! Das Spiel zu enden,
*Begrüßt uns mit gewognen Händen!«**

Die Aufforderung verhallte ungehört.

Bleierne Stille herrschte im Zuschauerraum des kleinen Theaters an der Holywell Lane. Als der Vorhang nach einem schier endlos scheinenden Augenblick fiel, fühlte Cyn Erleichterung.

Eigentlich liebte sie es, auf der Bühne zu stehen und in die verschiedensten Rollen zu schlüpfen, und Shakespeares »Sommernachtstraum« gehörte zu ihren Lieblingsstücken. Doch in letzter Zeit bereitete ihr das Spiel keine Freude mehr. Denn die Sitze des Theaters, das sich im Londoner Stadtteil Smithfield nahe der Bahngleise zum Bahnhof Broadstreet befand, waren fast alle leer.

Lediglich in den ersten drei Reihen saßen ein paar Leute, aber auch sie sahen nicht so aus, als wären sie wegen des Stücks gekommen, sondern vielmehr, um der kalten Novembernacht zu entgehen, die draußen herrschte. Der schmiedeeiserne Ofen, der in der hinteren Ecke des Zuschauerraumes stand, verbreitete wohlige Wärme. Als sich der Vorhang noch einmal hob und das Ensemble des Theaters, das nur aus fünf Leuten bestand, auf die Bühne trat, war die Reaktion entsprechend zurückhaltend. Nur hier und dort klatschte jemand, ein anderer schnäuzte sich geräuschvoll, wieder ein anderer schien eben erst wach geworden zu sein.

Der Vorhang senkte sich erneut, und Cyn hoffte, dass der gute Albert, der nicht nur der Hausmeister des Theaters, sondern auch verantwortlich für die Bühnentechnik war, Erbarmen zeigen und ihn nicht noch einmal öffnen würde. Sie atmete auf, als der uralte Samt, dem Staub und Motten bereits arg zugesetzt hatten, unten blieb. Trotzdem konnte sie nicht verhindern, dass ihr Tränen in die Augen traten.

Es war nicht gerecht.

Einfach nicht gerecht …

»Nicht traurig sein, Kleines.« Lucy, die neben der Arbeit als Kassiererin und Puppenspielerin auch als Köchin für das leibliche Wohlergehen der kleinen Theatertruppe sorgte, zwinkerte ihr aufmunternd zu. »Es werden schon wieder bessere Zeiten kommen.«

»Meinst du?« Cyn war nicht überzeugt. Mit dem Handrücken wischte sie die Tränen weg, verschmierte dabei die Schminke, die sie als Helena getragen hatte, zusammen mit einem eleganten weißen Kleid, das einst ihre Mutter auf der Bühne getragen hatte, als sie dieselbe Rolle spielte.

»Ganz bestimmt.« Die beleibte Frau aus den Midlands, die zum Ensemble gehörte, so lange Cyn zurückdenken konnte, nickte, wobei ein wehmütiges Lächeln um ihre rosigen Züge spielte. »Weißt du noch, früher?«, fragte sie. »Als wir ›Romeo und Julia‹ spielten und der Applaus gar nicht mehr enden wollte? Als dein Vater Packer beschäftigen musste, damit die vielen Zuschauer überhaupt ins Theater passten? Oder als du deinen allerersten Auftritt hattest?«

»Als Alice.« Cyn nickte. Sie konnte sich gut daran erinnern, wie sie als kleines Mädchen zum ersten Mal auf der Bühne gestanden hatte, mit langen blonden Locken und in einem blauen Kleid, und einem weißen Kaninchen nachgejagt war, das ihr Vater an langen Fäden über die Bühne flitzen ließ. Auch damals waren die Menschen begeistert gewesen, und die Zeitungen hatten geschrieben, dass es eine solch vollendete Illusion, ein solches nahtloses Miteinander von menschlichen Darstellern und Puppen nirgendwo sonst geben könne als im Penny Theatre an der Holywell Lane.

Zehn Jahre waren seither vergangen.

Zehn Jahre, in denen sich viel geändert hatte …

»Nun komm.« Mütterlich legte Lucy den festen Arm um Cyns schmale Schultern. »Ich werde dir eine heiße Milch mit Honig machen, danach kannst du gut schlafen. Und morgen früh sieht vielleicht schon alles anders aus.

Cyn nickte, wenn auch nur aus Höflichkeit. So viele Male zuvor hatte Lucys Hausmittel ihr Trost gespendet – etwa, wenn ihr auf der Bühne ein Fehler unterlaufen war oder sie ihren Text vergessen hatte. Sogar dann, wenn sie wieder einmal an ihre Mutter hatte denken müssen und sie ihr schrecklich gefehlt hatte, hatte der Geschmack von heißer, mit Honig gesüßter Milch dafür gesorgt, dass sich in ihrem Inneren ein Gefühl von wohliger Wärme ausgebreitet und sie sich gleich ein wenig besser gefühlt hatte. In dieser Nacht jedoch würden ihr auch Milch und Honig keinen Trost verschaffen, denn sie wusste bereits, was Lucy und die anderen Angestellten des Theaters noch nicht wussten …

Albert, der ebenso hagere wie krummbeinige Hausmeister, auf den die gute Lucy heimlich ein Auge geworfen hatte, stieg soeben von seinem hohen Arbeitsplatz herab, von dem aus er die Kulissen betätigt und für stimmungsvolle Beleuchtung gesorgt hatte – ohne zu wissen, dass er dies heute zum letzten Mal getan hatte. Sie alle hatten an diesem Abend zum letzten Mal im Penny Theatre gespielt.

Zum allerletzten Mal ...

»Meine Kinder!«

Als sie die Stimme ihres Vaters hörte, wusste Cyn, dass der Moment gekommen war. Sie kannte ihn gut genug, um zu bemerken, dass seine Stimme anders klang als sonst.

Leiser.

Vorsichtiger.

Trauriger.

»Bitte kommt zu mir, meine Kinder«, sagte Horace Pence, der Besitzer des Puppentheaters an der Holywell Lane, und winkte seine Angestellten zu sich heran, die für ihn und Cyn tatsächlich sehr viel mehr waren – ihre Freunde, ihre Familie. So wie das Penny Theatre ihr Zuhause war, ihre Heimat ...

»Was gibt es denn, Horace?« Das Doppelkinn neugierig vorgereckt, trat Lucy näher, Cyn noch immer im Arm. Auch Albert kam und Hank, der die Marionetten von Lysander und Peter Squenz noch in den Händen hielt. Und die schweigsame Nancy, die ebenfalls als Puppenspielerin arbeitete, aber auch für die Kostüme und die Kulissen im Theater zuständig war. Ihre Lippen waren zu einem schmalen Strich zusammengepresst, was die Narbe, die quer über ihr bleiches Gesicht verlief, noch mehr betonte. Vielleicht, dachte Cyn, ahnte sie schon, dass es keine guten Nachrichten waren, die Horace Pence für seine Familie hatte.

Cyns Vater saß auf einer der großen Kisten, die sich hinter der Bühne stapelten und die die vielen Puppen, Dekorationen und Requisiten enthielten, die im Lauf der Zeit zusammengekommen waren – alles, was man brauchte, um die Zuschauer in eine ferne Welt der Fantasie zu entführen.

Sofern sie sich entführen ließen ...

Die Tatsache, dass Cyns Vater noch das Kostüm anhatte, das er als Elfenkönig Oberon getragen hatte, komplett mit der goldfarbenen Krone, die sein schlohweißes Haar bekränzte, verlieh der Situation etwas Unwirkliches. Auch hatte er den Puck noch auf dem Arm, die einzige Bauchrednerpuppe des Theaters, die mit ihrem koboldhaften Äußeren, ihren putzigen, aus Apfelholz geschnitzten Zügen, ihren großen Kulleraugen und ihren kecken Pausbacken einst der Liebling vor allem der jüngeren Zuschauer gewesen war.

Natürlich hatte jeder gewusst, dass der Puck nur eine Puppe war. Aber wenn Cyns Vater ihn spielte, so wirkte es stets, als ob dem nur knapp zwei Ellen großen Waldgeist tatsächlich Leben innewohnen würde, eine eigene Seele. Und das nicht nur, weil Horace Pence die Kunst des Bauchredens meisterlich beherrschte, sondern auch, weil es ihm stets gelang, einen Teil seines eigenen Selbst auf die Puppe zu übertragen.

So kannte Cyn ihren Vater – als einen lebensfrohen, vor Fantasie sprühenden Menschen, der seine Arbeit liebte und sich darüber trotz seiner vielen Lebensjahre eine kindliche Freude bewahrt hatte, die man bei den meisten Erwachsenen vergeblich suchte. Doch an diesem Abend war nichts davon zu sehen – weder in Horace' wässrigen, durch die Gläser einer rundglasigen Brille blickenden Augen noch im Wesen des Puck, der reglos auf seinem Schoß saß und scheinbar ratlos vor sich hin blickte.

»Meine lieben Freunde«, sagte Cyns Vater, als sich alle um ihn versammelt hatten. »Es gibt etwas, das ich euch mitteilen muss. Etwas, dass mir …« Die Stimme brach ihm, und er verstummte, schien um Fassung zu ringen. Auch Cyn kämpfte bei diesem Anblick wieder mit den Tränen, worauf Lucy sie noch ein wenig fester in den Arm nahm und herzlich drückte.

»Was der gute Horace euch zu sagen versucht«, ergriff daraufhin der Puck das Wort, wobei sich nur der Mund der Puppe bewegte, der kleine Körper aber nach wie vor unbewegt dasaß, »ist, dass wir am Ende sind. Das Theater ist pleite. Bankrott. Ende der Vorstellung.«

Der Kobold sprach mit der üblichen putzigen und irgendwie näselnden Stimme, doch niemand lachte. Im Gegenteil – hätte der Puck das Ende der Welt verkündet, hätte die Reaktion nicht heftiger ausfallen können.

Die Zeit schien still zu stehen.

Niemand sprach mehr ein Wort.

Totenstille herrschte.

Cyn war selbst überrascht, wie rasch und unbarmherzig ihr Vater die schreckliche Neuigkeit bekanntgegeben hatte. Aber schließlich war nicht er selbst es gewesen, sondern der Puck, der in vieler Hinsicht freier sprechen konnte. Und ob er sie nun schonend aussprach oder ganz direkt, es änderte nichts am Ergebnis.

»Ist … das wahr?«, fragte Lucy nach einer Zeit, die Cyn wie eine Ewigkeit vorkam.

Horace nickte und blickte zu Boden. Er brachte es nicht über sich, seinen Angestellten in die Augen zu sehen. »Leider«, bestätigte er flüsternd. »Ich habe die Kassenbücher unzählige Male durchgesehen. Mit jedem einzelnen Tag, der verstreicht, wird der Schuldenberg noch größer. Heute Nachmittag bestellte mich Desmond Brewster deshalb zu sich in sein Kontor …«

»Brewster?«, fragte Albert ungläubig. »Du meinst Desmond Halsabschneider Brewster? Den Geldverleiher?«

»Hast du mit ihm etwa Geschäfte gemacht?«, fügte Hank hinzu, dessen kleine Augen sich entsetzt weiteten.

»Scheltet mich nicht deswegen, Freunde«, bat Horace und spielte scheinbar gedankenverloren mit dem Puck. »Ich hatte immer gehofft, dass die schlechten Zeiten irgendwann vorbei sein würden und dass alles wieder werden würde wie früher. Aber alle Hoffnung war vergeblich, alles ist nur noch schlimmer geworden. Deshalb bleibt mir keine andere Wahl, als das Theater zu schließen.«

»Nein!«, rief Albert noch einmal, und er und Hank ballten die Fäuste. »Das lassen wir nicht zu!«

Cyns Vater lächelte schwach. »Ich fürchte, dass uns nichts anderes übrig bleibt, meine Freunde. In der Hoffnung, dass sich alles wieder zum Besseren wenden würde, habe ich eine Schuldverschreibung für das Theater unterzeichnet.«

»Eine Schuldverschreibung?« Lucy sog keuchend nach Luft. »Horace Pence, wie konntest du nur?«

»Wäre es nach der Bank gegangen, hätte ich schon vor einem Jahr schließen müssen. Also habe ich mir bei Brewster Geld geliehen, um das Penny Theatre erhalten und euch weiter bezahlen zu können.«

»Das ist kein Problem«, versicherte Hank. »Wir alle verzichten für eine Weile auf unseren Lohn, wenn wir damit …«

»Zu spät, meine Freunde.« Ein wehmütiges Lächeln spielte um Horace Pence' Mundwinkel. »Schon in wenigen Tagen gehört dieses Theater und alles, was sich darin befindet, Desmond Brewster. Heute war unsere letzte Vorstellung.«

Die letzte Vorstellung!

Wie ein unheimliches Echo schwirrten die schrecklichen Worte durch den Bühnenraum. Natürlich war allen klar gewesen, dass es nicht gut um das Theater stand und es schon wesentlich bessere Zeiten gesehen hatte – nun jedoch mit derartiger Endgültigkeit vor Augen geführt zu bekommen, dass es aus und vorbei war, war für alle ein Schock. Sogar für Cyn, obwohl ihr Vater ihr schon am Nachmittag gesagt hatte, wie es um die Zukunft des Theaters bestellt war. Der letzte Vorhang war gefallen – das war so traurig, dass keiner darauf ein Wort zu sagen wusste. Albert und Hank ließen die Köpfe hängen, Nancy presste die Lippen zu einem dünnen Strich zusammen, bei Lucy flossen jetzt ungehemmt die Tränen.

»Ab morgen«, fügte Cyns Vater leise und resigniert hinzu, »haben wir fünf Tage Zeit, um uns eine neue Arbeit und Bleibe zu suchen.«

»Ha!«, machte Albert. »Als ob das so einfach wäre!«

»Wir könnten zu den Docks gehen«, schlug Hank vor. »Dort werden immer kräftige Männer gesucht …«

»Du kannst das vielleicht«, maulte Albert, auf die Muskelberge deutend, die sich unter den fleckigen Hemdsärmeln des anderen abzeichneten. »Und was soll ich tun, kannst du mir das sagen? Ich glaube nicht, dass sie auf den Docks einen alten Hausmeister brauchen können!«

»Horace«, schluchzte Lucy, die sich mit einem mit Blumenmustern bestickten Taschentuch die Augen trocknete. »Wieso hast du uns das nicht früher gesagt?«

»Weil ich euch nicht beunruhigen wollte.« Zum ersten Mal blickte Cyns Vater auf und schaute sie durch die runden Brillengläser an, seine märchenhafte Kostümierung als Elfenkönig ein krasser Gegensatz zur harten Wirklichkeit. »Ihr seid die einzigen Menschen, die Cynthia und mir auf dieser Welt geblieben sind. Ihr seid unsere Heimat, unsere Familie. Ich hielt es für meine Aufgabe, für euch zu sorgen – aber ich habe schändlich versagt.«

Wieder sank sein Haupt. Nicht nur er, auch der Puck ließ den Kopf hängen – ein Anblick, der Cyn fast das Herz in der Brust zerriss. Dass das Theater geschlossen und sie ihren gesamten Besitz verlieren würden, dass sie womöglich schon in wenigen Tagen ohne Obdach waren, war eine Sache. Ihren Vater jedoch so traurig und niedergeschlagen zu erleben war ungleich schlimmer.

»Du hast nicht versagt«, versicherte sie, trat vor und legte ihm tröstend die Hand auf die Schulter. »Keiner von uns macht dir irgendwelche Vorwürfe, hörst du?«

»Meine kleine Cynthia.« Er sah sie an. Sein Blick war unendlich traurig, sein Gesicht schien um Jahre gealtert. »Ich hatte immer gehofft, dass ich dir dieses Theater eines Tages vermachen könnte, dass du die Familientradition fortsetzen und dein Leben lang das tun könntest, wozu du geboren bist – nämlich auf der Bühne zu stehen und zu spielen. Das alles ist nun verloren.«

»Vielleicht«, räumte Cyn ein, die Tränen tapfer niederkämpfend, »aber das ist nicht deine Schuld.«

»Allerdings nicht«, stimmte Hank energisch zu. »Ich denke, wir wissen alle, woran es liegt, dass niemand mehr in ein Puppentheater gehen will.«

»Das Caligorium«, sagte Nancy, die bislang geschwiegen hatte. Ohnehin kam es nicht oft vor, dass sie etwas sagte – aber wenn, dann pflegte sie stets recht zu haben, so wie in diesem Fall.

»Das stimmt«, pflichtete Albert ihr bei. »Das verdammte Caligorium ist Nacht für Nacht bis auf den letzten Platz ausverkauft, während sich bei uns nur noch Mäuse und Ratten tummeln«, fügte er mit Blick auf den kleinen Nager hinzu, der an einem der Sandsäcke knabberte, mit denen die Kulissen aufgezogen und herabgelassen wurden. »Und dabei vermag noch nicht einmal jemand zu sagen, was genau es in diesem Theater eigentlich zu sehen gibt. Dieser Umberto Caligore scheint ein ziemlich raffinierter Kerl zu sein.«

»Was du nicht sagst, Albert Hucks«, versetzte Lucy säuerlich. »Du kannst ja morgen zu ihm gehen und dich bei ihm vorstellen, wenn er dich so sehr beeindruckt.«

»Aber nein«, verteidigte sich Albert. »Ich meinte nur …«

»Das ist eine gute Idee!«, fiel Horace ihm ins Wort. »Ihr alle solltet euch bei Caligore vorstellen, vielleicht gibt es dort Arbeit für gute Puppenspieler!«

»Aber Vater!« Cyn konnte nicht glauben, was sie da hörte. »Das kann doch unmöglich dein Ernst sein! Wir sollen uns bei unserem ärgsten Konkurrenten vorstellen? Der uns in den Ruin getrieben hat?«

»Warum nicht? Ab morgen, mein Kind, gilt eine neue Zeitrechnung. Wir alle werden uns umgewöhnen müssen. Wer sich also im Caligorium bewerben will, dem stelle ich gerne ein Empfehlungsschreiben aus.«

»Nein, danke«, sagte Lucy.

»Kein Bedarf«, erklärte auch Albert kategorisch.

»Das ist nett von euch.« Horace nickte dankbar. »Aber wir wollen in der Stunde der Niederlage nicht bitter werden, sondern unserem Konkurrenten den Sieg gönnen.«

»Ist das dein Ernst, alter Mann?«, ließ sich in diesem Moment der Puck vernehmen. »Das Caligorium ist doch kein Theater! Dort wird doch nur Mummenschanz und fauler Zauber betrieben und weiter nichts!«

Niemandem in der Runde war zum Lachen zumute – aber als sie sahen, wie sich der kleine Kerl auf Horace Pence' Schoß plötzlich fürchterlich aufregte und drohend das Gebiss mit den beiden großen Schneidezähnen fletschte, da konnten sie nicht anders als zumindest zu schmunzeln. Denn in der Wut des Pucks blitzte zumindest ein klein wenig von jener jugendlichen, fast kindlichen Kraft durch, die den alten Theaterbesitzer so liebenswert machte.

»Die behaupten, dass sie Opern spielen und Stücke von Shakespeare aufführen«, fuhr der Kobold in seinem Lamento fort, »dabei ist alles nur billiger Hokuspokus. Keine Kostüme, keine Kulissen – was für eine Art Theater, bitte sehr, soll das denn sein?«

»Das kann ich dir auch nicht sagen, mein kleiner Freund«, meinte Horace, jetzt wieder als er selbst und mit unverstellter Stimme sprechend. »Ich weiß nur, dass unsere Konkurrenz sehr viel erfolgreicher ist als wir. Wenn es das ist, was die Menschen im Theater sehen wollen, so können wir nichts dagegen tun. Unsere Zeit, so fürchte ich, ist abgelaufen, daran lässt sich nun einmal nichts ändern.«

Die alte Traurigkeit war auf seine Züge zurückgekehrt, sodass Cyn nicht anders konnte, als ihn zu umarmen und ihn sanft auf die bärtige Wange zu küssen.

»Es ist gut, Kind«, sagte er und schloss seinen freien Arm um sie, drückte sie sanft und liebevoll an sich. »Alles wird gut werden, du wirst sehen.«

»Du bist ein schlechter Lügner, Vater«, flüsterte sie, nachdem sie sich wieder von ihm gelöst hatte. Tränen rannen ihr über die Wangen.

»Vielleicht«, gab er zu und blickte sie unter seinen gepuderten Augenbrauen hinweg an. »Aber ich bin ein guter Schauspieler.« Damit erhob er sich von seinem behelfsmäßigen Sitz und wandte sich zum Gehen.

»Wohin willst du?«, fragte Cyn. »Was hast du vor?«

»Nur ein wenig spazieren gehen«, entgegnete er. »Der Puck geht gerne nach der Vorstellung spazieren, wie du weißt.«

»Aber …« Cyn schüttelte den Kopf. Es gab so vieles, das sie ihrem Vater hätte sagen, worüber sie mit ihm hätte sprechen wollen. Aber vor allen Dingen … wollte sie nicht allein sein. »Ausgerechnet heute?«

Ein schwaches Lächeln huschte über Horace' Gesicht. »Nur noch heute«, verbesserte er. »Ein letztes Mal.«

»Gut«, sagte sie. »Aber pass auf dich auf, hörst du?«

»Keine Sorge«, antwortete er und ging in Richtung Garderobe, um sich abzuschminken und umzuziehen. »Der Puck ist ja dabei, er passt schon auf mich auf.«

Cyn nickte und sah ihm nachdenklich hinterher – und für einen Moment hatte sie das schreckliche Gefühl, dass sie ihren Vater niemals wiedersehen würde.

3
RUHELOS

Es wurde ein langer Spaziergang – so ausgedehnt wie die Gedanken, die Horace Pence durch den Kopf gingen, während er durch die nächtlichen Straßen von London ging.

Vorbei an den Bars und Tavernen, in die die Arbeiter und Handwerker ihren hart verdienten Lohn trugen, und den Costermongern*, an deren dampfenden, oft ziemlich streng riechenden Straßenständen man für wenig Geld einen vollen Magen bekam. Die meisten der kleinen Läden, die sich entlang der Commercial Street aneinanderreihten, hatten um diese späte Stunde bereits geschlossen, von den Pfandleihen abgesehen, in die man die eigene Habe tragen und für ein paar Shillings beleihen konnte, so wie der alte Horace das Theater und sein gesamtes Inventar beliehen hatte.

Mit Wehmut im Herzen musste er an Fay denken – was, in aller Welt, hätte sie dazu wohl gesagt? Hätte Cyns Mutter ihn beschuldigt? Ihm Vorwürfe gemacht?

Sicher nicht.

Sie hatte ebenso wie er den Traum von einer anderen, besseren Welt geträumt, einer Welt, in der Schönheit und Fantasie das Elend und die Gier besiegten, die im östlichen Teil von London herrschten. Wann im-

---

* s. Begriffserklärungen am Ende

mer das Licht im Saal erlosch und das Spiel begann, hatten die Zuschauer die Nöte und Sorgen der Welt um sich herum vergessen können, so wie auch Horace sie stets vergessen hatte, selbst damals, als Fay von ihnen gegangen und Cyn und er zurückgeblieben waren. Anfangs war er verzweifelt gewesen, hatte sich nicht vorstellen können, ohne seine geliebte Frau weiterzumachen, aber seine Liebe zum Spiel, zum Theater und zum Applaus, hatte ihm die Kraft und den Mut gegeben, dem Leben weiter zu trotzen und Cyn ein guter Vater zu sein – doch nun hatte man ihm auch das genommen.

Ihr gemeinsamer Traum gehörte nun einem ruchlosen, im ganzen Viertel berüchtigten Ganoven namens Desmond Brewster.

Was Horace jetzt anfangen sollte, wusste er nicht.

Das Puppentheater an der Holywell Lane war sein Leben gewesen, seine ganze Leidenschaft – einen Plan, was danach kommen sollte, hatte er nicht. Cyn und den anderen hatte er gesagt, dass er sich nur ein wenig die Füße vertreten wollte. In Wirklichkeit war Horace vor den anderen geflüchtet.

Er schämte sich für sein Versagen, gab sich die Schuld am Bankrott des Theaters, und hatte den Menschen, die er liebte, nicht mehr länger in die Augen sehen können, am allerwenigsten Cyn. Statt seiner Tochter Mut zuzusprechen und sie zu trösten, war er feige getürmt – und das nur, um nicht zeigen, um ja nicht eingestehen zu müssen, dass sein Scheitern und das Ende seines Traumes ihn noch ungleich mehr betrübte als alle anderen.

So irrte er ruhelos durch die nächtlichen, von Rauch und Nebel verhangenen Straßen, Tränen der Verzweiflung in den Augen und den Puck auf dem Arm, was ihm bisweilen verwunderte, manchmal auch mitleidige Blicke eintrug.

Vom Bahnhof von Bishopsgate ging er zum Spitalfields Marktplatz, von dort die Brushfield Street hinab und an der riesigen, sich in Nebel und Dunkelheit wie ein aus Backsteinen geformtes Gebirge ausnehmenden Liverpool Station entlang, getrieben von seinen Gedanken und den Schuldgefühlen, die ihn plagten. Zum ungezählten Mal fragte er sich, wie es so weit hatte kommen, wie er all dies nur hatte zulassen können.

Anfangs war es kaum zu bemerken gewesen, dass immer weniger Zuschauer ins Theater kamen – die Bänke waren lediglich ein bisschen weniger voll gewesen. Dann jedoch waren hier und dort Lücken entstanden, und schließlich waren immer mehr Plätze leer geblieben. Horace hatte daraufhin neue Stücke ins Programm genommen, hatte Nancy neue Puppen in farbenfrohen Gewändern bauen lassen und dafür viel Geld ausgegeben – doch aus den leeren Plätzen waren leere Bänke geworden, aus den leeren Bänken leere Reihen.

Die Frage, ob man es hätte aufhalten können, spielte keine Rolle mehr, es war zu spät. Dennoch stellte sich der alte Horace immer und immer wieder die quälende Frage nach dem Warum. Warum hatte er versagt? Warum nur war sein Traum gescheitert? Warum …?

Die Antwort stand ihm plötzlich vor Augen – und das im wörtlichen Sinn.

In düstere Gedanken versunken, hatte er gar nicht mehr bewusst wahrgenommen, wo er sich befand. Er war nur weitergegangen, immer weiter – bis er mit Verblüffung bemerkte, wohin der Zufall ihn geführt hatte. Oder vielleicht, sagte er sich, war es ja auch mehr gewesen als bloßer Zufall, der seine Schritte gelenkt hatte. Womöglich hatte ja der Puck für ihn entschieden, der des Öfteren das verkörperte, was Horace selbst nicht tun oder aussprechen wollte.

Er stand am Finsbury Circus.

Auf der anderen Straßenseite des oval geformten Platzes, jenseits der Passanten und der Pferdegespanne, im dichten Nebel nur undeutlich auszumachen, ragte das alte Century Theatre auf, das vor rund einem Jahrzehnt kurz vor der Schließung gestanden hatte – bis ein bis dahin völlig unbekannter Ausländer namens Umberto Caligore es aufgekauft und neu eröffnet hatte. Heute war es unter einem anderen Namen bekannt, längst nicht nur mehr in Smithfield und im Osten von London, sondern weit darüber hinaus.

Das Caligorium.

Horace merkte, wie ihm ein kalter Schauer über den Rücken lief. Er hatte nach einer Antwort gesucht, nach einem Grund für sein Scheitern.

Hier war er.

Horace überquerte die Straße, widerwillig und doch von Neugier getrieben. In seinen letzten Jahren war das Century ein Schandfleck seiner Zunft gewesen, eine heruntergekommene Ruine – doch davon war nichts mehr zu sehen. Das mehrstöckige Gebäude hatte eine neue Fassade erhalten, wo sich einst der eher unscheinbare Eingang befunden hatte, prangte jetzt ein großes Portal, über dem mehrere Laternen einen geradezu riesig anmutenden Schriftzug beleuchteten: CALIGORIUM.

Wie jedes größere Theater hatte auch dieses mehrere Eingänge für die verschiedenen Preiskategorien. Die Schlange vor der Kasse für die billigsten Plätze war beinahe endlos lang, reichte bis über das Ende des Gebäudes hinaus und um den halben Platz herum – offenbar würde die nächste Vorstellung in Kürze beginnen. Was, so fragte sich Horace Pence zum ungezählten Mal, war es, das die Menschen in Scharen in dieses Theater strömen und andere Bühnen vereinsamen ließ?

Bislang hatte er nie das Verlangen verspürt, bei der Konkurrenz zu spionieren, hatte sich eingeredet, dass es ausreichen würde, wenn er nur immer bessere und schönere Stücke in sein eigenes Theater brachte. In diesem Moment jedoch überkam ihn das drängende Verlangen, wenigstens ein einziges Mal mit eigenen Augen zu sehen, was sich hinter der – zugegebenermaßen überaus imposanten – Fassade von Umberto Caligores Theater verbarg. Kurz entschlossen kramte er aus seiner Rocktasche zwei Geldstücke hervor und betrachtete sie nachdenklich auf seiner Handfläche.

»Du willst das nicht wirklich tun, oder?«, fragte ihn der Puck, der auf der anderen Hand saß.

»Ich fürchte doch«, gestand Horace. »Wenn ich das Theater schon schließen muss, möchte ich wenigstens wissen, was uns das Genick gebrochen hat.«

»Wirklich?«, fragte der Puck, und Horace kam es vor, als würde ihn die Puppe tatsächlich fragend ansehen.

»Was meinst du?«

»Willst du das wirklich wissen?«, formulierte der Kobold seine Frage deutlicher, zur Verblüffung zweier Passanten, die gerade vorbeigingen.

Horace seufzte und schüttelte den Kopf. Er würde sich abgewöhnen müssen, Zwiegespräche mit keinem anderen als sich selbst zu führen. Das Theater war eine eigene Welt, ein geschützter Raum – außerhalb davon mochte man allzu leicht in Bedlam oder an noch schlimmeren Orten enden. Er beschloss, sich zusammenzunehmen und versteckte den Puck unter seinem Mantel. Dann reihte er sich kurzerhand in die Schlange jener ein, die vor dem Eingang für die billigsten Plätze warteten – über zweihundert Menschen, die Dunkelheit und Nebel trotzten und begierig darauf warteten, in Umberto Caligores Welt eingelassen zu werden.

Es war kalt.

Horace fror erbärmlich in seinem dünnen Mantel und dem Schal, den er sich um den Hals geschlungen hatte. Entsprechend erleichtert war er, als die Reihe endlich an ihm war.

»Was wird heute gespielt?«, erkundigte er sich bei der jungen Frau, die hinter der Glasscheibe des Kartenschalters saß.

»Aida«, gab sie zur Antwort, »eine Oper, die im alten Ägypten spielt. Geschrieben hat sie ein Italiener namens …«

»Giuseppe Verdi, ich weiß«, ergänzte Horace seufzend und mit einem wehmütigen Gedanken daran, dass auch er vorgehabt hatte, die Geschichte des ägyptischen Feldherrn Radames und der nubischen Sklavin Aida auf die Bühne zu bringen. Ein Vorhaben, aus dem nun nichts mehr werden würde …

»Eine Karte«, verlangte er.

»Das macht zwei Shilling.«

»Nicht gerade billig.« Es war nicht Horace, der sprach, sondern der Puck, entsprechend konsterniert war die Reaktion der Kartenverkäuferin.

»Sie werden es nicht bereuen«, versicherte sie mit leichtem Stirnrunzeln.

»Das bezweifle ich«, versetzte der Kobold, noch ehe Horace selbst etwas erwidern konnte. Als sich die Stirnfalte der Frau noch mehr vertiefte, nahm er rasch seine Karte und schlüpfte an ihr vorbei durch den Eingang, auf dessen anderer Seite ein uniformierter Theaterdiener ihn in Empfang nahm und seine Karte kontrollierte.

Zusammen mit einer ganzen Traube von Schaulustigen gelangte er daraufhin in den Theatersaal, der bereits zum Bersten gefüllt war – und Horace schmerzlich an jene Zeiten erinnerte, in denen auch sein eigenes Haus die Besucher noch in Scharen angezogen hatte. Überall, nicht nur in den günstigen Sperrsitzreihen, sondern auch in den Logen und oben auf den Balkonen, drängten sich die Menschen. Ein großer Lüster beleuchtete den Saal, der mehr an eines der großen Theater des West End denken ließ als an eine Schaubühne. Entsprechend unterschiedlich waren auch die Zuschauer – während sich auf den unteren Rängen die einfachen Leute drängten, waren die Logen mit durchaus wohlhabenden Besuchern besetzt, die mit ihren Operngläsern über das wogende, lärmende Chaos im Parkett hinwegzublicken suchten.

Die Packer machten ihrem Namen alle Ehre und stopften so viele Zuschauer wie nur irgend möglich in die Sitzbänke. Horace ergatterte einen Platz in der achten Reihe, allerdings ganz außen, sodass er fürchten musste, zwischen der Armlehne der Bank und seiner Nachbarin, einer ziemlich beleibten Frau, die sich dem aufdringlichen Zwiebelgeruch nach ihren Lebensunterhalt als Köchin oder Haushälterin verdingte, zerquetscht zu werden. Irgendwie schaffte er es, sich einigermaßen bequem einzurichten, dann verblasste die Beleuchtung auch schon, und die Vorstellung begann.

Normalerweise liebte Horace diesen Moment, diesen Augenblick atemloser Spannung, wenn es im Saal dunkel wurde und das Gemurmel der Zuschauer erwartungsvollem Schweigen wich. Heute jedoch war er von banger Erwartung erfüllt.

Was würde er zu sehen bekommen?

Etwas, das ihm gnadenlos klarmachen würde, dass seine Zeit zu Ende war und eine neue Zukunft begonnen hatte? Oder war auch Umberto Caligore letztlich nur ein Schausteller, ein Scharlatan, der es verstand, die Menschen in Massen anzuziehen? Was für Sensationen waren es, die dieses Theater angeblich barg? Gleich würde er es erfahren …

Einen Augenblick lang blieb es dunkel.

Dann hob sich der Vorhang.

Und Horace wurde bitter enttäuscht.

Auf der Bühne war lediglich eine Wand aus halbtransparentem Stoff gespannt, die von einem Ende zum anderen reichte. Sie wurde von hinten beleuchtet, sodass die Silhouette einer antiken Stadt zu sehen war, mit mächtigen Türmen und von Säulen getragenen Tempeln, Memphis zweifellos. Im Hintergrund waren, ebenfalls als Schattenriss, die Pyramiden angedeutet, in der Mitte der Bühne ein großes Tor, das war alles. Sollten das die Sensationen sein, die das Caligorium zu bieten hatte? Verbarg sich hinter Umberto Caligores bahnbrechendem Erfolg tatsächlich nichts anderes als ein altmodisches Schattenspiel?

In diesem Moment hob das Orchester im Graben zur Ouvertüre an. Verdis Klänge erfüllten den Saal und verbreiteten ihren üblichen Zauber – das Bild auf der Bühne jedoch blieb unverändert bestehen. Horace ertappte sich dabei, dass er erleichtert war. Ganz offenbar barg das Caligorium doch nicht jene außergewöhnlichen Attraktionen, von denen allenthalben gemunkelt wurde. Sein Besitzer schien lediglich ein Meister darin zu sein, die Neugier der Leute anzustacheln und sie in Scharen in sein Theater zu locken. Ein Rattenfänger, nicht mehr und nicht weniger …

Da begann der Gesang.

Schon die ersten Töne zogen die Aufmerksamkeit der Zuschauer auf sich, denn sie kamen nicht von der Bühne, sondern erklangen irgendwo *hinter* ihnen, und so wandten sich alle staunend um, um zu sehen, woher die glasklare Stimme kam. Ein Raunen ging durch die Reihen der Zuschauer, als zunächst niemand zu erkennen war.

»Dort oben!«, rief schließlich jemand und deutete zum obersten Balkon hinauf, der von einem unwirklichen grünen Lichtschein beleuchtet wurde. Dort in der Loge saß kein Zuschauer, stattdessen war eine undeutliche Gestalt zu erkennen, ganz offenbar der Tenor, dessen Gesang das Theater erfüllte.

Die allgemeine Erregung war gerade dabei, sich wieder zu legen – schließlich war es zwar eine hübsche Idee, einen Sänger außerhalb der Bühne zu platzieren, jedoch nicht so außergewöhnlich, dass sie für längeres Erstaunen gesorgt hätte –, als das Unglaubliche geschah.

Die schemenhafte Gestalt, die den Helden Radames verkörperte, löste sich aus dem Halbdunkel der Loge, trat an die Brüstung – wobei sie weiter nur ein Schemen blieb – und glitt dann an der mit rotem Stoff beschlagenen Wand entlang.

»Ein Schatten«, wisperte es durch die Reihen. »Es ist nur ein Schatten …«

4
SCHATTENSPIEL

Der Schemen huschte über die Wand und der Bühne entgegen, und obwohl er sich von seiner Lichtquelle entfernte, wurde er dabei nicht größer, sondern verzerrte sich lediglich, als er über die Logen und Ränge glitt – und er bewegte sich, gestikulierte mit den Armen, während er immer noch weitersang!

Einen Augenblick lang herrschte Schweigen im Saal, schien das Publikum in Schockstarre verfallen zu sein. Dann gab es Tumult. Ein lautes Raunen ging durch die Menge. Manche lachten, einige Frauen schrien entsetzt auf, während eine Reihe von Gentlemen lautstark Betrug argwöhnte.

Doch ganz gleich, wie die Zuschauer reagierten, ob sie voller Bewunderung waren oder von Misstrauen erfüllt, ob der Zauber des Augenblicks sie erfasste oder ihr Verstand sich schlicht weigerte anzuerkennen, was das Auge sah – ihnen allen war klar, dass sie in diesem Moment Zeugen von etwas wurden, das im wahrsten Wortsinn außergewöhnlich war.

Von etwas, dass es nach herkömmlichem Begreifen überhaupt nicht geben durfte …

Inzwischen war der Schatten auf der Bühne angelangt – und die Stadt Memphis, die bislang nur aus schwarzen Silhouetten bestanden hatte, erwachte zum Leben!

Weitere Schatten gesellten sich hinzu, wie der Oberpriester Ramphis, der unterhalb des Torbogens stand und in markerschütterndem Bass Radames' Gesang erwiderte, während auf der linken Seite ein Trupp bewaffneter Soldaten aufmarschierte und rechts eine Horde Sklaven vorbeizog, angetrieben von den Peitschen ihrer Aufseher. Aber nicht nur auf der weißen Leinwand, die die Bühne überspannte, wurde das alte Ägypten in Schattenrissen heraufbeschworen, sondern auch rund herum auf den Wänden. Wasserträgerinnen traten auf und eine Karawane von Kamelen, ein Streitwagen brach hervor und glitt lautlos durch den Saal. Das Publikum schrie auf vor Staunen und Vergnügen, wann immer noch weitere Schemen auftauchten – hier ragte plötzlich ein Kriegselefant aus Nubien in die Höhe, dort entstieg ein Krokodil den Fluten des Nils und riss weit seinen Rachen auf. Die Schatten der Vergangenheit wurden buchstäblich lebendig, tanzten auf dem Klangteppich, den Verdis wunderbare Musik entrollte, als wäre sie nur dafür geschrieben worden.

Es war – Horace verabscheute sich selbst dafür, es sich einzugestehen – die außergewöhnlichste Erfahrung, die er je in einem Theater gemacht hatte, mit Worten nicht zu beschreiben. Wehmut und Begeisterung erfassten ihn gleichermaßen.

Noch immer empfand er unendliches Bedauern darüber, dass sein eigener Traum gescheitert war und er seine Bühne schließen musste, dass er vor den Trümmern seiner Existenz stand und die Menschen um ihn enttäuscht hatte, allen voran seine geliebte Cyn. Zugleich aber musste er neidlos zugestehen, dass die Leute einen guten Grund dafür hatten, dem Penny Theatre fernzubleiben und stattdessen ihr Geld zum Finsbury Circus zu tragen. Denn was Umberto Caligore zu bieten hatte, war nicht nur schönes Blendwerk, kein billiger Jahrmarkttrick, sondern eine vollkommene Illusion, der Triumph der Kunst über den Verstand, eine Darbietung, in die die Zuschauer einbezogen wurden, als wären sie selbst ein Teil davon.

Und der Rausch der Sinne hatte eben erst begonnen.

Je weiter die Handlung voranschritt, desto mehr wurde das Publikum in den Bann jener Schatten gezogen, die dort auf der Bühne und überall an den Wänden zu sehen waren. Zwischenrufe gab es längst nicht mehr. Die Zuschauer waren wie verzaubert, ergaben sich dem Reigen aus Musik und Bildern und verfolgten Aufzug für Aufzug die Geschichte der äthiopischen Sklavin, die den mächtigen ägyptischen Feldherrn Radames liebte und deren Liebe doch zum Scheitern verurteilt war.

In seinem Leben hatte Horace Pence viele Musiktheater besucht und zahllose Aufführungen gesehen – doch nicht eine hatte ihn so tief berührt und beeindruckt wie diese, und das obwohl die Darsteller keine Menschen aus Fleisch und Blut waren, sondern nur Schatten. Die Gefühle, die diese Schemen vermittelten, die Art und Weise, wie sie sich scheinbar jedem Naturgesetz zum Trotz bewegten, und ihr wunderbarer Gesang sorgten für eine Ergriffenheit, die der alte Horace lange nicht mehr in einem Theatersaal verspürt hatte. Obwohl er sich immer wieder einredete, dass all dies nicht wirklich war und nur eine geschickte Sinnestäuschung sein konnte, ertappte er sich dabei, dass er mit den Hauptfiguren fühlte, deren dunkles Schicksal sich dort auf der Bühne entspann, so als ob es keine Schatten wären, die er dort sah, sondern empfindende Seelen.

Obschon er mit aller Macht dagegen ankämpfte, hatte er bald Tränen in den Augen, und als der Vorhang zur Pause fiel, applaudierte er so heftig und anhaltend, dass seine Hände nachher schmerzten. Kaum waren die Schatten jedoch verblasst und die Musik verklungen, wich die Rührung der alten Neugier, und als Mann des Theaters fragte sich Horace, wie in aller Welt Umberto Caligore es fertigbrachte, solch glaubhafte Illusionen zu erzeugen.

Als sich die Zuschauer in der Pause von ihren Sitzen erhoben, stand auch er auf, froh darüber, dem Zwiebelgeruch seiner Nachbarin für einige Augenblicke zu entfliehen. Und noch ehe er recht wusste, was er tat, schlich er Richtung Bühne. Wie hatte Caligore all dies bewerkstelligt? Wie wurden diese so ungeheuer lebendig wirkenden Schattenbilder erzeugt?

Horace musste es erfahren.

Sein Gewissen plagte ihn ein wenig, weil es zum einen verboten, zum anderen höchst unehrenhaft war, die Konkurrenz auszuspionieren. Aber womöglich, sagte er sich, war es ja gar nicht er selbst, sondern der Puck, der die Wahrheit unbedingt erfahren wollte.

Im allgemeinen Gewimmel, das im Saal und auf den Gängen herrschte, nahm niemand von ihm Notiz, und so erreichte er ungesehen die Bühne und huschte die Stufen hinauf, die links vom Orchestergraben emporführten.

Halb erwartete er, dass einer der Packer ihn sehen und zurückrufen würde, oder dass er von einem Theaterdiener aufgehalten würde, aber nichts dergleichen geschah – und so schlüpfte der alte Horace kurzerhand hinter den Vorhang. Wenn er jedoch geglaubt hatte, dass auf der Bühne des Theaters rege Betriebsamkeit herrschen und die Bühnenarbeiter und Darsteller hektisch den ersten Aufzug nach der Pause vorbereiten würden, so wurde er enttäuscht. Totenstille herrschte, nur das aufgeregte Gemurmel der Zuschauer drang gedämpft durch den schweren Samtvorhang. Außerdem war keine Menschenseele zu sehen, noch nicht einmal dann, als Horace sich noch weiter vorwagte und hinter die Schattenkulissen des Palastes von Memphis und des großen Tores blickte. Der Bühnenraum zeigte sich wie ausgestorben, gerade so, als hätten sämtliche Darsteller und Arbeiter das Theater fluchtartig verlassen.

»Was, in aller Welt, geht hier vor?«

Horace war sich selbst nicht sicher, ob er es war, der sprach, oder der Puck. Erstaunt schlich er weiter und blickte an den eindrucksvollen, schwarz gestrichenen Kulissen empor. Aber wo waren die Schatten, die noch wenige Augenblicke zuvor den Palast und die Gärten von Memphis bevölkert hatten? Und wo die Menschen, die die Arien gesungen und jene Schatten geworfen hatten?

Horace merkte, wie sich seine Nackenhaare sträubten. Das hässliche Gefühl, dass etwas nicht stimmte, bemächtigte sich seiner, die dumpfe Ahnung, dass hier etwas vor sich ging, das zutiefst widernatürlich war, auch wenn er es nicht genauer zu benennen vermochte. Von unvernünftiger, fast kindlicher Neugier getrieben, setzte er behutsam einen Fuß vor den anderen. Die Dielen der Bühne knarrten leise unter ihm, während er mit pochendem Herzen tiefer in das Geheimnis vordrang, das das Caligorium zu umgeben schien.

Er passierte das große Tor und gelangte hinter die Kulissen – wo er verwundert stehen blieb. Vor ihm, etwa zehn Fuß über dem Boden, hing eine seltsame Vorrichtung von der Decke, die sofort seine Aufmerksamkeit gefangen nahm.

Es war eine Laterne.

Allerdings eine, wie Horace Pence sie noch nie zuvor zu Gesicht bekommen hatte, von kugelrunder Form und einer Bauweise, die an den Orient, das ferne China oder andere exotische Orte denken ließ. Lichtschein drang durch zahlreiche, verschieden große und mit gläsernen Linsen versehene Öffnungen und fiel in fahlen Schäften auf Boden und Wände. Am faszinierendsten aber war, dass sich in der Lampe weder eine Kerze noch eine Zuleitung für Gas oder ein Reservoir für Petroleum befand. Der Docht schien aus sich selbst heraus zu brennen, und noch während der alte Horace ungläubig darauf starrte, schien sich das Licht der Flamme zu intensivieren.

»Was, bei Oberons Bart, ist nun wieder los?«

Horace' Lippen bewegten sich kaum merklich. Es war der Puck, der sprach und anstelle seines Herrn sein Unbehagen zum Ausdruck brachte. Im Zuschauerraum hatte heitere Gelassenheit geherrscht, gemischt mit ehrlichem Erstaunen. Auf dieser Seite des Vorhangs jedoch hing der unbestimmte Eindruck von Gefahr in der Luft.

»Ich weiß es nicht«, erwiderte Horace ebenso leise wie gedankenverloren, während er sich der Laterne noch einige Schritte näherte, »aber ich würde es wirklich gerne herausfinden.«

»Bist du sicher, dass das eine gute Idee ist?« Unwillkürlich hatte er den Puck unter seinem Mantel hervorgezogen, sodass die Glasaugen des Kobolds nun ebenso gebannt auf das kugelförmige, leuchtende Gebilde gerichtet waren wie die von Horace. Aus diesem Grund bemerkte keiner von ihnen den geisterhaften Schatten, der über die Rückwand des Bühnenraumes huschte und sich ihnen lautlos näherte …

»Wahrscheinlich nicht«, gab Horace zu, »dennoch würde ich es gerne wissen. Eine Laterne wie diese habe ich noch nie zuvor gesehen. Vielleicht ist sie der Grund dafür, dass …«

In diesem Augenblick wechselte der Lichtschein der Lampe abrupt die Farbe und wurde giftig grün.

»Ups«, machte der Puck. »Was soll das?«

Selbst wenn er die Antwort gewusst hätte, wäre Horace nicht dazu gekommen, sie zu geben – denn in diesem Augenblick steigerte sich das grüne Leuchten und wurde so grell, dass es ihn blendete. Horace spürte einen stechenden Schmerz in den an das Halbdunkel gewohnten Augen und riss schützend die Hände vors Gesicht, den Puck ließ er dabei fallen.

»Was willst du hier?«, erklang eine Stimme, die nicht nur dunkel und einschüchternd war, sondern auch von allen Seiten gleichzeitig zu kommen schien. »Warum bist du hier?«

Horace war wie erstarrt vor Entsetzen.

Man hatte ihn entdeckt!

Er machte den Mund auf, wollte etwas zu seiner Verteidigung erwidern, aber er konnte es nicht. Der grüne Schein hüllte ihn ein und schien durch seine Hände und Augenlider zu dringen, auch dann noch, als er sich Schutz suchend abwandte. Er bereute, dass er dem Geheimnis des Theaters so unbedingt auf die Spur hatte kommen wollen. Nur noch ein Wunsch erfüllte ihn, er wollte fort, möglichst rasch diesen unheimlichen Ort verlassen und nach Hause zurückkehren, wo Cyn vermutlich schon auf ihn wartete, seine geliebte Cyn.

Fort, nur rasch fort …

»Wohin willst du?«, fragte die Donnerstimme – und als Horace vorsichtig die Hände von den Augen nahm, erkannte er einen riesigen Schatten, der vor ihm emporwuchs und weder einem Menschen noch einem Tier zu gehören schien. Hörner erhoben sich auf einem klobigen Schädel, ein massiger Körper mit langen Armen ruhte auf kurzen pfeilerartigen Beinen …

Von Grauen geschüttelt blickte Horace an dem Schemen empor, der ihn fast um das Doppelte überragte, während die Stimme sich in höhnisches Gelächter erging, das in seinem Schädel dröhnte wie fünf durchzechte Nächte. Horace presste die Hände auf die Ohren, aber statt abzuebben, wurde das Hohnlachen immer noch lauter. Schließlich füllte es nicht nur den Bühnenraum, sondern das ganze Theater aus, und Horace fragte sich, warum die anderen Zuschauer ihn nicht hörten und weshalb niemand hinter die Kulissen kam, um nachzusehen, was der Lärm zu bedeuten hatte.

Er wollte davonlaufen, so schnell seine alten Beine ihn trugen, wollte dem Wahnsinn entkommen, der in Gestalt des dunklen Schemens auf ihn zu lauern schien, aber seine Beine gehorchten ihm noch immer nicht. Wie angewurzelt stand er da, dafür kam plötzlich Bewegung in den Schatten, und er streckte die langen Klauen nach ihm aus.

Horace glaubte zu spüren, wie sie in sein Inneres griffen und sich durch seine Eingeweide wühlten, eisig kalt und ohne Gnade. Von Entsetzen geschüttelt, riss er erneut den Mund auf, und diesmal gelang es ihm tatsächlich zu schreien – doch in dem Moment hob unterhalb der Bühne das Orchester zum Vorspiel an, und die einzelne heisere Stimme, die verzweifelt um Hilfe rief, wurde verschluckt.

Der neue Aufzug begann, in dem der Held Radames erkennen würde, dass all sein Streben vergeblich gewesen war und er sich, ohne es zu wollen, in einem Netz aus Intrige und Verrat verstrickt hatte, aus dem es kein Entrinnen gab. Das Drama nahm seinen Lauf, und wie aus dem Nichts tauchten plötzlich unzählige Schatten auf, die an der Leinwand emporwuchsen, um wie zuvor die Gärten von Memphis und den Vorplatz des Palastes zu bevölkern. In einem letzten schrecklichen Moment dämmerte Horace Pence, dass die Laterne mit ihrem grünen, jetzt im schwerfälligen Rhythmus der Musik pulsierenden Leuchten der Ursprung all dieser Schemen war.

Dann kam der Schatten über ihn.

Und es wurde dunkel.

5
VERMISST

Als Cyn am frühen Morgen erwachte, saß sie noch immer in dem alten Sessel, in dem sie die halbe Nacht zugebracht hatte.

Wartend.

Allein.

Da ihr Schlaf ebenso traumlos wie tief gewesen war, dauerte es einen Moment, bis ihr bewusst wurde, wo sie sich befand – in der kleinen Wohnung, die oberhalb des Theaters an der Holywell Lane untergebracht war. Sie trug noch immer das Kleid vom Vorabend. Die Glut in dem schmiedeeisernen Ofen in der Ecke war erloschen, und auf dem Tisch stand eine herabgebrannte Kerze.

Cyn erinnerte sich. Sie hatte sich abgeschminkt und das Kostüm, das sie als Helena getragen hatte, gegen gewöhnliche Kleidung getauscht. Dann war sie müde und traurig nach oben gegangen. Zwar hatten Lucy und Nancy angeboten, bei ihr zu bleiben und ihr Gesellschaft zu leisten, bis ihr Vater von seinem Spaziergang zurückkäme, aber Cyn hatte dankend abgelehnt. Nach allem, was gewesen war, hatte sie das dringende Bedürfnis nach ein wenig Stille verspürt und die Freundinnen nach Hause geschickt. Mit einer Tasse Tee in den Händen hatte sie sich in dem alten Lehnstuhl niedergelassen und nachgedacht, über die Veränderungen, die nun eintreten würden, und über die ungewisse Zukunft, die auf sie wartete. Je weiter die Zeit vorangeschritten war, ohne dass ihr Vater zurückkehrte, desto mehr hatte sich in Cyns Gedanken auch Sorge um sein Wohlergehen gemischt.

Sie erinnerte sich noch, dass sie ein Stoßgebet zum Himmel geschickt hatte, ihrem Vater möge in den nächtlichen Gassen der Stadt nichts zugestoßen sein – darüber, so nahm sie an, war sie wohl eingeschlafen.

»Vater?«

Sie rieb sich den Rest von Schlaf aus den Augen, während sie sich unter der Quiltdecke hervorwühlte. Der alte Sessel war ihr liebstes Möbelstück. Schon als kleines Mädchen hatte sie darin gesessen, wenn ihre Mutter ihr Märchen vorgelesen hatte und dabei in die Rollen der einzelnen Figuren geschlüpft war, ihr abwechselnd das Rotkäppchen und den bösen Wolf vorgespielt hatte. Später hatte sie sich oft in den Sessel geflüchtet, wenn sie Kummer gehabt hatte oder traurig gewesen war. Von dem alten, abgegriffenen Stoff, der aus irgendeinem Grund nach Zimt roch, war stets etwas Vertrautes ausgegangen, ein Gefühl von Wärme und Geborgenheit. An diesem Morgen jedoch konnte ihr auch der Sessel keinen Trost spenden.

Denn ihr Vater schien noch immer nicht von seinem nächtlichen Spaziergang zurückgekehrt zu sein …

»Vater?«, rief sie noch einmal – eine Antwort bekam sie auch diesmal nicht. Sie stand auf und fuhr sich durch das kurz geschnittene rotblonde Haar, das widerspenstig von ihrem Kopf abstand. Dann suchte sie das Arbeitszimmer des alten Horace auf, das zugleich auch sein Schlafplatz war.

Das Zimmer war leer, das Bett unberührt.

»Vater?«

Sie suchte jede Kammer der kleinen Wohnung ab, stieg dann über die schmale Treppe hinunter ins Theater. Es war noch früh am Morgen, der Nebel der Nacht hielt sich zäh in den Straßen. Entsprechend fahl war das Licht, das durch die schmutzigen hohen Fenster drang und den Bühnenraum beleuchtete.

Es war still.

Zu still.

Cyn hörte die morschen Dielen unter ihren Füßen, irgendwo tropfte Wasser.

»Ist da jemand?«

Es kam keine Antwort, weder von ihrem Vater noch von einem der anderen. Hank und Albert, die um diese Zeit oft schon bei der Arbeit waren, hatten es scheinbar vorgezogen, dem Theater an diesem Morgen fernzubleiben. Lucy pflegte ohnehin erst später zu kommen – ihre erste Handlung bestand für gewöhnlich darin, Porridge für alle zuzubereiten oder manchmal auch Pfannkuchen, die sie sich bei einem gemeinsamen Frühstück schmecken ließen. Aber ein Gefühl sagte Cyn, dass an diesem Morgen auch daraus nichts werden würde.

Vorbei an den Kisten mit den Kostümen und Requisiten sowie den Haken, an denen die Marionetten reglos an ihren Fäden hingen, ging sie zum Vorhang und spähte hinaus in den Saal, aber auch dort war niemand zu sehen. Ihr Vater schien tatsächlich nicht zurückgekehrt zu sein.

Wo mochte er stecken?

Und was sollte sie tun?

Noch weiter warten?

Während sie noch überlegte, schlug die weithin vernehmbare Glocke der Kathedrale von St. Paul zur vollen Stunde. In Gedanken zählte Cyn die Schläge – sieben Uhr.

Ihr Vater war seit mehr als zehn Stunden fort!

Furcht verdrängte ihre Unruhe und schnürte ihr die Kehle zu. Was, wenn ihm etwas zugestoßen war? Schließlich wimmelte es nach Einbruch der Dunkelheit in den Gassen von zwielichtigem Gesindel. Oder wenn er sich, was in diesen Tagen nicht selten vorkam, im dichten Nebel verlaufen hatte und nicht zurückfand? Oder wenn er …?

Der Gedanke, der sich wie durch eine verborgene Hintertür in ihr Bewusstsein stahl, entsetzte sie so sehr, dass sie ihn erst gar nicht zu Ende brachte.

Natürlich verging kein Tag, an dem im Ufersaum nicht der leblose Körper eines Verzweifelten gefunden wurde, der keinen anderen Ausweg gesehen hatte, als sich von einer der zahlreichen Brücken zu stürzen, die sich über den Fluss spannten. Und natürlich war das Penny Theatre der Lebenstraum ihres Vaters gewesen, sodass die zwangsweise Schließung ihn noch ungleich mehr treffen musste als alle anderen. Aber Horace

Pence gehörte nicht zu jenen Menschen, die sich selbst aufgaben, davon war Cyn überzeugt. Zudem würde er sie niemals alleinlassen in einer Notlage wie dieser …

… oder?

Die Erkenntnis, dass sie sich selbst nicht sicher war, entsetzte sie beinahe noch mehr als der Gedanke an sich. Sie schloss die Augen und atmete tief ein und aus, versuchte die Panik niederzukämpfen, die in ihr hochkroch, bitter und träge wie eine verdorbene Speise.

Sie musste einen klaren Kopf bewahren, musste abwägen, was zu tun war. Natürlich konnte sie abwarten, bis Lucy, Albert und die anderen eintrafen – vorausgesetzt, sie kamen an diesem Morgen überhaupt –, aber damit würde ihrem Vater nicht geholfen sein. Womöglich hatte er sich verletzt und brauchte ihre Hilfe, weiter zu warten kam also nicht infrage. Cyn beschloss, sich auf die Suche nach ihm zu machen, zunächst in den angrenzenden Straßen, danach an jenen Orten, von denen sie wusste, dass er sie regelmäßig aufsuchte. Vielleicht, so hoffte sie, würde sie ihn dort ja finden.

Einen Mantel besaß sie nicht, nur eine Strickjacke, in die sie schlüpfte und einen Schal, den sie um Hals und Kopf schlang, um sich vor der klammen Novemberkälte zu schützen. Dann trat sie hinaus in den Nebel. Die Gaslaternen waren bereits gelöscht worden, doch der neue Tag tat sich noch schwer im Kampf gegen das grau-gelbe Monstrum, das einmal mehr über der Stadt hing, so dicht und gefräßig, dass es alles verschlang, was weiter als zehn Yards entfernt war. Zu dieser Jahreszeit kam es nicht selten vor, dass der Nebel Tag und Nacht bestehen blieb. Manchmal brütete er sogar wochenlang über der Stadt, noch zusätzlich gefüttert vom Rauch der zahllosen Öfen, mit denen die Einwohner die Kälte zu vertreiben suchten. Sie waren auch für den bitteren Geruch verantwortlich, der die Straßen tränkte und sich mit dem Gestank der Tierexkremente und des anderen Unrats mischte, der das Pflaster zuhauf übersäte.

Cyns ohnehin schon finsteres Gemüt verdunkelte sich noch mehr, als sie hinaustrat. Ihre vage Hoffnung, irgendwo inmitten dieses Nebels und des erbärmlichen Gestanks ihren Vater zu finden, schrumpfte noch weiter, sie fühlte sich einsam und verloren. Nur schemenhaft waren die Umrisse der Menschen zu erkennen, die zu dieser frühen Stunde auf dem Weg zur Arbeit waren: die Buchhalter und Sekretäre, die Diener und Dienstmädchen, die Kaminkehrer und Staubmänner, die Straßenkehrer, Schuhputzer und Wassermänner, die im reichen Londoner Westen ihren Lebensunterhalt verdienten; aber auch die unzähligen Orangenmädchen, Kuchenverkäufer und Costermonger, die den Tag damit verbringen würden, am Straßenrand Obst, Pasteten, Fleisch, Fisch und andere Lebensmittel zu verkaufen. Fuhrwerke kamen die Straße herab, hin und wieder auch eine Droschke. Cyns Interesse jedoch galt einzig und allein ihrem Vater, dessen vertraute Umrisse sie irgendwo inmitten der dichten Schleier auszumachen hoffte.

»Mister Bleecker«, rief sie, als sie sich dem Gemischtwarenladen an der Ecke näherte, dessen Besitzer gerade öffnete. »Haben Sie meinen Vater gesehen?«

Der Chandler, in dessen Laden es so ziemlich alles zu kaufen gab, was man für den täglichen Bedarf benötigte, wandte sich zu ihr um, die Augen zu Schlitzen zusammengekniffen. »Ah, du bist es, Mädchen«, rief er in breitem Cockney, als er Cyn erkannte. »Nein, deinen Vater hab ich nich gesehen. Wieso? Is was passiert?«

»Nein, nein«, wehrte Cyn ab, sich über die Sensationslust des Händlers ärgernd. »Ich frage nur so.«

»Nur so«, echote Bleecker und schüttelte den Kopf – Cyn wusste, dass er die Leute vom Penny Theatre für Spinner hielt, allen voran ihren Vater. Sie bedauerte, ihn gefragt zu haben und war froh, als sie an ihm vorbei war und in die High Street abbog, der sie bis zur Bishopsgate Station folgte. Von dort aus ging sie die umliegenden Straßen ab, von den Lagerhäusern im Norden des Viertels bis zum Markt im Süden – ihren Vater jedoch fand sie nirgendwo.

Sie schaute an all den Orten nach, von denen sie wusste, dass er sie regelmäßig aufsuchte – in dem kleinen Pub an der Mündung der Fournier Street, wo er sein Ale zu trinken pflegte; auf der Bank vor der benachbarten Kirche, wo er gerne saß, um Vögel zu füttern und über neue Stücke nachzudenken; die Kuchenbude an der Crispin Street, wo es nach seinem Bekunden das beste Gebäck der Stadt zu kaufen gab. Doch auch dort konnte sie keine Spur von ihrem Vater entdecken, und ihre Angst um ihn wurde immer größer.

Sie begann, Leute anzusprechen – Menschen, die sie flüchtig kannte, aber auch wildfremde Passanten –, fragte, ob sie einen Mann mit weißem Haar gesehen hätten, der auf seinem Arm eine Bauchrednerpuppe trug. Die meisten der Männer und Frauen bedachten sie mit mitleidigen Blicken, einige verscheuchten sie, weil sie Cyn für eine Bettlerin hielten. Eine nützliche Auskunft jedoch bekam sie auch diesmal nicht.

Irgendwann ließ sie sich auf den Eingangsstufen eines Hauses nieder, um sich ein wenig auszuruhen. Erst als sie dort saß, zitternd und frierend, ging ihr auf, wie erschöpft sie war und wie sehr ihre Füße schmerzten, die in den zu kleinen, abgetragenen Lederschuhen steckten. Sie hatte den ganzen Tag über noch nichts gegessen und war entsprechend schwach. Hunger verspürte sie dennoch keinen, dafür war ihr zu übel.

Der Nebel hatte sich ein wenig gelichtet, doch die Sonne verbarg sich auch weiter hinter dichten Wolken.

Die herbstliche Kälte war aber nicht der einzige Grund, warum Cyn am ganzen Körper zitterte. Sie hatte auch schreckliche Angst, fürchtete sich davor, nach ihrer Mutter nun auch noch ihren Vater zu verlieren und ganz allein zu sein, eine der Waisen, von denen es in London so unglaublich viele gab. Für Jungen mochte es Möglichkeiten geben, sich als Schuhputzer durchzuschlagen, als Rattenfänger oder zur Not auch als Taschendieb. Mädchen und junge Frauen konnten sich allenfalls über Wasser halten, indem sie am Straßenrand Orangen oder Blumen verkauften – und nicht selten auch sich selbst.

Die Glocken der benachbarten Kirchen schlugen zur vollen Stunde. Erstmals nahm Cyn den Glockenschlag wieder bewusst wahr und zählte mit – zwölf Uhr mittags.

Ganze fünf Stunden hatte sie damit zugebracht, nach ihrem Vater zu suchen, und alles war vergeblich gewesen! Tränen schossen ihr in die Augen, und Verzweiflung wollte sie packen, als irgendwo über ihr ein Fenster aufgerissen wurde.

»He du!«, keifte eine Frau zu ihr herab. »Willst du wohl vom Eingang verschwinden? Das hier ist ein anständiges Haus, also verzieh dich gefälligst, Mädchen, oder ich rufe die Polizei!

Weder gab Cyn Antwort, noch schaute sie hinauf. Leise weinend erhob sie sich und setzte ihre Suche fort, der Kälte und ihren schmerzenden Gliedern zum Trotz, schließlich wollte sie keinen Ärger mit der Polizei bek…

Die Polizei!

Der Einfall brach wie ein Lichtstrahl in die Düsternis ihrer Gedanken. Sie konnte zur nächsten Polizeistation gehen und dort nach ihrem Vater fragen. Vielleicht hatten die Constables ja etwas von ihm gehört, und falls nicht, würden sie ihr vielleicht bei der Suche helfen können.

Das nächstgelegene Polizeiquartier befand sich am Bishopsgate, nur wenige Straßenzüge entfernt. Durch das Gewühl der Menschen, die sich um die Mittagszeit in den Straßen drängten, machte Cyn sich auf den Weg, vorbei an den zahllosen Costermongern, die am Liverpool-Bahnhof und entlang der Bishopsgate Street Aufstellung bezogen hatten und von ihren Bauchläden, Karren und baufälligen Ständen aus Mittagessen verkauften. Lautstark priesen sie die Vorzüge ihrer Gerichte an, doch der strenge Geruch, der von den Töpfen aufstieg, sagte oftmals etwas anderes. Das hielt die Leute jedoch nicht davon ab, sich in Massen vor den Verkaufsständen zu drängen, weil man dort für wenig Geld den Magen gefüllt bekam. Nicht selten ließen sie sich auch auf ein Spiel mit den Costermongern ein und warfen die Münze – gewannen sie, so bekamen sie eine kostenlose Mahlzeit, verloren sie, waren sie ihr Geld los, ohne etwas zwischen die Zähne zu bekommen.

Cyn war froh, als sie das Getümmel hinter sich ließ und in die Seitenstraße einbog, in der sich der Eingang zur Polizeiwache befand. Mit pochendem Herzen stieg sie die Stufen zur Eingangstür hinauf, holte tief Luft und trat ein.

Die Amtsstube war schlicht eingerichtet, jedoch tadellos aufgeräumt. Es gab einen Schalter, fast wie in einer Bank, dahinter sah Cyn einen uniformierten Polizisten sitzen, der soeben dabei war, sich über eine Pastete herzumachen, die vor ihm auf dem Schreibtisch lag.

»Äh … Sir?«, begann Cyn vorsichtig.

Der Mann in der schwarzen Uniform der Metropolitan Police tat so, als hätte er sie nicht gehört. Seine ganze Aufmerksamkeit gehörte der Pastete.

»Constable?«, fragte Cyn ein wenig lauter.

Nun sah der Mann auf. Sein von einem säuberlich gestutzten Oberlippenbart beherrschtes Gesicht blickte ebenso streng wie missbilligend drein. »Sergeant«, verbesserte er.

»Sergeant«, wiederholte Cyn bereitwillig. »Ich …«

»Sergeant Finlay«, unterbrach er sie noch einmal.

»Sergeant Finlay«, sprach Cyn geduldig nach, »mein Name ist Cynthia Pence. Ich bin hier, weil mein Vater seit gestern verschwunden ist.«

»Verschwunden?« Finlay sah sie fragend an, machte jedoch keine Anstalten, aufzustehen und an den Schalter zu treten. »Du willst kein Verbrechen melden? Keinen Diebstahl oder Mord?«

»Äh … nein.« Cyn schüttelte den Kopf. »Aber ich sagte doch gerade, dass mein Vater spurlos verschwunden ist. Womöglich ist ihm etwas zugestoßen. Vielleicht wurde er überfallen …«

»… oder vielleicht hat er auch nur einen über den Durst getrunken und ist jetzt irgendwo dabei, seinen Rausch auszuschlafen. Willst du das damit sagen?«

»Nein«, widersprach Cyn kopfschüttelnd. »Wie kommen Sie darauf, dass …?«

Der Sergeant unterbrach sie mit einem unwilligen Seufzen. Er warf der Pastete einen bedauernden, fast argwöhnischen Blick zu, als befürchtete er, ihr könnten plötzlich Beine wachsen und sie würde ihm einfach so vom Teller hüpfen. Dann erhob er sich jedoch und trat an den Schalter. Cyn wich unwillkürlich ein wenig zurück vor der großen, schwarz uniformierten Gestalt. Den hohen Helm der Londoner Polizisten hatte er noch nicht einmal auf, dennoch überragte Finlay Cyn um zwei Häupter, sodass sie den Kopf in den Nacken legen und zu ihm hinaufschauen musste.

»Was glaubst du«, fragte er von oben herab, »wie oft irgendein verzweifeltes Gör hier auftaucht und uns die Ohren volljammert, weil sein Vater mal wieder nicht nach Hause gekommen ist und es stattdessen vorgezogen hat, die Ersparnisse der Familie zu versaufen?«

Cyn brauchte einen Moment, um das zu verdauen.

»Sergeant Finlay!«, erwiderte sie dann streng und stemmte dabei energisch die Arme in die Hüften. »Mein Vater ist kein Säufer, und ich bin auch kein Kind mehr! Ich bin immerhin fünfzehn!«

»Dann, kleine Lady«, erwiderte der Polizist und beugte sich herab, sodass seine strengen Züge dicht vor ihrem Gesicht schwebten, »bist du erwachsen genug, um der Wirklichkeit ins Auge zu blicken. Wahrscheinlich ist deinem alten Herrn gar nichts zugestoßen. Vielleicht hat er dich einfach nur sitzen lassen, weil du alt genug bist, um auf dich selbst aufzupassen, und weil er keine Lust mehr hat, dich zu versorgen.«

»Das ist nicht seine Art«, wehrte Cyn ab. »Mein Vater ist ein liebevoller, fürsorglicher und überaus verantwortungsbewusster Mensch.«

»Natürlich.« Finlay nickte. »Wie alle Männer in diesem Teil der Stadt. Ich frage mich nur, warum es hier so viele üble Spelunken gibt.«

»Sergeant Finlay, bitte, es ist mir wirklich ernst!«

»Mir auch, Mädchen, glaub mir – nur kann ich leider nichts für dich tun. Allein in unserem Revier verschwindet jede Woche ein halbes Dutzend Menschen – wo kämen wir hin, wenn wir all diesen Fällen nachgehen würden?«

»Aber …«

»Entschuldige mich, ich habe zu tun«, sagte der Polizist endgültig. Er kehrte an seinen Schreibtisch zurück, setzte sich und widmete sich erneut der Pastete, die ihn weit mehr zu interessieren schien als ein verschwundener Vater.

Cyn holte schnaubend Luft. Sie war drauf und dran, ihrer Angst und dem Zorn, der plötzlich in ihre Adern schoss, lauthals Ausdruck zu verleihen – aber dann ließ sie es bleiben. Es wäre ja doch vergeblich gewesen.

»Ist noch was?«, fragte Finlay kauend und mit vollen Backen.

Sie schüttelte den Kopf, dann wandte sie sich ab und verließ die Polizeistation.

Traurig machte Cyn sich auf den Heimweg, den Kopf gesenkt und mit von Tränen verschleiertem Blick. Die Menschen um sich herum nahm sie nur noch wie aus weiter Ferne wahr, ebenso wie die Schreie der Händler, die strengen Gerüche und die klamme Kälte. Irgendwann – wie lange sie unterwegs gewesen war, wusste sie gar nicht mehr – langte sie wieder beim Theater an. Sie betrat es durch den Hintereingang und nahm die Treppe hinauf zur Wohnung.

Auf halber Höhe blieb sie jedoch stehen.

Die Tür stand halb offen – und das, obwohl Cyn sicher war, sie sorgfältig hinter sich geschlossen zu haben.

Ein Einbruch?

Cyns Herzschlag beschleunigte sich unwillkürlich, während sie die letzten Stufen im Sprung nahm und in die Wohnung stürmte. Einbrecher traf sie nicht an, jedoch entfuhr ihr ein Schrei der Erleichterung, als sie die gebeugte Gestalt erblickte, die am Esstisch saß und eine Schüssel Porridge löffelte.

Es war ihr Vater!

6
ZEIT DER VERÄNDERUNG

»Vater!«

Cyn stürmte zu ihm und umarmte ihn vor Wiedersehensfreude, drückte sich an ihn, so wie sie es früher als kleines Mädchen getan hatte, Tränen des Glücks und der Erleichterung in den Augen. »Oh Vater!«

»Mein Kind«, erwiderte er, und Cyn war überglücklich, seine Stimme zu hören.

»Ich bin so froh, dass du da bist! Ich dachte schon, dir wäre etwas zugestoßen!«

»Mir?« Er lachte ebenso leise wie seltsam. »Wieso sollte mir etwas zugestoßen sein?«

Cyn löste sich von ihm, blickte in seine milden, von weißlichem Haar umrahmten Züge – und erkannte, dass etwas anders war. Vorhin, im Überschwang des Augenblicks, war es ihr nicht aufgefallen, aber jetzt sah sie es.

Der Blick, mit dem ihr Vater sie bedachte, war unbeteiligt, ja beinahe gelangweilt. Außerdem war er unrasiert, und das linke Glas seiner Brille war von Sprüngen durchzogen.

»Was ist mit deiner Brille geschehen?«, wollte sie wissen.

»Mit meiner Brille?« Er sah sie verständnislos an. Dann nahm er die Gläser ab und betrachtete sie, schien das Missgeschick erst in diesem Moment zu bemerken. »Nichts weiter«, behauptete er dennoch achselzuckend. »Es ist alles gut.«

»Alles gut?« Sie wollte es nicht, aber hilfloser Zorn kam plötzlich über sie. »Vater, hast du eine Ahnung, was für Sorgen ich mir deinetwegen gemacht habe? Ich hatte Angst, dir könnte etwas zugestoßen sein! Den ganzen Tag über habe ich nach dir gesucht, sogar bei der Polizei bin ich gewesen!«

»Wozu?« Er schüttelte den Kopf. »Es geht mir gut.«

»Da bin ich froh«, entgegnete Cyn und wischte sich die Tränen aus dem Gesicht, von denen sie inzwischen nicht mehr wusste, ob es Tränen der Erleichterung, des Zorns oder der schieren Erschöpfung waren. Irgendetwas an ihrem Vater war anders als sonst, sein Verhalten war überaus sonderbar.

Kein Wort des Trostes, keine Silbe des Bedauerns. Nicht dass Cyn darauf bestanden hätte, sie war mehr als glücklich darüber, ihren Vater lebend und wohlbehalten zurückzuhaben. Doch das Verhalten, das er an den Tag legte, passte so ganz und gar nicht zu ihm.

»Ist wirklich alles in Ordnung?«, wollte sie wissen.

»Alles in Ordnung«, echote er und aß weiter seinen Brei, in dem sich dicke Getreideklumpen gebildet hatten. Normalerweise hasste er es, wenn das passierte, doch heute schien er sich nicht im Geringsten daran zu stören.

»Wo bist du gewesen?«

»Was meinst du?« Der Blick, den er ihr zuwarf, war so verständnislos, dass sie erschrak.

»Ich meine, wo du gewesen bist«, wiederholte sie. »Du bist die ganze Nacht und einen Tag lang fortgeblieben. Irgendwo musst du in all dieser Zeit doch gewesen sein.«

Er starrte sie an, doch seine Augen schienen sie nicht wirklich wahrzunehmen, sondern vielmehr durch sie hindurchzusehen, gerade so, als wäre sie aus Glas. »Ich weiß es nicht«, gestand er dann.

»Du … weißt es nicht?«

»Nein«, gab er zu und löffelte weiter, als gäbe es nichts Wichtigeres auf der Welt als die Schüssel vor ihm auf dem Tisch.

Cyn, die nicht wusste, ob sie darüber besorgt, traurig oder einfach nur wütend sein sollte, schaute sich hilflos in der Stube um. »Wo ist der

Puck?«, fragte sie, als sie die Puppe, die ihren Vater stets begleitete, nirgendwo entdecken konnte.

Wieder bedachte er sie mit diesem glasigen Blick. »Der Puck?«, fragte er.

Cyn schauderte. Konnte es sein, dass er sich tatsächlich nicht mehr erinnerte? Plötzlich überwog ihre Sorge. »Der Puck«, bestätigte sie, »deine liebste Bauchrednerpuppe. Du hattest sie dabei, als du fortgingst.«

»Ah«, machte er und aß weiter. »Er ist nicht hier.«

»Was soll das heißen? Wo ist er?«

Der alte Horace zuckte gleichgültig mit den Schultern. »Ich habe ihn wohl verloren.«

»Du … hast den Puck *verloren*?« Cyn konnte nicht glauben, was sie da gerade hörte.

Der kleine Kobold war ungleich mehr als nur eine simple Puppe. Mit ihm hatte alles angefangen – mit ihm und Shakespeares »Sommernachtstraum«, dem ersten Stück, das Horace Pence in seinem Theater aufgeführt hatte, insofern war es nur konsequent gewesen, dass auch der letzte Vorhang mit diesem Stück gefallen war.

Der Puck stand stellvertretend für all das, was das Penny Theatre ausgezeichnet hatte. Wie keine andere Puppe verkörperte er Horace Pences Vision, den kleinen Leuten die großen Dramen dieser Welt auf unterhaltsame Weise nahezubringen. Er symbolisierte die Lebensfreude und die Verspieltheit, die Cyns Vater stets ausgezeichnet hatte und die sie so an ihm liebte – nicht selten hatte sie das Gefühl gehabt, dass der Kobold tatsächlich lebte und der beste Freund ihres Vaters sei. Die beiden waren unzertrennlich gewesen, im wahrsten Sinn des Wortes – und nun erklärte ihr Vater ihr ganz einfach, dass er den Puck verloren hätte?

»Wo hast du ihn verloren?«, hakte Cyn nach, die den Gedanken, dass die Puppe nun irgendwo einsam und verlassen herumlag, selbst unerträglich fand. Geradeso, als wären mit ihr auch die guten und fröhlichen Zeiten verloren gegangen. »Möchtest du, dass ich nach ihm suche?«

»Nein.« Ihr Vater schüttelte den Kopf. »Ist nicht notwendig. Nichts ist notwendig.«

»Nichts ist notwendig?« Cyn schluckte hart. »Vater, verzeih, aber das klingt nicht nach dir. Ich weiß nicht, wie ich es sagen soll, aber du …« Sie berührte ihn an der Schulter, und er wandte sich ihr zu – und wieder erschrak sie, als sein Blick durch sie hindurch ins Leere ging.

»Alles ist in Ordnung«, versicherte er und löffelte weiter in seiner Schüssel.

»Wo sind die anderen?«, wollte Cyn wissen.

»Welche anderen?«

»Lucy und Nancy, Albert und Hank«, erwiderte sie.

»Weiß nicht«, sagte er nur, und es klang so gleichmütig, dass sie nur noch mehr darüber erschrak.

»Du weißt es nicht?«

»Nein, Kind.« Er schüttelte den Kopf. »Ich weiß es nicht – und es schert mich auch nicht.«

»Aber sagtest du nicht immer, dass das Theater dein Leben sei? Dass die Menschen, die hier arbeiten, unsere Familie seien?«

»Sagte ich das?« Er zuckte mit den Schultern, sein Mund dehnte sich zu einem schwachen Lächeln. »Dumm von mir, nicht wahr?«

»Nein.« Cyn schüttelte den Kopf. »Das finde ich ganz und gar nicht. Du hast mir beigebracht, dass man Verantwortung trägt für die Menschen, die einem anvertraut sind.«

»Verantwortung.« Er nickte, aber sein Blick blieb so leer wie zuvor. Cyn brach es das Herz, ihn so zu sehen.

»Was ist nur los mit dir, Vater?«, fragte sie und konnte nicht verhindern, dass sich ihre Augen abermals mit Tränen füllten. »Kümmert es dich denn überhaupt nicht, dass das Theater geschlossen wird? Dass wir in ein paar Tagen keine Arbeit mehr haben werden, kein Dach mehr über dem Kopf?«

Wieder betrachtete er sie mit jenem leeren Blick.

»Nein«, sagte er dann und wandte sich wieder der Schüssel zu, die er bis auf den Grund auslöffelte. »Es spielt keine Rolle. Nichts spielt mehr eine Rolle.«

Cyn war wie erstarrt vor Entsetzen.

Der Mann, der dort auf dem Stuhl saß, war ganz eindeutig ihr Vater, und doch erkannte sie ihn kaum wieder. Was in der vergangenen Nacht geschehen war, konnte sie nur vermuten. Die Schließung des Theaters, der Verlust seiner Träume – all das schien zu viel für ihn gewesen zu sein.

»Du hast dich verändert, Vater«, flüsterte sie.

»Alles verändert sich, mein Kind«, erwiderte er nur.

Cyn nickte, noch mehr Tränen traten ihr in die Augen und rannen an ihren Wangen herab. Es war offensichtlich, dass ihr Vater nicht mehr der war, der noch am Vorabend das Theater verlassen hatte.

Verwirrt und bestürzt zugleich ging sie hinaus. Im Flur lag der Mantel ihres Vaters auf dem Boden, scheinbar achtlos hingeworfen – auch das war mehr als untypisch für ihn.

In einem Reflex, verzweifelt darum bemüht, ein wenig von der alten Ordnung aufrechtzuerhalten, bückte sich Cyn und hob den Mantel auf, wollte ihn an einen der langen Nägel hängen, die als Garderobenhaken dienten – als etwas aus der Tasche rutschte und zu Boden fiel.

Es war ein kleines Stück Karton von rechteckiger Form, eine Ecke war abgerissen. Stirnrunzelnd hob Cyn es auf und drehte es um. Als sie die Aufschrift las, holte sie scharf Luft.

Es war eine Eintrittskarte.

Für das Caligorium.

7
EINKÄUFE

»Sag mal, hörst du mir überhaupt zu?«

Erst Lucys energische Frage riss Cyn aus ihren Gedanken. Sie blickte in das runde Gesicht der Freundin, das sie herausfordernd anschaute – und konnte nicht anders, als den Kopf zu schütteln.

»Verzeih«, sagte sie leise. »Ich war in Gedanken.«

»Na ja.« Die Strenge verschwand sofort wieder aus Lucys Zügen. »Das kann ich dir ja auch nicht verdenken nach allem, was in diesen Tagen geschieht. Ich wollte ja auch nur wissen, ob du Rosinen im Pudding magst oder nicht.«

»Rosinen?« Cyn überlegte kurz und nickte dann – obwohl es ihr eigentlich gleichgültig war. Sie wollte Lucy nicht verletzen, die es sich zur Aufgabe gemacht hatte, die gedrückte Stimmung im Theater zu heben, indem sie einen ihrer berühmten Puddings kochte.

Nachdem bis zum frühen Nachmittag niemand in der Holywell Lane aufgetaucht war – der Schock hatte wahrscheinlich bei allen Beteiligten zu tief gesessen –, war schließlich Lucy erschienen, mit Albert und den anderen im Schlepp, und hatte angekündigt, für alle Pudding kochen zu wollen, ganz wie in alten Zeiten. Cyn war froh darüber, nicht nur der Gesellschaft wegen. Sondern auch, weil die Freunde ein wenig Normalität zurückbrachten, wo alles auseinanderzufallen schien.

Um die Zutaten für den Pudding zu besorgen, waren Lucy, Albert und Cyn einkaufen gegangen. Da sie kaum noch Geld hatten, würde es keines jener kugelrunden, mit Fleisch und duftenden Gewürzen gefüllten Wunderwerke werden, die Lucy früher oft zubereitet hatte; diesmal gab es süßen Brotpudding, den man mit etwas Zucker und Rosinen verfeinern würde. Allerdings waren die Zeiten, in denen man Cyn mit ein paar mehr Rosinen auf dem Teller trösten konnte, unwiderruflich vorbei.

Gedankenverloren schaute sie zu, wie Lucy den Beutel entgegennahm, den der Händler ihr reichte, und ihn bezahlte. Sie waren in der Crispin Street, die an den Markt von Spitalfields grenzte. Mehl und Zucker hatten sie bereits erstanden, der getreue Albert trug alles in einem großen Korb hinter ihnen her.

»Darf ich dich etwas fragen, Lucy?«, erkundigte sich Cyn, als sie weitergingen.

»Natürlich, Kind.« Lucy blieb stehen, um die Eier zu prüfen, die vor dem nächsten Laden angeboten wurden. Die Ware schien sie jedoch nicht zu überzeugen, denn sie verzog missbilligend das Gesicht.

»Ist … ist dir an meinem Vater etwas aufgefallen?«, fragte Cyn zögernd. Es kam ihr wie Verrat vor, hinter seinem Rücken über ihn zu reden, aber sie hielt es einfach nicht mehr länger aus.

»Was meinst du?«

»Nun ja, ich … ich habe das Gefühl, dass er sich verändert hat.« Cyn schluckte und fühlte sich schuldig. Nun war es heraus. Sie hatte ausgesprochen, worüber sie sich unablässig den Kopf zerbrach, seit der alte Horace zurückgekehrt war.

»Verändert?« Lucy schaute sie fragend an. »Inwiefern?«

»Hast du es nicht bemerkt vorhin? Er hat sich kaum an unserem Gespräch beteiligt. Überhaupt sagt er kaum noch etwas. Alles scheint ihm gleichgültig geworden zu sein.«

»Gleichgültig? Deinem Vater?« Lucys ohnehin schon rundes Gesicht wurde noch ein wenig runder, als sie laut auflachte. »Wo denkst du hin, Kind? Ich kenne deinen Vater schon sehr lange, sogar länger als du. Und wenn Horace Pence eines ganz sicher nicht ist, dann ist es gleichgültig.«

»Das weiß ich«, versicherte Cyn und fühlte sich gleich noch ein wenig schlechter. »Ich meine, ich dachte, dass ich das weiß. Aber seit er zurück ist, scheint irgendwie alles anders zu sein.«

»Seit er zurück ist?«

Cyn nickte. »Wie du weißt, ist er gestern Abend spazieren gegangen. Nachdem er allen eröffnet hatte, dass das Theater verkauft wird.«

»Und?«

»Vergangene Nacht ist er nicht nach Hause gekommen.«

»Und?«, fragte Lucy noch einmal.

»Das ist überhaupt nicht seine Art«, erklärte Cyn. »Er ist noch nie so lange weggeblieben. Ich habe mir ganz schreckliche Sorgen um ihn gemacht, sogar bei der Polizei bin ich gewesen!«

»Kind.« Lucy blieb stehen und legte beschwichtigend die Hände auf Cyns Schultern. »Ich kann mir denken, wie furchtbar das für dich gewesen sein muss, und es tut mir wirklich leid. Aber du musst auch bedenken, wie schlimm das alles für deinen Vater ist. Das Penny Theatre war sein Leben. Wenn die Schließung schon uns so hart trifft, möchte ich mir gar nicht ausmalen, wie schrecklich das alles für ihn sein muss. Albert, Nancy, Hank und ich – wir verlieren nur eine Arbeitsstelle, wenngleich die beste, die man haben kann. Dein Vater jedoch verliert noch viel mehr, das solltest du nicht vergessen.«

»Das stimmt«, brummte Albert, der ebenfalls stehen geblieben war und zugehört hatte.

»Ich weiß«, versicherte Cyn an beide gewandt. »Das tue ich ja auch gar nicht. Es ist nur …«

»Um sich von den Sorgen des Alltags zu befreien, bleiben Männer bisweilen über Nacht fort«, fügte Lucy erklärend hinzu. »Dann gehen sie manchmal an Orte, die … die …« Sie errötete, schien nach passenden Worten zu suchen.

»Auch das weiß ich schon«, half Cyn ihr aus, »aber an einem solchen Ort ist Vater nicht gewesen. Er war im Caligorium.«

»Im Caligorium?«, fragte Albert so laut, dass sich einige Passanten nach ihnen umdrehten. Sogar Lucys kleine Augen weiteten sich für einen Moment.

»Es ist wahr«, versicherte Cyn.

»Hat er dir das gesagt?«, wollte Lucy wissen.

»Nein, aber in der Tasche seines Mantels habe ich eine abgerissene Eintrittskarte gefunden.«

»Und hast du ihn darauf angesprochen?«

»Das habe ich.« Cyn nickte. »Aber er erinnert sich nicht, dort gewesen zu sein. Er sagt, er weiß nicht, was er vergangene Nacht getan hat.«

»Vielleicht schämt er sich«, vermutete Albert.

»Ja«, stimmte Lucy zu. »Womöglich wollte er einmal mit eigenen Augen sehen, was unserem Theater das Genick gebrochen hat, und nun ist es ihm peinlich. Zumal er weiß, dass du dir Sorgen gemacht hast.«

»Meint ihr?« Cyn horchte in sich hinein. Vielleicht hatten die beiden ja recht und sie war nur wütend, weil ihr Vater sich einen schönen Abend im Theater gemacht hatte, während sie zu Hause vor Furcht und Sorge fast umgekommen war. »Aber was war danach?«, fragte sie dennoch. »Ich meine, wieso ist er nicht nach Hause gekommen, nachdem die Vorstellung zu Ende war? Und warum hat er sich so verändert? Seit Vater zurückgekehrt ist, ist er einfach nicht mehr er selbst.«

»Inwiefern, Kind?«

»Er scheint völlig abwesend«, berichtete Cyn, »und er spricht nur noch, wenn er gefragt wird, und auch dann ist er einsilbig. Die Welt um ihn herum scheint ihn nicht mehr zu interessieren …«

»Und das willst du ihm verdenken, nach allem, was geschehen ist?« Lucy strich ihr sanft über die Wange. »Wie ich schon sagte, Kind, dein Vater hat fast alles verloren, das ihm etwas bedeutet hat. Zuerst seine geliebte Frau, und nun auch noch das Theater. Nur du bist ihm noch geblieben, deshalb ist es wichtig, dass du zu ihm hältst in diesen Tagen und ihm dabei hilfst, diese Zeit zu überstehen. Sicher wird sich sein Zustand schon bald wieder bessern.«

»Versprochen?«, fragte Cyn mit Tränen in den Augen – und kam sich nun doch wieder vor wie ein kleines Mädchen.

Lucy tauschte einen hilflosen Blick mit Albert, dann zog sie Cyn an sich heran und nahm sie in ihre kurzen aber festen Arme. Cyn erwiderte die Umarmung. Es tat gut, sich an jemandem festhalten zu können. Sie schloss die Augen, worauf der Fluss ihrer Tränen versiegte und sie tatsächlich so etwas wie Hoffnung verspürte. Als sie die Augen jedoch wieder öffnete, machte Cyn eine seltsame Entdeckung.

Die Menschen in ihrer Umgebung – sowohl die Passanten als auch die Händler – schienen sie mit bohrenden, ja argwöhnischen Blicken zu bedenken. Oder bildete sie sich das nur ein? Schon einen Augenblick später schien wieder alles wie gewohnt zu sein. Die Menschen gingen alle ihren Tätigkeiten nach, niemand schien sich über Gebühr für sie zu interessieren. Cyn schüttelte den Kopf. Sie hatte sich das wahrscheinlich nur eingebildet. So wie sie sich einbildete, dass sich ihr Vater auf merkwürdige Weise verändert hatte.

»Komm«, forderte Lucy sie auf und entließ sie aus ihrer handfesten Umklammerung, »lass uns noch Eier kaufen und dann nach Hause gehen und Pudding kochen, die anderen warten sicher schon mit hängendem Magen.«

»Nicht nur die anderen«, bekräftigte Albert.

Sie gingen zum Eierstand an der Ecke, wo besonders große Exemplare verkauft wurden, die diesmal auch in Lucys kritischen Augen Zustimmung fanden. »Wie viel das Stück?«, wollte sie wissen.

»Ein Bender«, lautete die Antwort des Händlers.

»Sechs Pence?« Lucy hob die Brauen. Das Häubchen, das sie über ihrem krausen Haar trug, begann zu beben, wie immer, wenn sie sich aufregte. »Sind Sie übergeschnappt?«

»Ein Bender«, sagte der Händler, ein großer Mann mit kräftigen Händen, noch einmal und sah sie dabei seltsam an.

Lucy jedoch schien nicht gewillt, klein beizugeben. »Das ist Wucher«, beharrte sie. »Tuppence das Stück, nicht mehr und nicht weniger!«

Der Händler starrte sie glasig an. Dann nickte er ohne erkennbare Anteilnahme. »Tuppence«, bestätigte er.

»Na also«, meinte Lucy zufrieden, zählte dem Händler zehn Pence auf die Hand und suchte sich dafür fünf besonders große Eier aus, die sie behutsam in Alberts Korb legte.

»Hast du gesehen, Kind?«, fragte Lucy, als sie weitergingen. »Dieser Halsabschneider dachte, er könnte uns ausnehmen. Aber da ist er bei mir an die Falsche geraten.«

»Er hat den Preis insgesamt um zwanzig Pence nachgelassen«, meinte Cyn verblüfft. »Ist das nicht eigenartig? Ich meine, für gewöhnlich wird doch um jeden Viertelpenny gefeilscht, als ob es um Leib und Leben ginge.«

»Ach wo, man muss nur richtig mit diesen Strolchen umgehen«, war Lucy überzeugt. »Und nun lasst uns gehen – der Pudding wartet!«

8
KREISENDE GEIER

Sie verließen die Crispin Street in nördlicher Richtung, um den kürzesten Weg nach Hause zu nehmen, der über die Commercial Street führte und an den Lagerhäusern von Bishopsgate vorbei. Wenn Cyn jedoch gehofft hatte, zu Hause in der Holywell Lane ein wenig Frieden und Geborgenheit zu finden, so wurde sie bitter enttäuscht.

Schon die beiden Gestalten, die vor dem Hintereingang des Theaters herumlungerten, ließen nichts Gutes vermuten. Der eine Kerl trug eine abgetragene, gestreifte Seemannskluft, der andere einen schäbigen Mantel und eine Mütze, die er tief ins narbige Gesicht gezogen hatte – beide gehörten jener Sorte von Leuten an, die man besser mied.

Rasch sahen Cyn und ihre Begleiter zu, dass sie ins Haus kamen. Kaum hatten sie das Theater jedoch betreten, hörten sie auch schon die Stimme. Es war jene krächzende, an ein rostiges Scharnier erinnernde Stimme, vor der sich jeder Mann und jede Frau im Viertel fürchtete. Die Stimme des Mannes, dem ohnehin schon ein guter Teil der Gegend gehörte, und in wenigen Tagen auch das Penny Theatre.

Desmond Brewster.

»Oh nein«, hauchte Lucy und wurde blass. Alberts Züge verhärteten sich, grimmig schob er den Unterkiefer vor – spätestens jetzt war klar, zu wem die beiden Strolche dort draußen gehörten.

»Desmond Brewster«, knurrte Cyn und merkte, wie die Wut in ihr hochstieg. Noch ehe jemand etwas sagen oder sie zurückhalten konnte, stürmte sie die Stufen zum oberen Stockwerk hinauf und befand sich im nächsten Moment im Arbeitszimmer ihres Vaters.

Horace Pence stand in der Mitte des kleinen Raumes, in demütiger Haltung, das Haupt ehrerbietig gesenkt. Hinter dem Schreibtisch jedoch, dort, wo ihr Vater eigentlich hätte sitzen sollen, thronte Brewster, ein schadenfrohes Grinsen im von einem schwarzen Bart überwucherten Gesicht. Sein ebenso schwarzer Rock und der schmale Zylinder, den er auch im Haus nicht abgenommen hatte, ließen ihn wie einen Totengräber erscheinen. Sein hagerer Wuchs und die blutunterlaufenen, gierigen Augen verstärkten diesen Eindruck noch.

»Schau an, wer da kommt!«, krächzte er, als Cyn das Zimmer betrat. Das Grinsen wurde noch breiter und ließ gelbe Zähne sehen. »Damit wäre die Familie dann ja vollzählig.«

»Wie können Sie es wagen?«, zischte Cyn, schoss auf den Tisch zu und stützte sich energisch mit den Armen auf. Ihre Angst, ihre Unsicherheit, ihre Trauer – all das entlud sich in blankem Zorn. »Wie können Sie es wagen, hierherzukommen und sich auf den Platz meines Vaters zu setzen?«

Brewster taxierte sie von Kopf bis Fuß, seine Hakennase zuckte. »Guten Tag auch«, meinte er dann.

»Sie sind ein schlechter Mensch, Desmond Brewster«, beschied Cyn ihm mit bebender Stimme. »Sie geben sich als Geschäftsmann aus und bieten denen, die in Not sind, Ihre Hilfe an – aber wehe dem, der sie in Anspruch nimmt. Dann zeigen Sie Ihr wahres Gesicht!«

»Mein wahres Gesicht?« Der Geldverleiher kicherte. »Was für ein Gesicht sollte das wohl sein?«

»Sie sind ein Geier, Mister Brewster«, zischte Cyn, »ein gemeiner Aasfresser, der über seinem Opfer kreist, bis es sich nicht mehr wehren kann, und dann erbarmungslos zuschlägt.«

»Vorsicht, Kind«, sagte Brewster nur.

»Warum?«, fragte Cyn. »Ist Ihnen die Wahrheit unangenehm?«

Brewster reckte seinen langen dürren Hals und blickte an Cyn vorbei auf ihren Vater. »Heda, Pence«, krächzte er. »Wollen Sie Ihr Vögelchen nicht zurückpfeifen? Es zwitschert ein wenig zu laut für meinen Geschmack.«

»Ihnen gefällt wohl nicht, was Sie hören?«, ereiferte sich Cyn weiter. »Wie schade – aber es ändert nichts daran, dass Sie ein elender Haifisch sind, Brewster! Ich weiß nicht, was meinen Vater dazu getrieben hat, mit Ihnen Geschäfte zu machen, aber mir ist klar, dass das Theater an dem Tag verloren war, da er den Vertrag mit Ihnen unterschrieben hat.«

»Nun übertreib mal nicht, Kind«, entgegnete Brewster und deutete auf den alten Horace. »Nimm dir ein Beispiel an deinem Vater. Er trägt die Sache wenigstens mit Fassung.«

Cyn drehte sich zu ihrem Vater um, der noch immer unbewegt dastand, mit hängenden Schultern und gesenktem Haupt, in seinem Gesicht jene Ausdruckslosigkeit, die sie schon zuvor bei ihm bemerkt hatte. »Mein Vater, Mister Brewster«, zischte sie deshalb, »hat resigniert. Er hat die Freude am Leben verloren, weil Sie ihm alles genommen haben! Aber damit werden Sie nicht durchkommen, das schwöre ich Ihnen!«

Brewster hob die buschigen Brauen. »Willst du mir etwa drohen?«

»Wie könnte ich das?« Cyns Stimme zitterte. Es kostete sie alle Überwindung, vor Wut und Verzweiflung nicht in Tränen auszubrechen, aber diesen Triumph wollte sie Brewster nicht gönnen. »Aber es gibt eine Gerechtigkeit, die auch Halsabschneidern wie Ihnen zuteilwird, daran glaube ich von ganzem Herzen. Und jetzt raus hier!«

»Halsabschneider.« Der Geldverleiher schnalzte tadelnd mit der Zunge, während er sich provozierend langsam erhob. »Wirklich, Pence, bringen Sie Ihrer Tochter Manieren bei, sonst wird sie sich noch irgendwann um Kopf und Kragen reden. Oder soll ich das mit den Manieren übernehmen?«

Cyn sah zu ihrem Vater, der jedoch noch immer keine Anstalten machte, etwas zu erwidern. Schweigend und ohne Teilnahme verfolgte er den Streit.

»Sie persönlich?«, fragte Cyn spitz, während sie Brewster nun ihrerseits von Kopf bis Fuß musterte. »Oder brauchen Sie dazu die Hilfe der beiden Halbaffen, die unten vor der Tür stehen?«

Brewster kam um den Tisch herum und stand nun unmittelbar vor ihr. Cyn konnte den modrigen Gestank riechen, der ihn wie eine Wolke umgab. »Du begehst einen Fehler, Kindchen«, beschied er ihr. »Du solltest mich nicht zu deinem Feind machen. Das alles hier«, er machte eine Handbewegung, die nicht nur die kleine Wohnung, sondern auch das darunter liegende Theater einschloss, »wird es schon sehr bald nicht mehr geben. Jemand hat mir eine Menge Geld geboten, um den Grund zu kaufen, auf dem diese baufällige Baracke steht, und eine Fabrik zur Herstellung von Schwefelhölzern darauf zu errichten.«

»Hast du das gehört, Vater? Er will das Penny Theatre abreißen!« Verzweifelt wandte sie sich Horace zu, doch der Blick, mit dem er sie bedachte, verriet ihr deutlich, dass ihn nicht kümmerte, was aus seinem Lebenswerk wurde.

Nicht mehr …

»Natürlich steht es dir frei, deinen Lebensunterhalt als Arbeiterin in der Fabrik zu verdingen. Du bist ohnehin zu blass, vielleicht würde dir ein wenig Schwefelglanz um Kinn und Wangen ganz gut zu Gesicht stehen.«

»Mistkerl«, zischte Cyn hilflos.

»Wenn du dich jedoch mit mir gut stellst«, fuhr Brewster grinsend fort, die Beleidigung geflissentlich überhörend, »könnte ich dir dieses Schicksal ersparen, wenn das alles hier vor die Hunde geht.«

»Wie denn?« Cyn lachte freudlos auf. »Indem Sie mich in eines Ihrer Bordelle schicken und dort arbeiten lassen? So pflegen Sie es doch mit jungen Frauen zu halten, die bei Ihnen Schulden haben, oder nicht?«

»In der Tat«, gab Brewster zu, ohne auch nur mit der Wimper zu zucken. »Aber vielleicht muss es dazu gar nicht kommen. Bei deinem schauspielerischen Talent könntest du auch als Tänzerin in einem meiner Lokale arbeiten. Es gibt immer Möglichkeiten.«

Er grinste breit, und Cyn sah sich einmal mehr Hilfe suchend nach ihrem Vater um.

Der Horace Pence, den sie gekannt hatte, wäre ihr spätestens jetzt zur Seite gesprungen, hätte ihre Ehre verteidigt und Brewster hinausgeworfen – doch jener Mann, der dort stand, begnügte sich damit, weiter apathisch vor sich hin zu starren. Ihrer aller Schicksal schien ihm gleichgültig geworden zu sein, und Cyn wusste nicht, was sie mehr entsetzte: die Tatsache, dass dieses Schwein Brewster sie wie ein Stück Ware betrachtete, die er aus der Konkursmasse übernahm, oder dass ihr Vater ihr so fremd geworden war.

»Gehen Sie«, verlangte sie tonlos von Brewster, ihre Tränen nur noch mit größter Mühe zurückhaltend. »Verlassen Sie dieses Haus, sofort!«

»Dieses Haus, schönes Kind, gehört mir bereits«, brachte Brewster feixend in Erinnerung, und daraufhin lachte er so schallend und schmutzig, dass Cyn es nicht länger ertrug. Brewsters Häme, die Apathie ihres Vaters, ihre eigene Angst vor der Zukunft, all das wurde in diesem Augenblick zu viel.

»Gehen Sie!«, herrschte sie ihn an, während die Tränen ungehindert in ihre Augen schossen. »Verschwinden Sie!«

Brewster blieb unbeirrt stehen. »Und wenn nicht?«, fragte er ruhig. »Würdest du mich dann persönlich hinauswerfen?«

»Nein, das würden wir übernehmen!«

Unvermittelt waren die anderen in der Tür zum Arbeitszimmer aufgetaucht: Albert und Hank, die die Ärmel ihrer Hemden aufgekrempelt und die Hände zu Fäusten geballt hatten; Nancy, die ein Messer in der Hand hielt, und Lucy, die ein Nudelholz drohend erhoben hatte.

Brewster gab sich dennoch unbeeindruckt. Nach kurzem Zögern griff er in die Tasche seines Rocks und kramte eine Trillerpfeife hervor, die er ansetzen wollte.

»Bemühen Sie sich nicht«, sagte Lucy. »Die beiden Galgenvögel dort unten in der Gasse haben sich entschieden, ein Nickerchen zu halten, sie werden bestimmt nichts hören.«

Das fiese Grinsen bröckelte aus dem Gesicht des Geldverleihers wie Putz von einer alten Mauer.

Einen Augenblick lang zögerte er noch, doch als er die Entschlossenheit in den Gesichtern der anderen sah, setzte er sich widerwillig in Bewegung, nicht ohne Cyn mit einem letzten feindseligen Blick zu bedenken. »Das ist keine gute Entscheidung, Mädchen«, zischte er. »Noch vier Tage, dann gehört der Laden mir.«

Damit ließ er sie stehen, und Lucy und die anderen machten Platz, um ihn hinauszulassen. Während Albert und Hank ihn nach unten begleiteten, um sicherzustellen, dass er das Haus auch wirklich verließ, blieben Lucy und Nancy bei Cyn.

»Kind, es tut mir unendlich leid.«

Cyn wusste nicht, was sie trauriger machte – Lucys Mitleid oder die Tatsache, dass es eigentlich ihr Vater hätte sein müssen, der sie tröstete. Doch der alte Horace stand weiter unbewegt, schien noch nicht einmal wirklich begriffen zu haben, was vor sich ging, während Lucy einmal mehr zur Stelle war und Cyn in ihre mütterlichen Arme nahm.

Die Tränen flossen ungehemmt, Cyn fand kein Mittel mehr dagegen. Die Bestürzung, die Angst, die hilflose Wut – all das suchte sich einen Weg hinaus.

Sie weinte so bitterlich, wie sie es seit dem Tod ihrer Mutter nicht mehr getan hatte, Krämpfe schüttelten sie, während Lucy sie an sich presste und ihr durch das kurze Haar strich. Der süßliche Küchengeruch, der ihren Kleidern anhaftete, erinnerte Cyn an früher, und tatsächlich beruhigte sie sich ein wenig. Sie löste sich aus der Umarmung, sah erneut zu ihrem Vater, der den Blick jetzt erwiderte und sie durch das gesprungene Glas seiner Brille anstarrte.

»Cynthia«, sagte er, als würde er sie eben erst entdecken. »Warum weinst du, Kind?«

Cyn wandte den Blick und sah Lucy an.

»Ich weiß, Kind«, sagte die Freundin leise. »Ich weiß.«

9
DIE WARNUNG

»Du schon wieder?«

Als Cyn die Polizeiwache Bishopsgate betrat, wäre sie am liebsten sofort wieder umgekehrt – denn wieder hatte der offenbar stets schlecht gelaunte Sergeant Finlay seinen Schalterdienst.

»Guten Tag, Sergeant«, versuchte sie es dennoch und trat an den Schalter.

»Was?«, fragte Finlay nur, der einmal mehr den Mund voll hatte. Seine schwarze Uniform war voller Kuchenbrösel.

»Ich bin gekommen, um Ihnen zu sagen, dass sie recht hatten«, gab Cyn sich scheinbar einsichtig – vielleicht würde das den gestrengen Polizisten besänftigen. »Mein Vater ist tatsächlich nach Hause zurückgekehrt, genau wie Sie es gesagt haben. Noch am selben Tag.«

»Na also, wusst ich's doch. Aber mir weismachen wollen, dein alter Herr wäre verschwunden.« Finlay schlang den letzten Rest Kuchen herunter, zog dann die oberste Schublade seines Schreibtischs auf und entnahm ihr einen kleinen Kamm, mit dem er sich die Brösel aus dem Schnurrbart strich. »Es geht eben nichts über jahrelange Erfahrung in der Polizeiarbeit«, meinte er, legte den Kamm zurück und stieß die Schublade wieder zu.

»Sie sind wohl schon ziemlich lange dabei?«, fragte Cyn.

»Das will ich meinen – achtzehn Jahre werden es demnächst. Zuerst vier Jahre unten an den Docks, dann sieben in Bethnal Green. Den Rest habe ich hier verbracht.«

»Und in all dieser Zeit haben Sie sicher vieles gehört und gesehen.«

»Natürlich, Kindchen.« Finlay nickte, offenbar geschmeichelt von Cyns Interesse, und zwirbelte ein Ende seines Barts. »An den Docks geschehen Dinge, die sich andernorts niemand vorstellen kann. Oder hast du schon mal gesehen, wie ein Rudel ausgehungerter Waisenkinder über den Kadaver einer Ratte herfällt? Oder wie ein Mann aussieht, der den Fehler begangen hat, sich mit den Chinesen anzulegen?«

»Nein«, gab Cyn schaudernd zu.

»Ich könnte dir Geschichten erzählen, Mädchen, die dich vor Grauen schreien lassen würden. In dieser großen Stadt gibt es mehr Unrat und Schmutz, als irgendjemand aufsammeln kann. Von dem menschlichen Abschaum ganz zu schweigen.«

»Haben Sie ...« Cyn zögerte.

Sollte sie es tun?

Die Frage stellen, die ihr auf den Lippen brannte?

Natürlich hatte sie gehofft, nicht ausgerechnet Finlay, sondern irgendeinen anderen Polizisten in der Wache anzutreffen, aber da der Sergeant einen vergleichsweise guten Tag zu haben schien, konnte sie ebenso gut ihn fragen.

»Was?«, hakte er nach und sah sie prüfend an.

»Haben Sie auch schon einmal von Männern gehört, die sich über Nacht verändert haben?«, hörte Cyn sich selbst fragen. Ihr war elend dabei zumute, so als würde sie nicht nur ihren Vater verraten, sondern auch noch Lucy und all die anderen, die nicht wussten, dass sie hier war.

»Inwiefern verändert?«

»Nun ja ... Männer, die am einen Tag noch treu sorgende, liebevolle Väter waren – und am Morgen darauf nur noch leere Hüllen, die keinen Anteil mehr am Schicksal derer nehmen, die sie lieben?« Sie sah, wie sich Finlays Augenbrauen kritisch verengten und schalt sich eine Närrin, weil sie ihm davon erzählt hatte. Was bildete sie sich ein? Dass ausgerechnet der Mann, der ihr schon bei ihrem ersten Besuch kein Wort geglaubt hatte, ihr nun helfen würde?

»Du meinst, als ob etwas in ihnen gestorben wäre?«, fragte der Sergeant unerwartet.

»J-ja«, hauchte Cyn überrascht. »Haben Sie …?«

Finlay erhob sich von seinem Schreibtisch und trat an den Schalter. »Mehr als einmal«, gab er mit gedämpfter Stimme zu. »Ich habe gesehen, was der Drache aus Menschen macht. Er verzehrt sie von innen und lässt sie zu willenlosen Kreaturen werden.«

»Der … der Drache?« Cyn sah den Polizisten verwundert an und versuchte zu verstehen. Auf dem Markt hatte sie Leute vom Drachen sprechen hören, leise und mit verschwörerischen Blicken, aber sie war sich nicht sicher, ob es das war, was Finlay meinte. »Sprechen Sie von … von Rauschgift?«

»Natürlich. Dieses elende Zeug wird in der ganzen Stadt verkauft, in den sauberen Apotheken des West End ebenso wie in den dunklen Kellern des East End. Opium verspricht allen, die es zu sich nehmen, süßes Vergessen, aber wenn sie aus dem Rausch erwachen, ist alles nur noch schlimmer als zuvor.«

Cyn überlegte. Natürlich hatte sie von den Opiumhöhlen unten am Hafen gehört. Und sie wusste auch, dass es Menschen gab, die sich regelmäßig vor dem rauen Alltag dorthin flüchteten, aber der Gedanke, dass auch ihr Vater zu ihnen gehören könnte, war ihr nie gekommen.

Sollte das die Lösung des Rätsels sein? War der alte Horace vor Kummer über den Verlust des Theaters in eine dieser Spelunken gegangen und hatte den Odem des Drachen geatmet, wie die Chinesen es nannten?

»Nein.« Sie schüttelte energisch den Kopf. »Soviel ich herausgefunden habe, war mein Vater im Theater, und nicht in einer Opiumhöhle.«

»Die ganze Nacht?« Finlay schaute sie fragend an. »Du hast dich schon einmal in deinem Vater geirrt, vergiss das nicht. Und hast du nicht gesagt, dass er sich verändert hätte? Dass ein völlig anderer Mensch aus ihm geworden ist? Opium pflegt genau diese Wirkung zu haben.«

»Auch wenn man es zum ersten Mal zu sich nimmt?«, fragte Cyn.

»Am Anfang lässt die Wirkung nach einiger Zeit wieder nach«, wusste der Polizist zu berichten, »aber je länger man es nimmt, desto verheerender ist die Wirkung – und ehe man es merkt, ist das Leben ein einziger

Rausch. Ich habe Männer gesehen«, fügte er düster hinzu, »denen der Drache den Verstand geraubt hat. Am Ende wussten sie nicht einmal mehr, wer sie waren.«

Cyn schauderte. »Bei meinem Vater hat die Wirkung aber nicht nachgelassen«, gestand sie leise ein. »Seit seiner Rückkehr sind drei Tage vergangen, und sein Zustand ist unverändert.«

»Und ist er völlig apathisch und ohne jede Teilnahme?«, wollte Finlay wissen.

Cyn nickte traurig. Noch vor ein paar Tagen wäre sie vermutlich in Tränen ausgebrochen, inzwischen konnte sie das nicht mehr. Ihre Tränen waren versiegt, sie fühlte sich nur noch leer und ausgebrannt.

Zusammen mit Lucy und Albert hatte sie die vergangenen beiden Tage damit verbracht, all das aus dem Theater zu schaffen, das nicht zum Inventar gehörte – ein paar Kleider, einige Bücher, dazu ein paar Erinnerungsstücke an ihre Mutter. Insgesamt zwei Kisten, die sie in ein schäbiges Lagerhaus in St. Giles gebracht hatten, das einem Onkel von Albert gehörte und wo er auch wohnte. Alles andere, was sich jetzt noch im Theater befand, würde in zwei Tagen Desmond Brewster gehören. Dann würden sie alle ohne Arbeit sein – und was Cyn und ihren Vater betraf, so hatten sie dann auch kein Dach mehr über dem Kopf.

»Nun«, meinte Finlay, und es war das erste Mal, dass Cyn den Polizisten lächeln sah, »in diesem Fall gibt es nur zwei Möglichkeiten. Entweder, dein Vater ist dem Drachen längst verfallen, ohne dass du es bemerkt hast, oder aber, in jener Nacht ist ihm irgendetwas anderes widerfahren. Und nun verschwinde«, fügte er hinzu, nun wieder so abweisend wie gewohnt. »Ich habe schließlich Wichtigeres zu tun, als einem armen Gör von Dingen zu erzählen, von denen es ohnehin nichts versteht.«

»Natürlich«, sagte Cyn. »Danke, Sergeant.«

»Sergeant Finlay«, verbesserte er.

»Danke, Sergeant Finlay. Auf Wiedersehen.«

»Muss nicht sein«, knurrte der Gesetzeshüter, der wieder an seinen Schreibtisch zurückgekehrt war und seinen Bart zwirbelte. »Wäre ja auch noch schöner, wenn allenthalben jemand hereinkommen und mich von der Arbeit abhalten würde.«

Cyn verließ das Polizeirevier durch die schmale Tür und ging nach draußen. Nachdem sich der Nebel in den vergangenen Tagen ein wenig gelichtet hatte, hing er seit diesem Morgen wieder so dicht und zäh in den Straßen, dass man keine zehn Schritte weit sehen konnte. Die Menschen auf den Bürgersteigen, die Verkaufsstände, die Kutschen und Fuhrwerke auf den Straßen – all das war nur schemenhaft zu erkennen, die Geräusche klangen dumpf und hohl.

Das Klappern von Hufen auf Pflastersteinen.

Das Knarren und Rasseln der Geschirre.

Das Gebell streunender Hunde.

Das Schnauben der unweit verkehrenden Eisenbahn.

Zeitungsjungen, die lautstark die Morgenausgaben der »Times«, des »Standard« und der »Daily News« anpriesen und sich dabei einen erbitterten Wettstreit mit den Costermongern, den Schuhputzern und den anderen Straßenhändlern lieferten. Eine einzelne Stimme jedoch ragte aus dem Gewirr heraus, weil sie lauter und durchdringender war als alle anderen.

»Kommen Sie!«, brüllte sie. »Kommen Sie und staunen Sie, ehrenwerte Gentlemen und hochgeschätzte Damen! Trauen Sie Ihren Augen und erleben Sie Wunder über Wunder – im Caligorium, dem Theater der Sensationen am Finsbury Circus!«

Wie angewurzelt blieb Cyn stehen.

Das Caligorium!

Auf Schritt und Tritt schien es sie zu verfolgen!

Sie konnte nicht anders, als die Richtung einzuschlagen, aus der die heisere Stimme drang. Je weiter sie sich durch den dichten Nebel und das Gewühl der Menschen vorarbeitete, desto deutlicher konnte sie die Worte hören.

»Besuchen Sie das Caligorium! Werden Sie Zeuge von Wundern, wie sie das menschliche Auge nie zuvor erblickt hat! Lassen Sie sich verzaubern von einer Welt der Fantasie! Besuchen Sie ein Universum der Dinge und der Ideen, des Wissens und des Staunens, des Lichts und der Schatten!«

Eine Traube von Schaulustigen schälte sich aus dem Nebel, die sich an der Kreuzung zur Brushfield Street versammelt hatte. In ihrer Mitte ragte eine dunkle Gestalt auf, die einen vornehmen Zylinder trug und mit einem Stock gestikulierte, um die Aufmerksamkeit der Passanten auf sich zu ziehen. Trotz des geschäftigen Treibens, das wie immer um diese Zeit herrschte, waren bereits viele Leute stehen geblieben, und dem Gesetz der Masse gehorchend, wurden es immer mehr.

Auch Cyn gesellte sich dazu und lauschte den vollmundigen Worten, mit denen der Ausrufer das Caligorium anpries: »Sensationen über Sensationen! Eine Welt, von der Sie nicht glauben, dass sie existiert – bis zu dem Moment, da sich der Vorhang hebt und Sie sie mit eigenen Augen sehen!«

Hier und dort tuschelten die Leute miteinander oder stießen sich gegenseitig mit den Ellbogen. Der Ausrufer war wirklich gut in dem, was er tat, in vielen Gesichtern entdeckte Cyn Neugier, Augen blitzten mit frisch geweckter Sensationslust. Selbst Cyn konnte sich dem nicht ganz entziehen. Hatte auch ihr Vater in jener Nacht den Worten eines Ausrufers gelauscht? War dies der Grund dafür gewesen, dass er ins Caligorium gegangen war? Hatte er es nicht geplant, sondern sich spontan dazu entschlossen?

Der Gedanke tröstete sie ein wenig, auch wenn sie nicht sagen konnte, warum. Und er beantwortete noch längst nicht die Fragen, die sie quälten: Was war in jener Nacht geschehen? Was war ihrem Vater widerfahren, das ihn so verändert hatte?

Cyn musste an Sergeant Finlays Worte denken. Für den Polizisten schien festzustehen, dass ihr Vater Opium genommen hatte. Zwar glaubte Cyn das nicht, aber konnte sie sich ganz sicher sein? So vieles geschah in diesen Tagen, das sie noch vor ein paar Wochen für unmöglich gehalten hätte, ihr Leben, wie sie es gekannt hatte, hatte sich auf den Kopf gestellt. Vielleicht, sagte sie sich, war es an der Zeit, *sämtliche* Möglichkeiten in Betracht zu ziehen.

»Kommen Sie ins Caligorium!«, rief der Mann mit dem Zylinder wieder. »Das Caligorium wartet! Es wartet auf Sie, Sir«, versicherte er und deutete mit dem Stock in die Menge. »Und es wartet auch auf Sie, noble Dame! Scheuen Sie nicht den hohen Eintrittspreis! Professor Caligore garantiert jedem, der von der Erfahrung, die das Caligorium ihm bietet, nicht völlig zufriedengestellt ist, die Erstattung des Eintrittsgeldes!«

»Humbug!«, rief plötzlich jemand und reckte eine geballte Faust empor.

»Sie glauben mir nicht, Sir?«

»Allerdings nicht!«, scholl es zurück. Die Stimme war rau und schwer vom Alkohol und hatte einen harten irischen Akzent.

»Und warum nicht, ehrenwerter Herr? Haben Sie einen begründeten Anlass, an meinen Worten zu zweifeln?«

»Und ob ich den habe, du elende Ratte!«, kam es zurück, und noch ehe der Ausrufer oder irgendjemand sonst reagieren konnte, war der Mann – ein vierschrötiger Hüne in einem zerschlissenen Anzug und mit einem bärtigen, feuerroten Gesicht – auch schon zu ihm hinaufgesprungen.

»Sir, ich muss entschieden protestieren!«, beschwerte sich der Zylinderträger, der andere stieß ihn daraufhin vom Podest, sodass er in der Menge landete. Männer fluchten, einige Frauen schrien entsetzt auf.

»Reiß noch mal das Maul auf«, lallte der betrunkene Ire von oben herab, »und ich schwöre dir, dass ich dich eigenhändig umbringen werde, hast du verstanden?«

Ein Raunen ging durch die Menge. Die Augen des Hünen blitzten so feindselig und voller Angriffslust, dass die Leute eingeschüchtert zurückwichen.

»Was glotzt ihr denn so?«, herrschte er sie an. »Mein Bruder Shamus ist dort gewesen! Zusammen mit ein paar Kumpels ist er in dieses verdammte Theater gegangen – seither erkenne ich ihn nicht wieder!«

Cyn glaubte, nicht recht zu hören!

Während andere Schaulustige sich abwandten und weitergingen, die einen ungläubig lachend, die anderen kopfschüttelnd, blieb sie wie angewurzelt stehen.

»Ihr glaubt mir nicht?«, donnerte der Hüne von seinem Podest herab. »Aber ich sage die verdammte Wahrheit! Mein kleiner Bruder war ein feiner Kerl, ehrbar und fleißig und immer zu Späßen aufgelegt, aber jetzt …«

»Ein fleißiger Ire?«, höhnte jemand. »Das gibt's doch gar nicht!«

Einige Leute lachten, was den Betrunkenen vollends in Rage brachte. »Lacht nur, ihr Idioten!«, wetterte er. »Ihr werdet schon sehen, was ihr davon habt! Geht nur ruhig hin und seht euch an, was es im Caligorium zu gaffen gibt, aber ich warne euch – dort lauert das Verderben!«

»Ja«, tönte es aus der sich auflösenden Menge zurück. »So wie im Schnaps, den du getrunken hast!« Wieder lachten die Leute, während sich auch die letzten zum Gehen wandten. Der Hüne, so schien es, hatte den Verstand verloren – einer der vielen Verrückten, die durch die Straßen Londons irrten und weder Arbeit noch ein Dach über dem Kopf hatten.

»Wer hat das gesagt?« Der Ire fuhr wütend herum. Er wankte auf dem Podest, wäre beinahe gestürzt.

Cyn konnte nicht anders, als Mitleid mit ihm zu empfinden. Zum einen, weil sie erkennen konnte, dass aus seinen groben, feuerroten Zügen nicht nur Zorn sprach, sondern auch tiefe Verzweiflung, zum anderen, weil sie, anders als die übrigen Passanten, zu wissen glaubte, wovon der Mann redete.

Ohne lange nachzudenken, bahnte sie sich einen Weg zur Mitte des sich auflösenden Pulks und stand im nächsten Moment vor dem Podest.

»Sir?«

»Was?« Wieder fuhr der Ire wankend herum, blitzte zornig auf sie herab. »Willst du mich ebenfalls veralbern? Dich über mich lustig machen wie die anderen?«

»Nein«, versicherte Cyn. Allein die Größe des Mannes machte ihr Angst, aber sie gab sich Mühe, es sich nicht anmerken zu lassen. »Ich möchte wissen, was genau mit Ihrem Bruder geschehen ist. Sie sagten, Sie hätten ihn nicht mehr wiedererkannt?«

Der Hüne musterte Cyn mit loderndem Blick, und einen Moment lang war sie nicht sicher, ob er sie schelten und davonjagen oder sie gleich erschlagen würde. Sie verwünschte sich für ihre Unvernunft und wollte sich wieder zurückziehen, als er sich auf die Knie niederließ, pfeifend wie ein kaputter Blasebalg, aus dem die Luft entwich.

»So ist es«, versicherte er mit rauer, kraftloser Stimme. Selbst jetzt, da er auf dem Podest kauerte, war er noch immer so groß, dass er ihr in die Augen schaute, und ihr wurde übel von dem Schnapsatem, der ihr entgegenschlug. »Er ist wie ein Schlafwandler, ohne jede Teilnahme. Und er ist so, seit er in diesem verdammten Theater war. Das Caligorium ist ein schrecklicher Ort, Mädchen. Das Böse lauert dort.«

»Das … das Böse?« Cyn hob die Brauen, während ihr ein eisiger Schauer über den Rücken lief. Die Haltung des Iren, sein gequälter Blick, seine ganze Art zu sprechen machten es ihr unmöglich, seine Worte als das geistlose Gewäsch eines Betrunkenen abzutun.

»Sie machen dort etwas mit den Menschen«, fügte er leise hinzu, die Stimme verschwörerisch gedämpft.

»Und … und was?«, fragte Cyn, obwohl sie nicht sicher war, ob sie es tatsächlich wissen wollte.

»Ich weiß es nicht.« Der Hüne schüttelte das von wirrem rotem Haar bedeckte Haupt. »Sie … sie …« Er schien nach passenden Worten zu suchen, schaute dabei an seiner zerlumpten Kleidung herab, als wären sie dort zu finden. Schließlich griff er in seine Manteltasche, zog eine leere Schnapsflasche hervor und betrachtete sie. »Sie saugen sie aus«, erklärte er, »bis sie so leer sind wie diese Flasche Gin.«

»Leer?« Cyn erschauderte bis ins Mark.

Konnte es tatsächlich sein, dass …?

»Du glaubst mir wohl nicht?«, blaffte der Hüne sie an, und noch ehe sie fliehen oder auch nur zurückweichen konnte, hatte er sie schon am Arm gepackt, den er wie ein Schraubstock umklammerte. »Glaubst dem armen alten Pete O'Riley kein Wort, was?«, lallte er. »Aber ich schwöre dir beim Heiligen Patrick, genau so ist es! Mein kleiner Bruder ist so leer wie eine ausgesoffene Flasche Gin, seit er in diesem verdammten Theater war!«

In seiner Verzweiflung begann er, Cyn zu schütteln, die sich in der Pranke des Iren wie ein Spielzeug vorkam. Verzweifelt versuchte sie, sich aus seiner Umklammerung zu befreien. »Bitte, Sir«, flehte sie, »lassen Sie mich los! Sie tun mir weh!« Doch der Hüne schien sie gar nicht zu hören. Vermutlich hätte er ihr den Arm gebrochen, hätten sie nicht in diesem Augenblick Gesellschaft erhalten.

»Das ist er! Das ist der Mann!«, rief plötzlich jemand, und ein halbes Dutzend schwarz uniformierter Constables mit ihren hohen Helmen tauchte plötzlich aus dem Nebel auf. Bei ihnen war der Ausrufer, der aus einer Stirnwunde blutete und dessen Zylinder einige Beulen aufwies. Offenbar hatte er sich davongestohlen und die Polizei alarmiert.

Als sich die Constables mit erhobenen Schlagstöcken auf den kräftigen, aber sturzbetrunkenen Iren stürzten, ließ dieser Cyn augenblicklich los. Schützend riss er die Hände über den Kopf, während sie ihn packten und vom Podest zerrten.

»Weg von mir! Lasst mich in Ruhe, ihr Schmeißfliegen!«, ereiferte er sich, aber die Constables dachten gar nicht daran, ihm diesen Gefallen zu tun.

»Was fällt dir ein, rechtschaffene Bürger anzugreifen, hä?«, herrschte ihn einer an.

»Rechtschaffen?«, lallte O'Riley und lachte gequält. »Ihr Idioten habt ja keine Ahnung! Dieser Kerl arbeitet für ihn! Für Caligore!«

»Maul halten«, beschied ihm einer der Polizisten derb.

»Aber ich sage die Wahrheit!«

»Die heb dir lieber für den Richter auf – du bist wegen Ruhestörung und tätlichen Angriffs verhaftet!«

»Nein, nicht!«, widersprach der Ire, der jetzt am Boden lag und sich wand wie ein auf dem Rücken liegender Käfer, während ihm die Handschellen angelegt wurden. »Ihr könnt mich nicht verhaften! Ich muss die Leute warnen, hört ihr?«

»Wovor willst du sie warnen? Vor Trunkenbolden wie dir?« Die Constables lachten rau, während sie ihn wieder auf die Beine zerrten.

Die fiebrigen Augen des Hünen blickten gehetzt umher und fanden Cyn, der dadurch bewusst wurde, dass sie noch immer dastand und auf das bizarre Schauspiel starrte. »Du!«, rief er und fixierte sie mit glasigen Augen. »Du glaubst mir doch, Kindchen, oder nicht?«

»Lass das Mädchen in Ruhe, du Säufer«, beschied ihm einer der Polizisten hart. »Wir werden dich jetzt in eine Zelle stecken, da kannst du deinen Rausch ausschlafen!«

»Nein, nicht!« Der Hüne wehrte sich, so gut er es noch vermochte, während sein Blick weiter auf Cyn geheftet blieb. »Du musst mir glauben, Mädchen! Du musst dem armen Pete O'Riley glauben! Du musst die Menschen warnen! Du musst alle warnen!«

»Schon gut, schon gut.« Die Constables lachten, während sie ihn davonschleppten.

»Du musst alle warnen!«, brüllte der Ire noch einmal heiser, während seine Gestalt und die seiner Häscher bereits im Nebel verschwanden. »Es sind ihre Schatten, hörst du? Caligore raubt ihre Schatten!«

Unheimlich hallten seine Worte von den umliegenden Hauswänden wider, gefolgt vom derben Gelächter der Gesetzeshüter.

Cyn stand noch immer unbewegt, innerlich jedoch bebte sie vor Aufregung.

Ihre Schatten …

Natürlich war ihr klar, dass sie nichts auf das Gerede eines Betrunkenen hätte geben dürfen, dass es ihr gleichgültig hätte sein müssen, was ein hergelaufener Unruhestifter von sich gab. Die Sache war nur: Was der Ire von seinem Bruder erzählt hatte – dass er sich wie ein Schlafwandler verhielt, apathisch und ohne Teilnahme, dass er auf ihn wirkte wie ein leeres Gefäß –, traf haargenau auf ihren Vater zu. Und auch er war zuvor im Caligorium gewesen.

Sollte etwa ein Zusammenhang …?

»Hier, Mädchen. Nimm das.«

Cyn fuhr herum und sog scharf nach Luft, als eine hagere Gestalt mit einem hohen Zylinder vor ihr stand.

Es war der Ausrufer, der für das Caligorium geworben hatte. Die Wunde an seiner Stirn, die wahrscheinlich weniger schlimm war, als er den Polizisten weisgemacht hatte, hatte bereits aufgehört zu bluten. Ein verschlagenes Grinsen zog das schwarzbärtige Gesicht in die Breite. Cyn sah, dass er ihr etwas hinhielt.

Es war ein Flugblatt.

Das Wort CALIGORIUM sprang ihr mit großen, in einem Bogen angeordneten Lettern entgegen.

»Was soll ich damit?«, fragte sie.

»Gegen Vorzeigen dieses Flugblatts gibt es Rabatt auf den Eintrittspreis«, erklärte der Zylindermann. »Du willst das Caligorium doch sicher besuchen, oder nicht? Nun hast du die Gelegenheit dazu.«

»Und was erwartet mich dort?«, wollte Cyn wissen.

»Wunder über Wunder«, entgegnete er lächelnd und beugte sich vor. »Du willst doch nicht etwa glauben, was dieser irische Hund im Suff von sich gegeben hat?«

Es klang weniger wie eine Frage als vielmehr wie eine Feststellung, und ein Gefühl sagte Cyn, dass es besser war, das Flugblatt anzunehmen. Rasch faltete sie es zusammen und ließ es unter ihrer Jacke verschwinden.

Als sie wieder aufblickte, war der Mann verschwunden.

»Hallo?«, fragte Cyn in den sie umgebenden Nebel, obwohl sie kein Verlangen danach verspürte, ihre Unterhaltung mit dem Ausrufer fortzusetzen. Dafür hatte sie plötzlich den Eindruck, beobachtet zu werden.

Es war wie vor ein paar Tagen, als sie mit Lucy und Albert beim Einkaufen gewesen war, mit dem Unterschied, dass sie diesmal nicht überprüfen konnte, ob ihr Eindruck sie trog oder nicht. Zu allen Seiten umgab sie Nebel, der nun, da sich der Tag allmählich dem Ende neigte und die Dämmerung hereinbrach, nur noch schwerer und dichter zu werden und bis in den letzten Winkel der Stadt zu kriechen schien.

Unwillkürlich wich Cyn zurück – und bekam plötzlich Angst.

Von einem inneren Drang geleitet, fuhr sie herum und begann zu laufen, die High Street hinauf und zurück nach Hause.

So lange sie noch eines hatte.

10
FIEBER

So schnell ihr Kleid und die abgetragenen Schuhe es zuließen, rannte Cyn zurück in die Holywell Lane.

Den Bahnhof und die Lagerhäuser, die sich groß und unheimlich im Nebel abzeichneten, ließ sie hinter sich, hastete weiter, vorbei an Passanten, die sie verwundert anstarrten, an Händlern, die ihre Waren am Straßenrand verkauften, und an Bettlern, die in den Hauseingängen lungerten. Weder nahm sie wahr, wie schnell ihr Herz schlug, noch wie ihre Beine schmerzten, sie wollte nur nach Hause.

Inzwischen war die Dunkelheit hereingebrochen. Entlang der Hauptstraßen wurden die Gaslaternen entzündet, deren gelblicher Schein den Nebel unheimlich leuchten ließ. Immer wieder sah Cyn über die Schulter zurück, erwartete fast, Verfolger zu entdecken, die ihr auf den Fersen waren – aber so oft sie sich auch umblickte, da war niemand.

Woher nur rührte dieses hässliche Gefühl, beobachtet zu werden? Woher diese furchtbare Unruhe? War es reiner Zufall, dass sie sie seit dem Augenblick verspürte, da der Mann mit dem Zylinder verschwunden war? Oder war ihre Angst dem Gerede des betrunkenen Pete O'Riley zuzuschreiben?

Cyn wusste es nicht, aber sie atmete innerlich auf, als sie in die Holywell Lane einbog. Atemlos erreichte sie den Hintereingang des Theaters, schlug mit der Faust gegen die Tür, bis diese endlich geöffnet wurde.

Nancy stand vor ihr.

»Da bist du ja!«

Cyn brauchte nur in das bleiche, von Schrecken gezeichnete Gesicht der Freundin zu sehen, um zu wissen, dass etwas vorgefallen sein musste.

»Was ist passiert?«, fragte sie, nachdem sie rasch eingetreten war und die Tür hinter sich zugestoßen hatte.

»Dein Vater …«

Obwohl ihre Beine vom schnellen Laufen zitterten und ihr das Herz bis zum Hals schlug, stürmte sie die schmale Treppe zur Wohnung hinauf und zur Kammer ihres Vaters.

Lucy stand auf der Schwelle. Ihr Gesicht sah nicht besser aus als das von Nancy, tiefe Sorgenfalten hatten sich in ihre breite Stirn gegraben.

»Kind«, rief sie aus, »da bist du endlich! Wo hast du nur gesteckt?«

»Später«, stieß Cyn keuchend hervor. »Was ist mit Vater?«

Lucys sonst so rosige Züge wurden noch ein wenig blasser. »Es tut mir leid, Cyn«, sagte sie leise. »Ich weiß, wie schwer das alles für dich sein muss, aber …«

Cyn ließ sie nicht ausreden.

Schon war sie an Lucys fülliger Gestalt vorbei in das Zimmer ihres Vaters geschlüpft.

Da es draußen dunkelte, drang kaum noch Licht durch die Fenster. Eine Kerze auf dem Nachttisch war die einzige Beleuchtung, sodass es einen Moment dauerte, bis Cyns Augen sich an die spärlichen Lichtverhältnisse gewöhnt hatten. Sie sah den alten Schreibtisch, das mit Büchern gefüllte Regal sowie das von einem schäbigen Himmel überspannte Bett.

Darin lag der alte Horace.

Bleich und reglos, die Lider geschlossen.

»Vater!«

Cyn stürzte zu ihm und sank an seinem Lager nieder. Erleichtert stellte sie fest, dass sich sein Brustkorb hob und senkte, wenn auch nur schwach und unter keuchenden Atemzügen. Schweißperlen standen auf seiner faltigen Stirn, das weiße Haar lag in feuchten Strähnen auf dem Kissen – ganz offenbar hatte er hohes Fieber. Unruhig warf er den Kopf hin und her. Seine blauen, blutleeren Lippen formten unverständliche Worte.

»Vater! Ich bin es, Cyn!«

Sie griff nach seinen Händen, die trotz des Fiebers eisig kalt waren, doch der alte Horace reagierte nicht. Weder öffnete er die Augen, noch hörte er auf zu flüstern.

Tränen traten Cyn in die Augen, so schrecklich hilflos fühlte sie sich. Sie merkte, wie jemand neben sie trat und ihr die Hand auf die Schulter legte.

Lucy.

»Was ist passiert?«, wollte Cyn leise wissen.

»Ich weiß es selbst nicht.« Lucy schüttelte ratlos den Kopf. »Das Fieber kam ganz plötzlich. Im einen Augenblick schien noch alles in Ordnung zu sein, dann brach der gute Horace plötzlich zusammen. Hank und Albert haben ihn ins Bett getragen, und ich habe versucht, das Fieber zu senken, aber es steigt unaufhörlich.«

Cyn betrachtete ihren Vater, strich sanft über seine bleiche, schweißnasse Stirn.

»Wir brauchen einen Arzt«, sagte sie leise und mit dem hässlichen Gefühl, dies schon einmal durchlebt zu haben.

»Albert und Hank sind unterwegs, um einen Doktor zu holen«, erwiderte Lucy, »aber es ist schwer, einen zu finden.«

»Ich weiß«, entgegnete Cyn bitter. »Vor allem, wenn man kein Geld hat, um im Voraus zu bezahlen.«

»Das allein ist es nicht. Offenbar ist dein Vater nicht der einzige Fall von plötzlich auftretendem Fieber. Manche reden bereits von einer Epidemie.«

Ängstlich blickte Cyn auf ihren Vater, der schwer atmend vor ihr lag und seiner verzerrten Miene nach schlimme Fieberträume durchlitt. Ihr kam der Gedanke, dass dies der Grund für sein verändertes Verhalten gewesen sein könnte, für die Apathie, die er zuletzt an den Tag gelegt hatte, und es erschien ihr wahrscheinlich. Jedenfalls sehr viel wahrscheinlicher als die abwegige Geschichte, die der betrunkene O'Riley von sich gegeben hatte.

Angesichts der Angst, die sie jetzt quälte, jener furchtbaren Angst nämlich, nach ihrer Mutter und ihrem Heim nun auch noch ihren Vater zu verlieren, kam ihr die unvernünftige Furcht vor unsichtbaren Beobachtern plötzlich töricht und kindisch vor. Sie hätte ihrem Vater sehr viel besser helfen können, wenn sie zu Hause geblieben wäre, statt in der Stadt umherzuirren und Hirngespinsten nachzujagen.

Aber noch war es nicht zu spät …

»Es ist gut«, sagte sie leise, an Lucy gewandt. »Du kannst gehen. Ich werde bei ihm bleiben.«

»In Ordnung, Kind.« Lucy tätschelte ihre Schulter und zog sich dann leise zurück. »Ruf mich, wenn du mich brauchst.«

Cyn nickte. Für einen Moment wurde es hell, als Lucy die Tür öffnete und nach draußen ging. Dann fiel die Kammer wieder in flackerndes Halbdunkel zurück.

Cyn setzte sich auf die Bettkante und betrachtete das Gesicht ihres Vaters, die Züge, die ihr so vertraut waren und doch so fremd. Ohnehin war Horace Pence in den letzten Tagen nicht mehr der Mann gewesen, den Cyn als ihren Vater kannte. Nun jedoch war er zu einem Schatten seiner selbst verblasst.

Vom Tod gezeichnet …

Der Gedanke erschreckte Cyn. Sie verdrängte ihn rasch wieder und kämpfte die Tränen mit aller Macht nieder. Sie half ihrem Vater nicht, indem sie weinend an seinem Bett kauerte. Stattdessen nahm sie eines der Tücher, die Lucy bereitgelegt hatte, tauchte es in die mit Wasser gefüllte Schüssel, die neben der Kerze auf dem Nachttisch stand, und wusch ihm damit die schweißnasse Stirn.

»Oh Vater«, flüsterte sie, und in Gedanken bat sie ihn um Verzeihung für all die hässlichen Dinge, die ihr in den letzten Tagen durch den Kopf gegangen waren, für ihren hilflosen Zorn und ihre törichten Ängste. »Lass mich nicht allein, hörst du?«, wisperte sie fast unhörbar. »Lass mich nicht allein …«

Sie legte das Tuch beiseite und strich ihm sanft über das Gesicht. In diesem Moment öffnete er die Augen.

»Vater!«

Cyn war unendlich froh über dieses Lebenszeichen. Doch ihr Vater war weit davon entfernt, in dieser Welt zu weilen. Sein Blick war fiebrig, seine Augen zuckten suchend umher.

»Wo …?«, hauchte er.

»Zu Hause, im Theater«, versicherte Cyn mit ruhiger Stimme.

»Theater …« Seine Augen suchten noch immer, schienen nichts zu finden, woran sie sich festhalten konnten. Dann, plötzlich, hellten sich seine Züge auf, als ob ihm plötzlich etwas eingefallen wäre. »Der Puck«, entfuhr es ihm.

»Was ist mit ihm?«

»Ich … ich habe ihn verloren!«

»Ich weiß, Vater.«

»Du … du musst ihn wiederfinden«, flüsterte er beschwörend. »Der Puck ist alles!«

»Alles?« Cyn hob die Brauen. »Vater, ich verstehe nicht.«

»Ich bitte dich, mein Kind«, wisperte er, und für einen Moment gelang es ihm tatsächlich, seinen Blick auf sie zu richten. »Du musst den Puck zurückholen … gehört zur Familie …«

Cyn schürzte die Lippen. Am liebsten hätte sie ihrem Vater gesagt, dass ihr die Puppe gleichgültig war, solange er nur wieder gesund würde, doch sie konnte sehen, wie wichtig ihm die Sache war und wie sehr sie ihn quälte. Nun erst schien ihm klar zu werden, was für einen Verlust er erlitten hatte. Geradeso, als ob sein Wohl und das des Pucks untrennbar miteinander verbunden wären.

»In Ordnung, Vater«, sagte sie leise. »Ich werde sehen, was ich tun kann. Wo hast du den Puck verloren?«

»Wo ich ihn …?« Er schien nachzudenken, aber aus seinen Zügen sprach nur Unverständnis.

»Weißt du es nicht mehr?«, hakte Cyn nach.

»Ich …« Sein Blick wurde glasig wie zuvor, der Moment der Klarheit schien bereits wieder zu Ende zu gehen.

Einer jähen Eingebung gehorchend, zog Cyn das Flugblatt unter ihrer Strickjacke hervor, entfaltete es und hielt es ihm hin. »Ist es vielleicht hier gewesen?«, fragte sie.

Der alte Horace gab sich alle Mühe, den Blick auf das Papier zu richten – und plötzlich verzerrten sich seine vom Fieber stark gezeichneten Züge.

»Woher hast du das?«, zischte er wie eine Schlange und fuhr so abrupt von seinem Lager hoch, dass Cyn erschrocken aufsprang und vom Bett zurückwich.

»Ein … ein Mann hat es mir gegeben …«, stammelte sie.

Ihr Vater starrte sie sekundenlang an. Nun endlich schien er sie wirklich wahrzunehmen, aber sein Gesicht war von Panik verzerrt, die wässrigen Augen schreckgeweitet. Cyn hatte diesen Ausdruck schon früher gesehen – in den Mienen jener Menschen, die ruhelos durch die Straßen von London irrten und nicht nur allen Besitz und ihre Hoffnung, sondern darüber auch ihren Verstand verloren hatten.

»Dieses Licht«, murmelte er mit bebender Stimme. »Dieses grässliche Licht!«

Cyn legte den Kopf schief. »Was für ein Licht, Vater?« Vorsichtig trat sie wieder näher.

»Dieses Licht!«, wiederholte er, lauter diesmal und mit nur mühsam zurückgehaltener Panik. »Es ist überall!«

»Ich verstehe nicht … Was für ein Licht meinst du, Vater? Die Kerze auf dem Tisch? Soll ich sie löschen?«

»Das Licht!« Diesmal kreischte er so laut, dass sich seine Stimme überschlug. »Dieses grässliche, entsetzliche Licht! Und die Augen! Diese vielen leuchtenden Augen! Sie kommen näher, immer näher!«

»Vater!«, rief Cyn entsetzt, die nicht wusste, was dieser Ausbruch bedeuten sollte. Nie zuvor hatte sie ihren Vater so aufgelöst erlebt. »Was …«

Die Tür flog plötzlich auf, und Lucy kam herein, alarmiert von dem Geschrei. Dadurch fiel Licht in die Kammer und blendete den alten Horace, der daraufhin die Hände vor das Gesicht schlug und fürchterlich zu heulen begann. »Das Licht! Dieses schreckliche Licht!«

»Nicht das schon wieder«, stöhnte Lucy. Beherzt trat sie ans Bett, fasste Cyns Vater an den Schultern und presste ihn mit sanfter Gewalt auf sein Lager zurück.

»Du musst ihn zurückholen, er gehört zur Familie«, hörte Cyn ihren Vater rufen, der sich mit aller ihm verbliebenen Kraft gegen Lucys Griff stemmte. »Aber meide das Licht, hörst du? Meide das Licht! Willst du mir das versprechen? Willst du es mir versprechen?«

»Du musst dich beruhigen, Horace Pence«, redete Lucy auf ihn ein. »Du musst dich beruhigen, hörst du?«

»Versprich es mir!«, heulte Cyns Vater, sich weiter wie von Sinnen gebärdend. »Du musst es mir versprechen!«

»Ich verspreche es!«, rief Cyn, schon weil sie nicht wusste, was sie sonst sagen sollte, und der Widerstand ihres Vaters erstarb augenblicklich.

So als hätte sein Wille ihn verlassen, ließ er sich auf sein Lager zurückbetten, und schon einen Herzschlag später hielt die Ohnmacht des Fiebers ihn wieder umfangen.

»Was … was war das?«, stammelte Cyn.

»Das macht das Fieber«, erklärte Lucy, während sie die Decke nahm und ihn behutsam wieder zudeckte. »Ab und zu wacht er auf und faselt irgendetwas von einem Licht. Kannst du dir denken, was er damit meint?«

»Nein.« Cyn schüttelte den Kopf, während sie das Flugblatt verschwinden ließ, indem sie es in ihrer Faust zerknüllte. »Vermutlich nur ein Fiebertraum.«

»Vermutlich«, stimmte Lucy zu. »Aber es scheint ihm schreckliche Angst einzujagen. Ich habe ihn nie zuvor so gesehen.«

»Ich auch nicht«, stimmte Cyn flüsternd zu. »Danke«, wandte sie sich dann an die Freundin. »Ich bin froh, dass du hier bist und dich um Vater kümmerst.«

Ein wehmütiges Lächeln spielte um Lucys rosige Züge. »Dein Vater«, entgegnete sie, »war für mich da, als es mir ziemlich dreckig ging. Er hat mir Arbeit gegeben und einen Platz, an den ich gehöre. Nun kann ich mich endlich ein wenig erkenntlich zeigen.«

»Würdest du heute Nacht bei ihm bleiben?«, fragte Cyn vorsichtig.

»Heute Nacht? Wieso? Was hast du vor?«

»Es gibt da noch etwas, das ich erledigen muss.«

»Das du erledigen musst?« Lucy schaute sie kritisch, fast vorwurfsvoll an. »Ich denke, wir wissen beide, worum es sich dabei handelt.«

»Ta… tatsächlich?« Cyn machte große Augen. Wie konnte die Freundin sie so rasch durchschaut haben? Sie hatte den Entschluss ja eben erst getroffen.

»Natürlich.« Lucy nickte grimmig. »Du fühlst dich noch immer verantwortlich für das, was damals geschehen ist. Deshalb willst du dich unbedingt selbst auf die Suche nach einem Arzt für deinen Vater machen.«

»Nein, ich …«, wollte Cyn widersprechen, als ihr dämmerte, dass Lucy ihr soeben den denkbar glaubwürdigsten Vorwand geliefert hatte. »Du kennst mich zu gut«, sagte sie stattdessen und senkte schuldbewusst das Haupt.

»Das eine hat mit dem anderen nichts zu tun, Kind«, beschied Lucy ihr streng. »Albert und Hank sind unterwegs, und sie werden alles daran setzen, einen Doktor zu finden.«

»Das weiß ich«, versicherte Cyn. »Es ist nur … ich muss das tun, verstehst du?«

Lucy seufzte tief. »Du bist unverkennbar die Tochter deines Vaters, Cynthia Pence«, sagte sie dann mit gespielter Strenge. »Derselbe sture Dickkopf!«

»Und du bist die beste Freundin, die sich ein Mensch nur wünschen kann«, konterte Cyn, trat kurzerhand vor und küsste sie auf die Wange. »Danke.«

»Sieh dich vor«, schärfte Lucy ihr ein. »Die Straßen sind um diese Zeit voller Gesindel. Vielleicht wäre es besser, wenn Nancy dich begleitet.«

»Ich gehe allein«, versicherte Cyn, während sie bereits ihren Schal um Kopf und Hals band, sodass ihr rotblondes Haar darunter verschwand.

Dann machte sie sich auf den Weg.

11
NÄCHTLICHE SCHATTEN

Es war, als hätte die Vergangenheit Cyn eingeholt.

Schon einmal war sie zu später Stunde durch die Straßen und Gassen der Stadt geeilt, verzweifelt auf der Suche nach Hilfe. Und genau wie damals spürte sie die Verantwortung, die auf ihren Schultern lag, und die schreckliche Angst davor zu versagen. Aber diesmal hatte Cyn einen Plan, ein festes Ziel.

Das Caligorium.

In dem Augenblick, da Cyn ihren wie leblos daliegenden Vater erblickt hatte, war sie bereit gewesen, all die wilden Gedanken und Verdächtigungen, die ihr die Gespräche mit Finlay und O'Riley in den Kopf gesetzt hatten, zu vergessen. Doch die Worte ihres Vaters hatten alles wieder geändert.

Warum hatte der alte Horace mit Furcht und Panik reagiert, als er das Flugblatt erblickt hatte? Und was hatte es mit dem geheimnisvollen Licht auf sich, vor dem er Cyn so ausdrücklich gewarnt hatte?

Vielleicht hatte Lucy ja recht und all das war tatsächlich nicht mehr als die Ausgeburt eines fiebernden Geistes – vielleicht, dachte Cyn grimmig, während sie die Holywell Lane hinabging und in die High Street einbog, steckte aber auch mehr dahinter. Die Antwort, davon war sie überzeugt, war nur an einem Ort der Stadt zu finden.

Am Finsbury Circus.

Natürlich hätte sie auch nach einem Arzt suchen und wieder einmal durch die nächtlichen Straßen irren können, auf der verzweifelten Suche nach Hilfe – oder aber sie versuchte herauszufinden, was tatsächlich geschehen war, um ihrem Vater auf diese Weise zu helfen. Was war ihm und Pete O'Rileys Bruder widerfahren, als sie das Caligorium besuchten?

Cyn ahnte, dass von der Antwort auf diese Frage alles abhing. Solange sie nicht wusste, was ihrem Vater fehlte, würde ihm kein Arzt helfen können.

Sie musste die Wahrheit herausfinden.

Um jeden Preis.

Im Laufschritt hastete sie die High Street hinab, wo trotz der späten Stunde noch immer rege Betriebsamkeit herrschte. Droschken fuhren die breite Straße hinauf und hinab, und je näher Cyn dem Liverpool Bahnhof kam, desto zahlreicher wurden die Bettler, die entlang der dunklen Backsteinwände kauerten. Cyn schauderte bei dem Gedanken, dass, wenn es nach Desmond Brewster ging, auch ihr bald dieses Schicksal drohte.

Bemüht, möglichst große feste Schritte zu machen und keiner der zwielichtigen Gestalten ins Gesicht zu blicken, ging sie weiter. Je näher sie dem Bahnhofsvorplatz kam, desto dichter schien der Nebel zu werden. An der Liverpool Street betrug die Sicht weniger als zehn Schritte. Unheimlich hallten die Rufe der Kutscher, Schuhputzer und Costermonger durch das trübe Halbdunkel. Cyn merkte, wie die klamme Kälte durch ihre Strickjacke kroch, und beschleunigte ihre Schritte – nur um plötzlich grob von der Seite angerempelt zu werden.

»He, du!«

Sie hatte den Kerl nicht kommen sehen, unvermittelt tauchte er aus dem verflixten Nebel auf. Sein Gesicht war grob und bärtig, über dem linken Auge trug er eine schmutzige Binde. Cyn erschrak fürchterlich.

»So spät noch allein unterwegs, Schätzchen?« Die rechte Hand des Einäugigen verkrallte sich in Cyns Schulter. »Suchst du Gesellschaft? Willst du mitkommen?«

»Nein, danke«, erwiderte sie bestimmt. Sie wollte sich losreißen und davonlaufen, aber der Kerl hielt sie weiter fest.

»Ich habe da etwas, dass ich dir zeigen möchte, Mädchen«, grollte er. »So viel Zeit solltest du dir nehmen.«

Cyn war klar, was der Mann vorhatte.

Er wollte sie in eine dunkle Gasse ziehen, fort von der belebten Straße, um sie dann entweder ihrer Habe zu berauben – immerhin trug sie Schuhe und Kleider, die sich in einer der zwielichtigen Pfandleihen von Smithfield oder Bethnal Green noch für ein paar Shillings verkaufen ließen –, oder um wie ein Wolf über sie herzufallen. Vielleicht auch beides. Nach Einbruch der Dunkelheit wimmelte es in den Straßen Londons von Typen, die sich an wehrlosen Opfern vergreifen wollten.

»Nein«, sagte Cyn noch einmal.

»Du willst nicht mitkommen?« Das Gesicht des Einäugigen verzerrte sich missbilligend. »Das gefällt One Eyed Joe aber gar nicht! Er hat es nicht gern, wenn seine Einladungen ausgeschlagen werden, weißt du?«

Cyn spürte, wie sich der Druck auf ihre Schulter verstärkte und er sie kurzerhand packen und mitziehen wollte. Sie wusste, dass sie handeln musste – wenn es dem Einäugigen erst gelungen war, sie von der Straße zu zerren und in die Ecke zu drängen, war sie verloren!

Das Herz schlug ihr bis zum Hals, sie war kaum fähig, einen klaren Gedanken zu fassen. Aber sie musste fort, weg von diesem Kerl, und das möglichst rasch. Also ballte sie ihre rechte Hand zur Faust, und statt weiter zu versuchen, sich aus dem Griff des Mannes herauszuwinden, drehte sie sich zu ihm hin und schlug mit aller Kraft zu.

Ihre Faust traf den Einäugigen genau auf die große, vom Schnaps gerötete Nase. Es knackte hässlich, als der Knochen brach. Der Mann gab ein scheußliches Heulen von sich und ließ instinktiv los. Cyn fuhr herum und begann zu laufen.

Sosehr sie den Nebel zuvor noch verwünscht hatte, so willkommen war er ihr jetzt. Schon nach wenigen Schritten hatte er sie verschlungen, und die Rufe des Einäugigen, der wütend schrie und zeterte, blieben hinter ihr zurück. Cyn rannte dennoch weiter, vorbei an schemenhaften Gestalten, die für einen Moment aus dem unheimlich leuchtenden Nebel auftauchten, um dann sogleich wieder darin zu verschwinden.

Das Bahnhofsgebäude hinter sich lassend, hastete Cyn auf die Bloomfield Street zu, die sie irgendwo jenseits der gelben Schwaden vermutete. Ihr Herz pochte noch immer, und plötzlich kamen ihr schwere Zweifel.

War es klug gewesen, Lucy zu verschweigen, was sie vorhatte? Sie hatte nicht gewollt, dass sich die Freundin unnötig Sorgen machte, zumal Cyn sich selbst nicht sicher war. Aber falls sie verloren ging, würde niemand wissen, wo man nach ihr suchen sollte.

Cyn überlegte noch, ob sie umkehren und die Sache lieber vergessen sollte, doch in diesem Moment erreichte sie den Finsbury Circus. Die Häuser zu beiden Seiten blieben jäh zurück, und der ovale Platz, der dem Circus seinen Namen gab, öffnete sich vor ihr.

Cyn verlangsamte ihre Schritte.

Zwischen den Droschken hindurch, deren Kutscher das weite Rund des Platzes zum Wenden nutzten, wechselte sie die Straßenseite. Mit heftig pochendem Herzen näherte sich Cyn dem Ziel ihrer nächtlichen Wanderschaft.

Groß und eindrucksvoll schälten sich die Konturen des ehemaligen Century Theatre aus dem Nebel. Über dem Portal mit den Eingängen für die verschiedenen Sitzkategorien – es gab Loge, Parkett und Sperrsitz – prangte hell beleuchtet der Name.

CALIGORIUM.

Cyn blieb stehen.

Nun, da sie hier war, kam ihr das Vorhaben plötzlich abwegig vor. Was hatte sie schon vorzuweisen außer ein paar vagen Vermutungen und dem Gerede eines Betrunkenen? Doch als sie an ihren Vater dachte, an die Furcht, die sie in seinen Augen gesehen hatte, an seine fürchterlichen Schreie, wischte sie alle Bedenken beiseite. Sie war gekommen, um Antworten zu erhalten – und diese Antworten waren irgendwo dort drin.

Sie fasste sich ein Herz und kramte das zerknüllte Flugblatt aus ihrer Tasche, entfaltete es und strich es glatt in der Hoffnung, dass es noch gültig wäre. Dann überquerte sie die Straße und näherte sich dem Kassenhaus für die billigste Kategorie – nur um eine herbe Enttäuschung zu erleben. Die Kasse war geschlossen.

SHOW IN PROGRESS stand auf einer kleinen Holztafel zu lesen, die von hinten an das Schalterglas gehängt worden war. Die Vorstellung hatte also bereits begonnen.

Was nun?

Sehnsüchtig blickte Cyn in Richtung der Eingänge, die jedoch alle verschlossen waren. Dann trat sie in einem jähen Entschluss auf eine der Pforten zu und klopfte an.

Als keine Reaktion erfolgte, klopfte sie abermals.

Und noch einmal.

Dann waren von drinnen Schritte zu hören.

»Ja?«, fragte eine derbe Männerstimme.

»Sir, bitte öffnen Sie«, bat Cyn durch die geschlossene Tür. »Ich habe etwas im Theater vergessen, das ich …«

Sie verstummte, als der Schlüssel im Schloss herumgedreht wurde und die Tür aufschwang.

Ein Mann in der dunkelroten Uniform eines Theaterdieners stand breitbeinig auf der Schwelle. Seine grimmigen Züge und die schinkengroßen Pranken ließen allerdings vermuten, dass er nicht nur für den Einlass der Theaterbesucher zuständig war, sondern nötigenfalls auch fürs Hinauswerfen.

»Was willst du?«, schnauzte er.

Cyn war entschlossen, sich nicht einschüchtern zu lassen. »Bitte entschuldigen Sie, Sir«, sagte sie und neigte höflich das Haupt, »bei meinem letzten Besuch im Theater habe ich etwas vergessen, das ich gerne wiederhaben würde.«

»Aha.« Die Augen des Uniformierten verengten sich kritisch. »Und was hast du vergessen?«

»Eine Puppe.« Mit den Händen deutete Cyn die ungefähren Maße des Pucks an. »Sie ist so groß und hat Pausbacken und wirres Haar. Sie sieht ziemlich lustig aus«, fügte Cyn lächelnd hinzu, die unbewegte Miene des Mannes verriet jedoch, dass er ihren Humor nicht teilte.

»Und?«, fragte er.

»Und diese Puppe hätte ich gerne wieder«, fuhr Cyn fort. »Wenn Sie also so freundlich wären, mich einzulassen, damit ich nach meiner Puppe suchen kann …«

Der Theaterdiener verzog das Gesicht. »Für wie dämlich hältst du mich?«

»Wie bitte, Sir?«

»Glaubst du, ich merke nicht, dass du noch nie im Caligorium gewesen bist?« Er lachte leise in sich hinein. »Nein, Mädchen – wenn du hier reinwillst, musst du es schon etwas schlauer anstellen. Oder den Eintrittspreis bezahlen wie alle anderen auch.«

Für einen Moment war Cyn so verblüfft, dass ihr die Worte fehlten. Woher, in aller Welt, wusste der Mann mit derartiger Bestimmtheit, dass sie noch nie im Caligorium gewesen war? War sie eine solch schlechte Lügnerin?

Ihr war klar, dass es keinen Sinn hatte, es weiter zu versuchen. »Verzeihen Sie, Sir«, erwiderte sie und setzte ein entwaffnendes Lächeln auf. »Ich sehe, Sie sind zu schlau für mich. Aber ich musste es einfach versuchen.«

»Hat nicht geklappt.« Der Theaterdiener wippte selbstgefällig auf den Ballen. »Und nun verschwinde, ehe ich die Constables rufe, verstanden?«

Cyn nickte und gehorchte augenblicklich. Schwierigkeiten mit der Polizei waren nun wirklich das Letzte, was sie wollte. Unter den strengen Blicken des Uniformierten trottete sie davon, eingeschüchtert und enttäuscht zugleich.

Was sollte sie tun?

Zurück nach Hause gehen?

Nein.

Sie konnte ihrem Vater nicht unter die Augen treten und ihm sagen, dass der Puck für immer verloren war. Und sie wollte nicht aufgeben, ohne nicht wenigstens ein paar Antworten bekommen zu haben.

Sie ging weiter, bis sie hörte, wie die Tür des Theaters geräuschvoll ins Schloss geworfen wurde. Dann flüchtete sie sich in die nächstgelegene Mauernische. Nieselregen hatte inzwischen eingesetzt und benetzte Straßen und Dächer, die im Licht der Gaslaternen geheimnisvoll glänzten. Zudem war es empfindlich kalt geworden. Frierend schlang Cyn die Arme um den Oberkörper und überlegte, was sie tun sollte.

Irgendwie musste es ihr gelingen, ins Innere des Theaters zu gelangen, aber wie sollte sie das anstellen? Und was, wenn sie dabei geschnappt wurde? Der Mann in der Uniform hatte nicht den Eindruck gemacht, als ob er in solchen Dingen Spaß verstünde, zumal sie schon einmal versucht hatte, sich in eine laufende Vorstellung zu …

Jäh hielt Cyn in ihren Gedanken inne.

Warum, so fragte sie sich jetzt, war im Foyer des Theaters nichts davon zu hören gewesen? Die Plakate vor dem Caligorium prahlten damit, dass Verdis »Aida« gespielt wurde, aber hätte dann nicht etwas davon nach außen dringen müssen?

Cyn konzentrierte sich, rief sich alles noch einmal ins Gedächtnis, aber sie war sicher, dass da nichts gewesen war.

Keine Musik.

Kein Gesang.

Kein Applaus.

Eisiges Schweigen hatte im Hintergrund geherrscht, obwohl die Vorstellung doch angeblich in vollem Gange war – wie passte das zusammen?

Es war ein weiterer Widerspruch, ein weiteres Rätsel, das sich um das Caligorium rankte, und es bestärkte Cyn in ihrem Entschluss, den Finsbury Circus erst dann wieder zu verlassen, wenn sie herausgefunden hatte, was hier los war. Sie musste auf eine Gelegenheit warten, ins Innere zu gelangen.

Der Regen wurde stärker.

Eng in die Nische gepresst, in der es abscheulich stank, blieb Cyn zumindest einigermaßen trocken. In ihrer dunklen Kleidung fast ganz mit der rotbraunen Backsteinwand verschmelzend beobachtete sie die Droschken auf der Straße. Fußgänger waren kaum noch unterwegs, nur ab und zu hastete jemand den Bürgersteig entlang, den Kragen hochgeschlagen und die Mütze tief ins Gesicht gezogen. Die meisten nahmen die schlanke Gestalt, die eng in die Mauernische geduckt stand, nicht einmal wahr, was Cyn nur recht sein konnte. Gelegentlich beugte sie sich vor, um einen Blick auf das Caligorium zu werfen, das sich wie eine Trutzburg im Nebel abzeichnete, einschüchternd und düster.

Die Zeit verstrich quälend langsam. Cyn lauschte den Schlägen, die zu jeder halben Stunde von den umgebenden Kirchtürmen drangen, und zählte in Gedanken mit.

Einmal.

Zweimal.

Dreimal.

Dann geschah das, worauf Cyn die ganze Zeit über gewartet hatte: Die Pforten des Theaters öffneten sich.

Die Vorstellung war zu Ende!

Zunächst waren es nur ein paar wenige Menschen, die aus dem Caligorium kamen, dann jedoch wurden es immer mehr. Auf zwei verschiedenen Wegen verließen sie das Theater. Die einen, die schäbig und abgerissen aussahen, schlugen die Krägen ihrer Jacken und Mäntel hoch und begaben sich trotz des schlechten Wetters zu Fuß auf den Heimweg; die anderen, wohlhabenderen, gingen zu den Droschken, die auf der gegenüberliegenden Straßenseite aufgereiht standen.

Jetzt!

Cyn zog sich den Schal ein wenig tiefer ins Gesicht, dann löste sie sich aus ihrem Versteck und tauchte in die Traube der Theaterbesucher ein, die die Straße herunterkamen. Sich halblaut entschuldigend und immerzu murmelnd, dass sie etwas im Theater vergessen hätte, wühlte sie sich gegen den Menschenstrom auf den Eingang der mittleren Preiskategorie zu, in der Hoffnung, es dort nicht noch einmal mit jenem grimmigen Zeitgenossen von vorhin zu tun zu bekommen.

Dabei fiel ihr etwas Seltsames auf.

Aus den Zeiten, in denen die Menschen noch in Scharen das Penny Theatre besucht hatten, konnte sich Cyn gut an deren Reaktionen auf die Vorstellung erinnern: Die Leute hatten gelacht und gescherzt, wenn sie das Theater verließen, so als hätten sie ein wenig von dem Glanz und dem schönen Schein der Bühne in ihrem Herzen mit nach Hause getragen. Doch jene Menschen, die Cyn entgegenkamen, schienen nichts dergleichen zu empfinden! Zwar vermied sie es, den Leuten direkt in die Gesichter zu sehen, jedoch hörte sie kein Gelächter, kein Gemurmel, kein aufgeregtes Getuschel. Noch nicht einmal jemanden, der sich darüber beschwerte, dass das Stück Unfug gewesen sei und er sein Eintrittsgeld zurückhaben wollte.

Die Leute verließen das Theater schweigend und mit unbewegten, wie zu Stein erstarrten Mienen. Ein Vergleich drängte sich Cyn auf, der sie bis ins Mark erschaudern ließ – die Leute sahen aus, als kämen sie von einer Beerdigung.

Waren das also die großartigen Illusionen, die die Werbung versprach und von denen die Ausrufer so vollmundig kündeten? Am liebsten hätte Cyn einen der Theaterbesucher danach gefragt, aber sie wollte kein Aufsehen erregen, also begnügte sie sich damit, weiter gegen den Strom anzukämpfen – und war im nächsten Moment an der Kasse vorbei und huschte ins prächtige, von großen Lüstern beleuchtete Foyer.

Mit einem vorsichtigen Blick schaute sie sich um. Tatsächlich sah sie zwei Theaterdiener, einer davon ein alter Bekannter, jedoch wandten sie ihr den Rücken zu, und wenn sie schnell genug war …

Über eine breite Treppe ging es in den Zuschauerraum. Rasch und in gebückter Haltung hastete Cyn hinauf – und befand sich im nächsten Moment im eigentlichen Theater.

Obwohl sie fest entschlossen gewesen war, sich nicht beeindrucken zu lassen, konnte sie nicht anders als staunen. Mit all dem roten Stoff, dem Lüster an der Decke und den Balkonen rings an den hohen Wänden sah das Caligorium wie eines der großen Schauspielhäuser im Westen der Stadt aus. Mit derlei Prunk konnte das Penny Theatre in keiner Weise konkurrieren. Wo an der Holywell Lane die Sitzbänke zuletzt leer geblieben waren, waren sie hier so dicht besetzt, dass die Packer alle Hände voll zu tun hatten, die Menschen, die sie zunächst in die Bänke gepfercht hatten, nun wieder hinauszutreiben.

Um nicht von ihnen gesehen zu werden, ging Cyn kurzerhand in die Knie und kroch auf allen vieren durch eine der Sitzreihen auf die andere Seite des Saales. Dort wartete sie ab, sich eng an den Boden kauernd, damit sie nicht gesehen werden konnte.

Es war gespenstisch.

Genau wie die Leute, die sie draußen vor dem Theater angetroffen hatte, sprachen auch diese kein Wort. Wie Schafe ließen sie sich von den Packern hinausscheuchen. Nur ihre Schritte auf dem hölzernen Boden waren zu hören, keine Stimmen, kein Gelächter. Unwillkürlich fühlte Cyn sich an ihren Vater erinnert und an die seltsame Apathie, die ihn befallen hatte, ebenso wie Pete O'Rileys Bruder – und sie fühlte, dass sie der Lösung des Rätsels nahe war.

Als sich mit dumpfem Schlag die Türen des Theatersaals schlossen, verharrte Cyn noch einen Augenblick. Dann richtete sie sich ein wenig auf und spähte über die Sitzreihen hinweg. Niemand schien mehr hier zu sein, die Packer hatten den Saal zusammen mit den letzten Besuchern verlassen.

Nun, da auch noch das Poltern der Schritte verstummt war, lag drückende Stille über dem Saal. Cyn beschlich ein seltsames Gefühl, eine Ahnung von Unheil. Wie zuvor kamen ihr Zweifel, aber sie wischte sie energisch beiseite. Sie erhob sich und wollte Richtung Bühne schleichen – als es schlagartig stockdunkel wurde.

Die Gaszufuhr zu dem großen Lüster, der eben noch blendende Helligkeit verbreitet hatte, war offenbar abgestellt worden. Von einem Augenblick zum anderen lag der Saal in tiefer Dunkelheit.

Cyn erstarrte – damit hatte sie nicht gerechnet.

Tapfer kämpfte sie die Panik nieder, die in ihr aufkommen wollte, während sie sich für ihre Unachtsamkeit schalt, weder Schwefelhölzer noch eine Kerze eingesteckt zu haben. Sie spähte in die Dunkelheit – und hatte plötzlich das Gefühl, nicht mehr allein zu sein.

Woher es rührte, wusste sie nicht zu sagen, aber es war dieselbe dumpfe Furcht, die sie schon am Abend verspürt hatte, nachdem der Ausrufer ihr das Flugblatt gegeben hatte. Das hässliche Gefühl, dass jemand sie beobachtete.

Ihr Herzschlag beschleunigte sich, ihre Handflächen wurden feucht. Furchtsam blickte sie in der Dunkelheit umher, während die Frage, ob es nicht doch ein Fehler gewesen war, sich in das Caligorium zu schleichen, wie eine verdorbene Speise in ihr emporstieg. Ihr wurde übel, dunkle Flecken begannen vor ihren Augen zu tanzen – und plötzlich machte Cyn eine verblüffende Feststellung.

Es war gar nicht völlig dunkel!

Nun da sich ihre Augen angepasst hatten, konnte sie erkennen, dass aus dem Orchestergraben schwacher Lichtschein drang. Dankbar huschte Cyn darauf zu, riskierte einen vorsichtigen Blick hinab. Wenn sie jedoch erwartet hatte, dort unten Musiker zu sehen, die ihre Instrumente zusammenpackten, oder zumindest einige Stühle und Notenständer, so erlebte sie eine weitere Überraschung: Der Orchestergraben war so leer, als hätte es nie eine Aufführung gegeben.

Was hatte das nun wieder zu bedeuten?

Cyn runzelte die Stirn. Woher der schwache Lichtschein kam, vermochte sie nicht zu sagen, aber sie beschloss, ihm zu folgen. Kurzerhand kletterte sie über die niedere Brüstung, sprang, so leise sie es vermochte in den Graben, der rund einen Yard tiefer verlief, und gelangte unter die Bühne. Ein hölzerner Treppengang führte nach oben, von dort schien auch das Licht zu stammen.

Lautlos huschte Cyn zu der Treppe und spähte vorsichtig daran empor. Da nichts zu sehen oder zu hören war, stieg sie hinauf, dabei bedächtig einen Fuß vor den anderen setzend, damit das Holz nicht knarrte.

Mit jeder Stufe gewann das Licht ein wenig an Helligkeit. Cyns Herz schlug heftig, als sie den Bühnenraum betrat. Kein Mensch war zu sehen.

Wo waren die Schauspieler?

Wo die Bühnenarbeiter?

Wo die Beleuchter?

Verwirrt schaute Cyn sich um. Wenn sie an all die Hektik dachte, die im Penny Theatre hinter den Kulissen herrschte, kam ihr diese Stille unmittelbar nach einer Vorstellung geradezu gespenstisch vor.

Zum Zuschauerraum wurde die Bühne von dem schweren samtenen Vorhang begrenzt. Dahinter, im Abstand von wenigen Schritten, verlief etwas, das wie ein zweiter Vorhang wirkte, doch der weiße Stoff war straff gespannt wie die Leinwand eines riesigen Gemäldes, gewiss an die zwanzig Fuß hoch und mindestens doppelt so breit. Dahinter standen Kulissen.

Ein großes Tor.

Ein Garten mit Palmen.

Ein Palast und Pyramiden im Hintergrund.

Allerdings waren sie nicht sehr aufwendig gebaut und auch nicht naturgetreu bemalt wie die Kulissen im Penny Theatre, sondern bestanden lediglich aus Holz und Pappe und waren auf der Vorderseite geschwärzt.

Ganz offenbar dienten sie nur dazu, ihre Schatten auf die Leinwand zu werfen – und mit derart primitiver Ausstattung zog das Caligorium die Massen an? Wurde es nicht weithin für seine Extravaganz gerühmt?

Cyn empfand Enttäuschung gepaart mit einer Portion Wut. Warum, so fragte sie sich, zogen die Menschen diesen faulen Mummenschanz den Vorstellungen im Penny Theatre vor, wo es dort doch ungleich schönere Dekorationen zu bestaunen gab, von dem hölzernen Pferd, das Hank eigens für ihre Aufführung von Homers »Ilias« gebaut hatte, bis hin zur sagenumwobenen Burg Camelot, die Nancy in liebevoller Kleinarbeit auf einen großen Prospekt gemalt hatte. Was, in aller Welt, hatten die Vorführungen hier an sich, dass die Leute in Scharen in das Theater strömten und …

Sie stutzte, als sie zwischen den Kulissen des Torbogens und des Gartens etwas bemerkte. Etwas, das in grotesker Verrenkung am Boden lag und aussah wie …

»Puck!«, entfuhr es ihr, als hätte sie ein lange verlorenes Familienmitglied wiedergefunden.

Erschrocken presste sie die Hand auf den Mund und verharrte, sich für ihren Leichtsinn scheltend. Einige Augenblicke lang blieb sie reglos stehen und lauschte. Als sich abermals nichts regte, huschte sie zu der am Boden liegenden Puppe, hob sie auf und betrachtete sie – den Schatten, der hinter ihr über die Leinwand huschte, lautlos und im Halbdunkel kaum auszumachen, bemerkte sie nicht.

Es war tatsächlich der Puck.

Cyn empfand Erleichterung, als sie die Puppe, auf die ihr Vater so große Stücke hielt, plötzlich wieder in den Händen hielt und mit ihr ein tröstliches Stück Vertrautheit. Das lackierte Gesicht des Puck hatte ein paar Schrammen abbekommen, die aus Wollfäden bestehenden Haare standen wirr durcheinander, ansonsten aber schien er unversehrt, und aus dem Zustand, in dem sie ihn aufgefunden hatte, achtlos hingeworfen, die Gliedmaßen wild durcheinander, folgerte Cyn, dass er noch so gelegen hatte, wie ihr Vater ihn verloren hatte. Und das wiederum musste bedeuten, dass der alte Horace ebenfalls hier gewesen war, hier hinter den Kulissen.

Aber die Frage, was sich dann ereignet hatte, blieb.

Vielleicht, überlegte Cyn, war es zu einem Handgemenge gekommen, in dessen Verlauf ihr Vater den Puck verloren hatte. Oder er war auf etwas gestoßen, das ihm solche Angst eingejagt hatte, dass er die Flucht ergriffen und den Puck zurückgelassen hatte. Aber weder das eine noch das andere erklärte, was danach mit ihm geschehen war.

Plötzlich vernahm sie in ihrem Rücken ein Geräusch.

Blitzschnell fuhr sie herum, spähte in das Halbdunkel, das jenseits der schwarz bemalten Schattenkulissen herrschte, konnte jedoch zunächst nichts erkennen. Dafür kehrte die Furcht zurück. Und diesmal war es nicht nur das unbestimmte Gefühl, von verborgenen Augen beobachtet zu werden – es war die schreckliche Gewissheit.

Dort, in jenem dunklen Winkel zwischen den Palmen und dem Obelisken, bewegte sich etwas!

Cyn schauderte. Ihr Gesicht wurde heiß, das Herz schlug ihr bis zum Hals. Unwillkürlich wich sie zurück, erschrak, als sie gegen eine der Kulissen stieß. Sie zuckte zusammen, merkte, wie nackte Angst sie packte.

Sie hielt die Ungewissheit nicht länger aus.

»Ist … ist da jemand?«, fragte sie mit bebender Stimme.

Cyn bekam keine Antwort.

Dafür konnte sie im nächsten Augenblick sehen, wie sich der undeutliche Schemen aus dem dunklen Winkel herausschälte und zu einer klar umrissenen Gestalt wurde.

»Hallo«, sagte eine leise Stimme.

Cyn war entdeckt worden.

12
PUCK

»Ha… hallo.«

Cyns Stimme versagte fast, als sie den Gruß erwiderte. Noch immer konnte sie von ihrem geheimnisvollen Gegenüber, das sie offenbar schon die ganze Zeit über beobachtet hatte, nicht mehr erkennen als einen dunklen Umriss.

»Wer bist du, und was willst du hier?«

Die Stimme klang barsch, aber nicht böse. Sie schien einem Jungen zu gehören, der etwa in Cyns Alter sein mochte. Dennoch hatte Cyn das Gefühl, dass etwas Bedrohliches von ihr ausging, was aber auch an der unheimlichen Umgebung liegen konnte.

»Bitte verzeih«, sagte sie, »ich weiß, dass ich hier nichts zu suchen habe, aber …«

»Was tust du dann hier?«

Cyn dachte kurz nach, legte sich eine Ausflucht zurecht, die einigermaßen plausibel klang. »Ich war in der Vorstellung«, berichtete sie. »Was ich gesehen habe, hat mich wirklich sehr beeindruckt. Deshalb habe ich mich hinter die Kulissen geschlichen, um zu sehen, wie …«

»Du lügst«, stellte der Junge mit derselben Überzeugung fest, mit der auch der Theaterdiener gesprochen hatte. »Du bist nicht im Publikum gewesen.«

»Woher weißt du das?«, fragte Cyn verblüfft.

»Wenn du dabei gewesen wärst, würde ich es erkennen«, sagte der Junge in einem Tonfall, der keinen Zweifel zuließ.

»Also gut.« Cyn seufzte. »Ich bin nicht in der Vorstellung gewesen. Ich habe mich erst in das Theater geschlichen, als sie zu Ende war.«

»Warum?«

»Wegen dieser Puppe«, erwiderte Cyn und hob den Puck hoch. »Mein Vater war vor einigen Tagen hier und hat sie verloren.«

»Und?«

»Die Puppe bedeutet ihm sehr viel«, versuchte Cyn zu erklären. »Und mir ehrlich gesagt auch«, fügte sie leise hinzu.

»Weshalb? Wozu ist diese Puppe gut?«

»Wozu sie gut ist?« Cyn hob die Brauen.

»Du bist widerrechtlich hier eingedrungen, um das Ding zurückzuholen«, brachte der Schatten unbarmherzig in Erinnerung. »Also muss es doch zu irgendetwas nütze sein.«

»Nun, es ist … eine Puppe«, erklärte Cyn etwas unbeholfen, »nicht mehr und nicht weniger. Bisweilen hängen Menschen eben an Dingen, auch wenn es keinen erkennbaren Grund dafür gibt.«

»Ist sie besonders wertvoll?«

»Nein«, versicherte Cyn und verbesserte sich gleich darauf. »Ja … in gewisser Hinsicht. Es sind die Erinnerungen, die diese Puppe wertvoll machen.«

»Diese Puppe erinnert dich an etwas?«

Cyn nickte.

»Woran?«

»Du bist ganz schön neugierig.« Cyn konnte nicht anders, als einen tadelnden Blick in die dunkle Ecke zu werfen. »Der Puck ist wie ein Freund für uns«, erklärte sie dann. »Ein Mitglied unserer Familie.«

»Der Puck?«

»So heißt er. Er arbeitet am Theater, genau wie ich.«

Der Junge lachte spöttisch auf. »Du redest Unsinn. Eine Puppe kann nicht am Theater arbeiten.«

»Ich sage die Wahrheit«, beteuerte Cyn.

»Dann beweise es.«

»Wie denn?«

»Spiele mir etwas vor.«

»Ich soll dir etwas vorspielen?« Cyn überlegte. Vielleicht war die Idee gar nicht schlecht. Womöglich konnte sie sich die Wissbegier des Jungen zunutze machen. »Wenn ich das tue, versprichst du dann, mich nicht zu verraten?«, fragte sie.

»Nein«, kam es unerbittlich aus dem Halbdunkel zurück. »Aber ich verspreche dir, dass ich augenblicklich die Polizei rufen werde, wenn du dich weigerst, mir etwas vorzuspielen. Ich bin ziemlich gespannt, was die Constables zu deiner Geschichte sagen werden.«

Cyn schnitt eine Grimasse. Die Art und Weise, wie der Junge mit ihr sprach, gefiel ihr nicht. Er war frech, geradezu unverschämt, und das, obwohl er sich die ganze Zeit über noch nicht aus seiner dunklen Nische herausgewagt hatte. Aber so wie die Dinge lagen, hatte sie keine andere Wahl.

Sie seufzte resigniert, dann schlüpfte sie mit der linken Hand in die Puppe, wie ihr Vater es zu tun pflegte. Als Kind hatte sie ab und zu mit dem Puck gespielt, und ihr Vater hatte versucht, ihr die Kunst des Bauchredens beizubringen. Allerdings war sie darin längst nicht so gut wie er.

Cyn räusperte sich verlegen. Dann begann sie, Shakespeare zu rezitieren und gab sich Mühe, die Lippen dabei so ruhig wie nur irgend möglich zu halten, während sie den Puck in seiner Paraderolle auftreten ließ. Und tatsächlich gelang es ihr, den kleinen Waldschrat so quicklebendig agieren zu lassen, dass man hätte glauben können, die Worte kämen aus seinem hölzernen Mund:

Der König will sein Wesen nachts hier treiben.
Warnt nur die Königin, entfernt zu bleiben,
Weil Oberon vor wildem Grimme schnaubt,
Dass sie ein indisch Fürstenkind geraubt,
Als Edelknabe künftig ihr zu dienen;
Kein schöners Bübchen hat der Tag beschienen,
Und eifersüchtig fordert Ob'ron ihn,

Den rauhen Forst als Knappe zu durchziehn;
Doch sie versagt durchaus den holden Knaben,
Bekränzt ihn, will an ihm sich einzig laben.
Nun treffen sie sich nie in Wies und Hain,
Am klaren Quell, bei lust'gem Sternenschein;
So zanken sie zu aller Elfen Schrecken,
Die sich geduckt in Eichelnäpfe stecken.

Sie verstummte, blickte unsicher in Richtung der Nische, wo sie den Jungen noch immer vermutete.

»Das ist aus Shakespeares ›Sommernachtstraum‹«, fügte sie erklärend hinzu.

»Ich weiß.«

»Und? Hat es dir gefallen?«

»Es war schön«, sagte der Junge, und zum ersten Mal hatte Cyn den Eindruck, dass seine Stimme nicht vor Sarkasmus triefte. »Wie heißt du?«, wollte er wissen.

»Cynthia. Aber eigentlich nennen mich alle nur Cyn. Und du?«

Der Junge zögerte einen Moment. »Milo«, erwiderte er dann. Es klang fast wie ein Geständnis. »Du hast wirklich Talent«, fügte er zu ihrer Überraschung hinzu.

»Ach ja?« Sie ließ den Puck sinken. »Wer sagt das?«

»Jemand, der es wissen muss.«

Cyn hob eine Braue. »Du etwa?«

»Nein. Dein Vater.«

»Was?« Cyns eben erst zurückgewonnene Selbstsicherheit verpuffte sogleich wieder. »Du … du kennst meinen Vater?«

»Er war hier, oder nicht?«

»Das stimmt, aber wie solltest du ihn kennen? Und wieso sollte er mit dir über mich sprechen? Er kennt dich doch gar nicht!«

»Woher willst du das wissen?«

»Woher ich …?« Cyn verstummte. Der Junge hatte etwas an sich, dass sie hilflos wütend machte. Der Hochmut in seiner Stimme, seine anmaßende Art zu sprechen. Aber da war auch eine Spur von Traurigkeit.

»Dein Vater ist Horace Pence, der Besitzer des Penny Theatre, das noch diese Woche schließen muss«, tönte es zu ihrer Verblüffung aus der Nische.

»Das ist wahr«, musste Cyn zugeben. »Du kennst ihn also wirklich?«

»Das habe ich doch gerade gesagt.«

»Und du hast mit ihm gesprochen, als er hier war?«

»Ich kenne ihn«, erwiderte der Junge ausweichend.

»Dann weißt du womöglich auch, was mit ihm geschehen ist«, vermutete Cyn.

»Was meinst du?«

Cyn zögerte. Konnte sie gegenüber diesem Jungen, von dem sie bislang noch nicht einmal wusste, wie er aussah, ganz offen sein? Wahrscheinlich nicht. Andererseits war sie hier, um Antworten zu bekommen, oder?

»Als er zurückkehrte, war er nicht mehr derselbe«, gestand sie leise. »Irgendetwas ist mit ihm geschehen, sonst hätte er den Puck niemals zurückgelassen.«

»Dann bist du in Wirklichkeit gar nicht wegen der Puppe, sondern wegen deines Vaters hier?«

Cyn blickte auf den Puck und nickte langsam. »Das stimmt wohl«, gestand sie und kam sich ziemlich dumm dabei vor. Was, in aller Welt, tat sie hier? Statt zu Hause bei ihrem kranken Vater zu sein, der sie dringend brauchte, stand sie hier in einem fremden Theater, in das sie streng genommen eingebrochen war, und sprach mit jemandem, den sie noch nicht einmal richtig sehen konnte. Es war ein Fehler gewesen, hierherzukommen, das wurde ihr jetzt klar – allerdings war es zu spät, um es sich noch anders zu überlegen. Sie war erwischt worden und würde sich dafür verantworten müssen.

»Ich weiß es«, drang es unvermittelt aus der Nische.

»Was weißt du?«

»Was mit deinem Vater geschehen ist«, bekräftigte Milo zu Cyns Verblüffung. »Ich bin dabei gewesen.«

»Du bist wobei gewesen?« Cyn legte die Stirn in Falten. Eine düstere Ahnung beschlich sie. »Wovon sprichst du?«

»Das willst du nicht wissen«, war der Junge überzeugt.

»Was soll das nun wieder heißen? Was ist meinem Vater zugestoßen?«, bohrte Cyn nach. Ihr war unwohl zumute, doch ihre Neugier überwog ihre Furcht. »Wenn du es weißt, dann sag es mir! Ich muss es wissen!«

»Wozu?«

»Um ihm helfen zu können.«

»Du willst ihm helfen? Wobei?«

»Wieder der zu werden, der er war. Jener liebevolle, lebensfrohe Mensch, den ich kenne.«

Es hatte den Anschein, als dachte Milo einen Augenblick nach. »Das ist nicht möglich«, erklärte er dann mit erschreckender Endgültigkeit, und Cyn bemerkte abermals jene Traurigkeit in seiner Stimme.

Sie legte den Kopf schief, suchte die Schwärze mit Blicken zu durchdringen, aber es gelang ihr auch diesmal nicht. »Warum nicht?«, wollte sie wissen. »Bitte sag mir, was in jener Nacht geschehen ist. Ich muss es erfahren.«

»Bist du sicher, dass du das wirklich willst?«

Cyn räusperte sich, ihre Kehle fühlte sich an wie ausgedörrt. Ihre Handflächen wurden feucht, Angstschweiß trat ihr auf die Stirn, obwohl niemand sie bedrohte.

Oder?

»Du machst mir Angst«, gab sie unumwunden zu. Ihre Stimme klang brüchig und belegt. »Trotzdem will ich wissen, was meinem Vater widerfahren ist.«

»Wie du willst. Aber sag nicht, ich hätte dich nicht gewarnt. Warte hier einen Augenblick.«

Cyn nickte und blieb stehen, wie der fremde Junge es von ihr verlangte. Weshalb sie ihm gehorchte, wieso sie sich ihm anvertraut hatte, warum sie überhaupt mit ihm sprach, wusste sie nicht zu sagen. Eine rätselhafte Anziehung ging von ihm, von seiner Stimme, von seiner ganzen unsichtbaren Erscheinung aus, die Cyn gleichermaßen faszinierte wie beunruhigte.

Plötzlich war über ihr ein Geräusch zu hören.

Ein leises Rasseln.

Sie schaute hinauf und konnte im Halbdunkel sehen, wie etwas von der hohen Decke herabgelassen wurde. Zuerst konnte Cyn nicht erkennen, was es war, doch als es näher kam, konnte sie es deutlich sehen.

Es war eine Laterne – allerdings eine, wie sie sie noch nie zuvor gesehen hatte.

Sie war rund wie ein Ball und aus einem kunstvoll bearbeiteten, gelblichen Metall gefertigt, vermutlich Messing. Der Durchmesser mochte rund eine Elle betragen. Am außergewöhnlichsten jedoch waren die unzähligen kleinen und großen Öffnungen, die den Laternenkörper übersäten und in die kreisrunde Glasstücke eingesetzt waren. In den Sockel waren Verzierungen eingearbeitet, Zeichen einer fremden Schrift, die Cyn weder lesen konnte noch jemals zuvor zu Gesicht bekommen hatte. Vielleicht stammte sie aus dem Orient, vielleicht auch aus Asien. Cyn nahm an, dass die Laterne, die an einer langen Kette von der Decke hing, ziemlich alt war. Etwas Unangenehmes, fast Bedrohliches schien von ihr auszugehen, was vermutlich an den vielen Öffnungen lag, die auf sie wie dunkle tote Augen wirkten.

»Was ist das?«, fragte sie staunend.

»Warte noch einen Augenblick«, bat sich Milo aus, und zum ersten Mal verließ er seine Nische. Im Halbdunkel konnte Cyn auch weiterhin nicht mehr von ihm erkennen als einen dunklen Schemen, doch plötzlich flammte im Inneren der Laterne, die weder von Wachs noch von Öl oder Gas genährt zu werden schien, ein Licht auf, und sie begann zu leuchten. Allerdings nicht in jenem gelblichen Schein, der von gewöhnlichen Laternen ausging, sondern in einem matten kalten Grün.

Einen Moment lang war es so hell, dass Cyn ihre an die Dunkelheit gewöhnten Augen schließen musste. Als sie sie wieder öffnete, verbreitete die Laterne durch ihre vielen Öffnungen einen gleichmäßigen fahlen Schein, und Milo hatte sie wieder ein Stück zur Decke hinaufgezogen. Doch das eigentlich Erstaunliche war nicht das Licht, das von der Laterne ausging.

Es waren die Schatten.

Jene Silhouetten, die sie auf die Rückseiten der Kulissen und auf die umliegenden Wände warf!

Cyn sah die Umrisse von Menschen, die auf und ab flanierten und einander begegneten. Bald grüßten sie einander freundlich, bald blieben sie stehen, um sich zu unterhalten; bald fanden sie zu kleinen Gruppen zusammen, bald zogen sie wieder ihrer Wege. Es war eine Szene, wie sie an einem schönen Sonntagnachmittag im Hyde Park zu finden war. Mit vor Staunen offenem Mund drehte Cyn sich um die eigene Achse, war einige Sekunden lang völlig fasziniert von der Szenerie, die die geheimnisvolle Laterne vor ihren Augen entfaltete.

Erst dann wurde ihr klar, dass etwas nicht stimmte.

Denn zum einen waren dort an den Wänden zwar Schatten, die sich bewegten und sich unterhielten, die, kurz gesagt, ein Eigenleben zu besitzen schienen – aber keine Menschen, die diese Schatten warfen! Und zum anderen konnte Cyn *hören*, was sie untereinander sprachen.

»Guten Tag, Meister Finch! Ist dies nicht eine wunderbare Nacht?«

»In der Tat, werter Freund! Wie geschaffen für einen Spaziergang.«

»Haben Sie von den jüngsten Vorfällen im East End gehört?«

»Skandalös, nicht wahr? Ich denke, dass wir unbedingt etwas in dieser Sache unternehmen sollten.«

Die Schatten bewegten sich nicht nur.

Sie lebten tatsächlich!

Die Erkenntnis war so erschreckend, dass Cyn ein Schrei entfuhr. Panisch wich sie zurück, blickte zu der Laterne empor, durch deren Öffnungen grüne Lichtstrahlen fielen – und plötzlich erinnerte sie sich der Worte ihres Vaters. Hatte der alte Horace im Fieber nicht von einem mysteriösen Licht gesprochen? Von leuchtenden Augen?

Die Erkenntnis, dass er die Laterne gemeint hatte, traf Cyn mit der Wucht eines Faustschlags – als hinter ihr plötzlich eine vertraute Stimme erklang.

»Ruhig, mein Kind«, sagte sie sanft und beruhigend.

Cyn erkannte die Stimme sofort.

Es war die ihres Vaters.

13
SCHRECKLICHE ERKENNTNIS

»Vater?«

Cyn fuhr herum.

Jemand stand vor ihr im gespenstisch grünen Licht. Jemand, der nicht sehr groß war und von untersetztem Wuchs, dessen Haar spärlich und dessen Gesicht wegen des Backenbarts ungewöhnlich breit war; jemand, der die Arme in einer vertrauten Geste in die Hüften gestemmt hatte und sie herausfordernd zu taxieren schien. Cyn kannte diese Umrisse nur zu gut, und eigentlich hätte sie erleichtert aufatmen sollen.

Aber sie tat es nicht. Denn es war nicht wirklich ihr Vater, den sie sah – sondern nur ein Schatten.

Unwillkürlich blickte Cyn in die Gegenrichtung, um zu sehen, woher der Schattenriss stammte, aber da war niemand, nur die Laterne, die stumm von der Decke hing und deren leuchtende Augen der Ursprung auch dieses Schemens zu sein schienen.

»Was … Wie …«, stieß Cyn verständnislos hervor und wich zurück, als ihr Verstand keine Antwort fand.

»Ruhig, Kind«, erklang es erneut – dass es tatsächlich die Stimme ihres Vaters war, bestürzte Cyn nur noch mehr. Mit vor Entsetzen geweiteten Augen starrte sie auf die dunkle Gestalt, die sich vor ihr an der aus Backsteinen gemauerten Wand abbildete und ihr so fremd und vertraut zugleich erschien.

»Vater?«, fragte sie flüsternd.

»Ganz recht.« Der Schemen nickte.

»Aber …« Erneut warf sie einen nervösen Blick über die Schulter. Von ihrem Vater keine Spur. Nur die Laterne war zu sehen. »Wo bist du? Ich meine …«

»Ich bin hier, mein Kind. Hier vor dir.«

»Nein.« Cyn schüttelte störrisch den Kopf. »Sie sind nicht mein Vater. Ich weiß nicht, was Sie sind, aber mein Vater ganz bestimmt nicht.«

»Ich bin es«, versicherte der Schatten ruhig und mit genau jener Stimme, die sie von Kindesbeinen an kannte, »nicht mehr und nicht weniger als der andere.«

»Der … der andere?« Ein kalter Schauer durchrieselte Cyn, als ihr klar wurde, dass der Schemen von Horace Pence sprach. Jenem Mann, den sie als ihren Vater kannte und liebte und der zu Hause in der Holywell Lane im Fieber lag.

»Was hat das zu bedeuten?«, fragte sie mit leiser, fast versagender Stimme. Ihr Verstand hatte kapituliert. Panik schnürte ihr die Kehle zu, Tränen hilflosen Entsetzens stiegen ihr in die Augen. »Was haben Sie meinem Vater angetan?«

»Nichts«, war die knappe und dennoch wenig beruhigende Antwort. »Ich sage dir doch, dass ich er bin – und er ist ich, wenn du so willst. Es ist also alles in bester Ordnung. Um dich allerdings mache ich mir große Sorgen, Tochter.«

»Um … um mich?«

»Du hättest nicht herkommen sollen. Das war ein Fehler.«

Cyn kannte die Stimme ihres Vaters gut genug, um den bedrohlichen Unterton zu erkennen, der sich hineingemischt hatte. Sie wich noch ein wenig weiter zurück, worauf der Schemen Anstalten machte, ihr zu folgen. Zwar verließ er die Wand nicht, auf die er geheftet war, jedoch wurde er größer! Lautlos breitete sich seine Silhouette über das Gemäuer aus und hatte plötzlich ganz und gar nichts Vertrautes mehr an sich.

»Warum musstest du das tun? Warum musstest du unbedingt hierherkommen? Musst du deiner Mutter in allem nacheifern, selbst in ihrer unseligen Neugier?«

»Ich … ich verstehe nicht!« Ein Stapel sandgefüllter Säcke, die als Gegengewicht für die Bühnenprospekte dienten, brachte Cyns Rückzug jäh zum Stillstand. »Du selbst hast mir doch aufgetragen, nach dem Puck zu suchen!«

»Und du musstest natürlich unbedingt auf das Geschwätz eines armen alten Narren hören!«, versetzte der Schatten missmutig. »War es wirklich das Bedürfnis, mir zu helfen, das dich hierhergetrieben hat? Oder war es vielmehr dieselbe Unvernunft, die auch schon meiner geliebte Fay das Leben gekostet hat?

»Ich … weiß nicht«, stammelte Cyn, die nicht wusste, was sie erwidern sollte. »Schon möglich, ich …«

»Ich bin dir gefolgt«, fuhr der Schatten fort, »den ganzen Weg durch Nacht und Nebel. Und ich habe alles unternommen, um dich von deinem Ziel abzubringen.«

»Alles unternommen? Was bedeutet das?«

»Wer glaubst du, hat diesem einäugigen Narren eingeredet, dass er sich auf dich stürzen soll? Wer, glaubst du, hat dich unterwegs verfolgt? Willst du mir erzählen, du hättest nicht das Gefühl verspürt, beobachtet zu werden?«

»D … doch«, gab Cyn widerstrebend zu. »Aber wie kann das sein? So etwas ist doch nicht möglich!«

Der Schatten lachte auf.

»Bis vor wenigen Tagen habe ich ebenso gedacht. Aber dann musste ich erkennen, dass vieles möglich ist, mehr als ich oder du oder irgendjemand sonst geglaubt hätte. Es tut mir leid, Kind«, fügte er hinzu, während seine monströse dunkle Gestalt wieder an der Wand herabsank und kleiner wurde. »Ich hätte dir das gerne erspart. Aber nun, so fürchte ich, ist es nicht mehr möglich. Es ist zu spät.«

»Zu spät?« Cyn schnappte nach Luft. Der besorgte Klang in der Stimme ihres Vaters machte ihr zusätzlich Angst. »Zu spät wofür?«

»Um zu entkommen«, sagte plötzlich eine andere Stimme.

Milo …

Cyn hatte den Jungen fast vergessen. Fassungslos sah sie den zweiten Schatten, der an der alten Backsteinwand entlangglitt und sich zu dem ihres Vaters gesellte – und obwohl sich ihr Verstand mit aller Macht dagegen wehrte, wurde ihr klar, dass auch der Junge, mit dem sie sich vorhin unterhalten hatte, kein Wesen aus Fleisch und Blut war, sondern nur ein körperloser Schemen! Deshalb also hatte sie im Halbdunkel nicht mehr erkennen können als eine Silhouette!

Milos Umrisse zeichneten sich im grünen Licht der Laterne ab. Er war schlank und nicht sehr groß, sein Haar war gelockt. Als Mensch hätte er wohl einen eher unscheinbaren Anblick geboten, sein Schatten jedoch wirkte auf Cyn geradezu verstörend. »Nein«, flüsterte sie und schüttelte den Kopf, störrisch wie ein Kind. »Das kann nicht sein!«

»Glaub mir, es ist normal, dass dein Verstand sich weigert, all dies zu begreifen«, versicherte Milo mit derselben Überheblichkeit wie zuvor – da hatte Cyn allerdings noch angenommen, dass nur Dreistigkeit dahintersteckte. »Kannst du mich hören?«, fragte er.

»Was?« Cyn nickte verwirrt. »Natürlich kann ich dich hören.«

»Bist du sicher?« Der Schatten umkreiste sie. »Oder könnte es auch sein, dass ich in Gedanken zu dir spreche und die Stimme, die du zu hören glaubst, in Wirklichkeit nur in deinem Kopf ist?«

Cyn, die sich um die eigene Achse gedreht hatte, um ihm mit Blicken zu folgen, merkte, wie ihr schwindelte. Hatte der Junge womöglich recht? Hörte sie seine Stimme gar nicht wirklich? War sie nur ein Widerhall in ihren Gedanken?

Sie musste an das denken, was ihr Vater zuvor gesagt hatte, von dem Einäugigen, den er in seinem Sinn beeinflusst haben wollte – konnte es so etwas tatsächlich geben? Unwillkürlich griff sie sich an die Schläfen, in denen sie plötzlich einen leichten Schmerz verspürte.

»Du vermutest richtig«, bestätigte Milo. »Was du zu hören glaubst, ist nur eine Täuschung. In Wahrheit spreche ich in deinen Gedanken zu dir. Ich weiß, was in dir vorgeht. Ich kenne dich, Cynthia. So gut wie du dich selbst.«

»Du kannst meine Gedanken lesen?«

»Einer der vielen Vorteile, wenn man nicht mehr an einen Körper gebunden ist.«

»Nicht mehr an einen Körper gebunden?« Cyn schauderte und fühlte sich an die Worte von Pete O'Riley erinnert. »Dann … dann ist es wahr?«, fragte sie schaudernd.

»Was meinst du?«

»Dass Caligore …« Cyn zögerte, zwang sich dann aber, das Unwahrscheinliche auszusprechen. »Dass er den Menschen ihre Schatten raubt?«

Milo lachte auf. »Befreien trifft es wohl besser«, erwiderte er dann und bejahte damit indirekt ihre Frage. »Erst wenn ein Schatten von seinem körperlichen Dasein befreit, wenn die Abhängigkeit von seinem sterblichen Besitzer gelöst ist, ist er wirklich frei und vermag seine Fähigkeiten ganz zu entfalten.« Er breitete die Arme aus wie ein Marktschreier in Covent Garden. »Sieh dich nur um! Überall hier wirst du sie finden, Schatten, die von den Zwängen ihres irdischen Daseins befreit wurden!«

Seiner Aufforderung folgend schaute Cyn sich um und stellte fest, dass die Wände ringsum tatsächlich von Schatten übersät waren. Nicht nur ihren Vater erkannte sie und jene, die sie bereits zuvor gesehen hatte, sondern noch viele andere mehr. Einige der Silhouetten erschienen Cyn auf erschreckende Weise vertraut, und sie fragte sich, ob sie ihre Besitzer kannte, andere waren von geradezu bizarrer Form und schienen weit zurückliegenden Zeitaltern zu entstammen, so als ob sie Jahrhunderte alt wären.

»Du vermutest richtig«, meinte Milo, und obwohl Cyn inzwischen wusste, dass seine Stimme nur eine Illusion war, spürte sie, dass sie immer noch lauter und anmaßender wurde. »Von der Last eines menschlichen Körpers befreit zu sein, bedeutet nicht nur beinahe grenzenlose Macht – sondern auch Unsterblichkeit!«

In diesem Moment wurde es Cyn zu viel.

Ihre Gedanken griffen ins Leere, ihr Verstand verlor den Boden unter den Füßen, und sie hatte das Gefühl, in einen Abgrund zu stürzen. Sie merkte noch, wie die Schatten sich ihr näherten, wie sie größer wurden und an den Wänden ringsum emporwuchsen. Sie sah Arme, die sich zu Tentakeln verlängerten, und Finger, die zu Krallen wurden, und glaubte zu spüren, wie etwas nach ihr griff. Etwas, das kalt war und dunkel und entsetzlich …

Dann verlor sie das Bewusstsein.

14
LATERNA MAGICA

Als Cyn wieder erwachte, wusste sie nicht, wo sie sich befand. Schummriges Halbdunkel umgab sie, modrige Luft stieg ihr in die Nase. Dazu pochten ihre Schläfen, und sie konnte das Blut in ihrem Kopf rauschen hören.

Was war geschehen?

Verschwommene Erinnerungen tauchten vor ihr auf, Eindrücke und Bilder, wie sie nur einem Albtraum entstammen konnten. Stimmen in ihrem Kopf, bedrohliche Schatten, die mit grässlichen Klauen nach ihr griffen …

Dann die erschreckende Erkenntnis.

Es war kein Traum gewesen!

All das war wirklich passiert!

Jäh wurde Cyn hellwach. Wie von einer Natter gebissen, schoss sie von dem schäbigen Stuhl hoch, auf dem sie erwacht war – einem altertümlich wirkenden Gebilde, dessen Goldfarbe an vielen Stellen abgeblättert war und dessen verwaschener Bezug aus billigem Theatersamt nach Feuchte und Moder roch.

Ein Bühnenrequisit, schoss es Cyn durch ihren schmerzenden Kopf. Verblüfft schaute sie sich in der nur spärlich beleuchteten Kammer um. Zu allen Seiten stapelten sich Kisten bis unter die Decke, dazwischen lagen ramponierte Möbelstücke und allerlei seltsame Gegenstände: antike

Amphoren, ein Hirschgeweih, eine Säule aus Gips, ein Bilderrahmen, ein lederner Sattel, ein Ruder, ein vielarmiger Kerzenleuchter, ein Paar Soldatenstiefel, eine Leiter, ein Tigerfell und eine Ritterrüstung – all das und noch ungleich mehr zeichnete sich im Halbdunkel ab und führte Cyn zu dem Schluss, dass sie sich in einer Requisitenkammer befand, die dem modrigen Geruch nach zu urteilen unter dem Caligorium liegen musste, im Keller des Theaters.

Ihr Blick fiel auf die metallene, von Rost überzogene Tür, in die eine schmale Öffnung eingelassen war. Das spärliche Licht, das durch diese Öffnung in die Kammer drang, war die einzige Beleuchtung. Cyn eilte zu der Tür und drückte die rostige Klinge.

Sie war verschlossen.

In ihrer Not drückte Cyn die Klinke noch ein zweites und ein drittes Mal, aber mehr als ein metallisches Krächzen war ihr nicht zu entlocken. Fieberhaft schaute Cyn sich nach einem anderen Ausweg um, aber es gab keinen.

»Hilfe!«, sagte Cyn halblaut und erschrak fast über den brüchigen, kraftlosen Klang ihrer Stimme. Dann noch einmal, lauter diesmal: »Hilfe! Helfen Sie mir, bitte!«

Verzweifelt schlug sie mit den flachen Händen gegen das Metall, das unter dumpfem Donner erbebte, jedoch unbarmherzig verschlossen blieb. Cyn drosch weiter dagegen, bis ihre Handflächen schmerzten und ihr Tränen in die Augen schossen, dann gab sie auf und sank resigniert an der Tür hinunter.

Dabei fiel ihr Blick auf etwas, das unweit von ihr auf dem Boden lag, achtlos hingeworfen und mit verrenkten Gliedern.

Der Puck.

Froh darüber, in ihrer Gefangenschaft ein vertrautes Gesicht zu erblicken, kroch sie zu der Puppe und hob sie auf. Der Puck sah ein wenig mitgenommen aus – die rote Farbe war von seinen Wangen abgeblättert, das wollene Haar stand wirr und zerzaust. Dennoch schloss sie ihn in die Arme wie einen lange vermissten Freund, suchte Trost in seiner Nähe, auch wenn er nur eine leblose Puppe war.

»Rührend«, sagte jemand. »Wirklich rührend.«

Cyn zuckte zusammen. Die Stimme von Milo wieder in ihrem Kopf zu haben, war ein wenig so, als würde sie einen Albtraum zum zweiten Mal erleben. Da sich Träume ihrer Erfahrung nach nicht wiederholten, war es ein weiterer Beleg dafür, dass all diese Dinge wirklich geschehen waren.

Sie ließ den Puck liegen, rappelte sich auf die Beine und wischte energisch die Tränen weg. Sie wollte nicht, dass er sie so sah – auch wenn ihr klar war, dass es dafür schon zu spät war. Der Gedanke, dass er sie offenbar schon die ganze Zeit über beobachtet hatte, ärgerte und beängstigte sie gleichermaßen.

»Die ganze Zeit über«, bestätigte er und brachte damit in Erinnerung, dass er in ihre Gedanken einzudringen vermochte. »Etwas über vier Stunden – so lange bist du ohnmächtig gewesen. Das alles war wohl etwas zu viel für dich.«

»Was wollt ihr von mir?«, fragte Cyn. Die Augen zu Schlitzen verengt, suchte sie das Halbdunkel mit Blicken zu durchdringen. Im rückwärtigen Teil der Kammer, jenseits des schmutzigen Lichtscheins, schien sich etwas zu regen. »Warum haltet ihr mich hier gefangen?«

»Du bist seltsam«, stellte Milo fest, ohne auf ihre Fragen einzugehen. »Gewöhnlich verlangen alle zu erfahren, wie all das möglich ist. Dich hingegen scheint das nicht zu kümmern.«

»Weil es keinen Unterschied macht.« Cyn nahm all ihren Mut zusammen und trat einen Schritt auf den Schemen zu. »Ich bin hier, oder nicht? Als deine Gefangene.«

»Als mein Gast«, verbesserte er.

Sie schaute sich in der Kammer um. »Deine Gastfreundschaft lässt zu wünschen übrig«, stellte sie fest und wunderte sich selbst über ihre Schlagfertigkeit.

»Wundert dich das? Du warst schließlich nicht eingeladen«, konterte der Junge und lachte schallend, was sie noch mehr ärgerte. »Komm schon, sei kein schlechter Verlierer«, reagierte er einmal mehr auf ihre Gedanken. »Du brauchst dich nicht zu grämen.«

»Ich brauche mich nicht zu grämen? Ist das dein Ernst?« Sie lachte freudlos auf. »Ich befinde mich in eurer Gewalt und bin umgeben von

Dingen, die es eigentlich gar nicht geben dürfte. Ich spreche mit einem Schatten – und soll mich nicht grämen?«

»Es gibt viele Dinge zwischen Himmel und Erde, die du nicht verstehst – und kümmert es dich? Weißt du, warum Feuer hell ist? Wie ein Blitzschlag entsteht? Oder warum Sterne am Himmel stehen?«

»Nein«, gab Cyn zu. »Jedenfalls nicht genau.«

»Die Wahrheit ist viel größer als der Mensch«, belehrte Milo sie. »Das weißt du oder hast es zumindest geahnt, sonst wärst du nicht hierhergekommen.«

»Ich bin gekommen, um nach dem Puck zu suchen.«

»Nicht nur. Vor allem bist du hier, weil die Neugier dich getrieben hat. Und das, obwohl dein Vater zu Hause liegt, krank und im Fieber.«

»Sprich nicht von ihm«, fiel Cyn dem Schatten ins Wort. »Ihr seid schuld an dem, was ihm widerfahren ist. Seit er im Caligorium gewesen ist, ist er nicht mehr derselbe.«

»Niemand, der im Caligorium gewesen ist, ist hinterher noch derselbe«, konterte der Junge. »Was deinem Vater widerfahren ist, hat er sich aber selbst zuzuschreiben. Niemand hat ihn gezwungen, das Caligorium zu betreten, ebenso wenig, wie man dich dazu gezwungen hat. Aber offenbar seid ihr euch ähnlich, denn auch dein Vater wurde beim Schnüffeln hinter den Kulissen erwischt. So etwas sehen wir nicht gerne.«

»Was habt ihr mit mir vor?«, fragte Cyn, während sie langsam noch ein wenig näher trat. Sie gab sich Mühe, all das Fremde und Einschüchternde aus ihren Gedanken zu verdrängen und sich auf das zu beschränken, was sie verstand. »Werdet ihr mich der Polizei übergeben?«

»Ich denke nicht, dass wir die Polizei brauchen werden. Die Grimmlinge pflegen solche Dinge sehr viel schneller und gründlicher zu erledigen.«

»Die Grimmlinge?« Das Wort gefiel Cyn nicht.

»Der Professor wird darüber entscheiden, sobald er zurück ist.«

»Der Professor? Du sprichst von Umberto Caligore?«

»Ganz recht. Sobald er wieder hier ist, wird er sich deines Falles annehmen.«

»Er ist nicht im Theater?«

»Das sagte ich doch gerade, oder nicht?«, schnarrte Milo. Wohin Caligore gegangen war oder wo er sich gegenwärtig aufhielt, schien er ihr nicht verraten zu wollen. »Nach seiner Rückkehr wird er darüber befinden, was mit dir zu geschehen hat. Aber ich gehe davon aus, dass auch dein Schatten befreit werden wird.«

»Das heißt, ich … ich werde wie all die anderen?« Cyn versuchte nach Kräften, sich das Grauen nicht anmerken zu lassen, aber natürlich durchschaute er sie sofort.

»Es ist völlig normal, dass du dich dagegen wehrst«, gestand Milo zu und klang erstaunlich einfühlsam, »aber da ist nichts, wovor du Angst haben müsstest.«

»Nein?«, fragte sie. »Ich brauche keine Angst davor zu haben, zu einem gestaltlosen Schemen zu verblassen? Zu einer willenlosen Hülle zu werden wie mein Vater?«

»Nur dein Körper«, schränkte Milo ein. »Dein Geist wird von allen Banden frei sein, wenn er erst auf deinen Schatten übergegangen ist – und ein völlig neues Leben wird sich dir erschließen.«

Cyn lachte freudlos auf. »Was für ein Leben?«

»Ein Leben ohne Einschränkungen, ohne Bande, ohne Grenzen. Der menschliche Geist ist solche Freiheit nicht gewohnt, deshalb wehrt er sich anfangs dagegen, ebenso wie der Körper.«

»Du sprichst von dem Fieber, das meinen Vater befallen hat?«

»Ein letzter Versuch seines Körpers, das Unaufhaltsame zu verhindern«, bestätigte Milo. »Aber schon sehr bald wird er einer von uns sein und nicht mehr das geringste Verlangen danach verspüren, jemals wieder in sein altes Leben zurückzukehren.«

Cyn hätte gerne widersprochen, aber sie ahnte, dass der Junge recht hatte. Jener Horace Pence, den sie in der Holywell Lane zurückgelassen hatte, mochte noch mit allen Mitteln dagegen angekämpft haben; der Horace Pence jedoch, dessen Schatten sie ihm Theater begegnet war, hatte nicht eine Spur von Reue oder Zweifel erkennen lassen.

»Ich weiß, was du jetzt denkst«, versicherte Milo. »Du fragst dich, was geschieht, wenn du dich weigerst.«

»Kannst du alle meine Gedanken lesen?«

»Nicht alle«, gab der Junge zu. »Aber ich kann fühlen, was du empfindest. Deine Unsicherheit, deine Furcht.«

»Und? Wie lautet die Antwort auf meine Frage?«

»Du kannst dich natürlich wehren und es dir damit unnötig schwer machen«, räumte der Schatten ein, »gegen die *laterna magica* bist du jedoch machtlos.«

»Die *laterna magica*? Du sprichst von diesem Gebilde, das ich oben gesehen habe?«

Wieder ließ der Junge sein hochmütiges Gelächter vernehmen. »Wie unwissend du bist!«

»Dann erzähle mir mehr darüber.«

»Sieh an. Bist du nun also doch neugierig?«

»Seltsam, dass du fragst. Ich dachte, du weißt, was ich denke?«, konterte Cyn und triumphierte innerlich. Unter all dem Krempel, der in der Kammer umherlag, hatte sie etwas erspäht, das ihr womöglich von großem Nutzen sein konnte. Etwas, das unter dem Hirschgeweih auf einer der Kisten lag – ein blanker Säbel. Und offenbar war es ihr gelungen, ihre Gedanken so zu verschleiern, dass der Schatten sie nicht durchschaute.

»Erzähle mir mehr darüber«, verlangte sie, während sie sich langsam in Richtung der Kiste bewegte. »Was hat es mit dieser Laterne auf sich?«

»Du erwartest, dass ich dir das verrate?«

»Wenn ich ohnehin eine von euch werde, kannst du es mir doch ruhig erzählen, oder nicht?«

Der Junge schien einen Augenblick nachzudenken. Unvermittelt glitt sein Schatten aus der Nische, in die er sich zurückgezogen hatte, und huschte über einige der Kisten, ehe er auf dem Kopf des Tigerfells eine sitzende Haltung einnahm. »Wie du möchtest. Weißt du, wer Marco Polo gewesen ist?«

»Natürlich weiß ich das«, versicherte Cyn, die den Säbel im Augenwinkel behielt. »Ein Kaufmannssohn aus Venedig, der im dreizehnten Jahrhundert eine abenteuerliche Reise ins ferne China unternommen hat.«

»Das ist richtig. Von seiner Reise kehrte Polo reich beschenkt zurück – nicht nur mit Jade, Seide und anderen Schätzen, sondern auch mit vielen wundersamen und geheimnisvollen Dingen. Kaum jemand weiß, dass sich unter ihnen auch eine Laterne befand – eine Laterne in der Form einer Kugel, deren Ursprünge in dunkler Vergangenheit liegen, und der magische Fähigkeiten nachgesagt wurden. Schon kurz nach Polos Rückkehr ging die Laterne jedoch verloren. Es gibt Quellen, die behaupten, sie wäre gestohlen worden. Andere besagen, dass sie ihres alten Besitzers einfach überdrüssig gewesen wäre und sich auf die Suche nach einem neuen gemacht hätte.«

»Ich verstehe«, sagte Cyn, während sie an alles Mögliche zu denken versuchte, nur nicht an die Waffe, die nur noch wenige Armlängen von ihr entfernt lag.

»Über viele Jahrhunderte blieb die Laterne verborgen, bis sie erneut entdeckt wurde – von einem Mann, der auf der Suche nach Erkenntnis war. Im Florenz des Jahres 1587 gelangte ein Alchemist in ihren Besitz. Wie alle Angehörigen seiner Zunft suchte auch er nach einer Möglichkeit, wertloses Eisen in kostbares Gold zu verwandeln und glaubte, dass die geheimnisvolle Kugel ihm dabei helfen würde.«

Säbel!

Cyn konnte nicht verhindern, dass ihr das Wort plötzlich durch den Kopf schoss, hell und leuchtend wie Signalfeuer. Ihr erschrockener Blick fiel auf den Schatten, der jedoch keine Regung zeigte. Offenbar war Milo so in seine Erzählung vertieft, dass er den verräterischen Gedanken nicht bemerkt hatte, ebenso wenig wie Cyns Erschrecken. Rasch versuchte sie, sich zu beruhigen und wieder an etwas anderes zu denken.

»Wie sich zeigte, vermochte auch das Licht der Laterne kein Gold zu erzeugen«, fuhr Milo fort, »jedoch rührte der Alchemist damit unwissentlich an etwas, das über Jahrtausende geruht hatte. Die Magie der Lampe erwachte zum Leben – und mit ihr die Grimmlinge.«

»Die Grimmlinge?« Da war wieder dieses Wort. Für einen kurzen Moment vergaß Cyn den Säbel.

»Geister, die im Inneren der Laterne leben«, erklärte Milo achselzuckend, »Schattenwesen aus einer anderen Zeit und Welt. Sie waren es, die dem Alchemisten das Geheimnis der Laterne offenbarten und ihn zu einem der ihren machten.«

»Wie war der Name des Alchemisten?«, wollte Cyn wissen, die plötzlich einen Verdacht hatte.

»Caligore. Maggoro Caligore.«

»Das dachte ich mir.«

»Dem Ahnen Umberto Caligores kommt der Verdienst zu, das Geheimnis der *laterna magica* entdeckt zu haben – die Fähigkeit, die Seelenschatten der Menschen einzufangen und von ihren sterblichen Körpern zu befreien. Jedoch war Maggoro zu schwach, um den der Laterne innewohnenden Geistern zu gebieten. Sein Verstand verblich vor der Macht der Grimmlinge, und er wurde ihr unterwürfiger Diener. Es bedurfte des Genies und der Stärke seines Nachkommen Umberto Caligore, um sie in ihre Schranken zu weisen und die Laterne als das zu verstehen, was sie tatsächlich ist: ein Quell reiner Macht.«

»Das ist doch Wahnsinn!«

»Sieh mich an«, forderte Milo Cyn auf und erhob sich von dem Tigerkopf, worauf seine Silhouette zerfloss und sich über mehrere Kisten verteilte. »Ist das Wahnsinn? Umberto Caligore hat die Grimmlinge bezwungen, die seither seine ergebenen Diener sind, und er nutzt die Macht der Laterne, um zu wahrer Größe zu gelangen.«

»Zu wahrer Größe?«, spottete Cyn voller Bitterkeit. Inzwischen war sie bis auf Armlänge an die Klinge herangekommen. »Wenn es wahre Größe ist, die er sucht, dann hat er ein erstes Ziel ja bereits erreicht: die Schließung des Puppentheaters in der Holywell Lane. Ich gratuliere!«

»Du solltest dich nicht täuschen lassen. Dem Professor liegt nichts am Mummenschanz. Das Theater sieht er als Mittel zum Zweck, als notwendiges Übel, um seine wahren Ziele zu erreichen, die ungleich höher gesteckt sind. Und das Beste daran ist, dass niemand Verdacht schöpft!«

»Ich habe Verdacht geschöpft«, brachte Cyn in Erinnerung.

Noch ein kleiner Schritt ...

»Weil du noch jung bist. Irgendetwas geschieht mit den Menschen, wenn sie erwachsen werden. Dann sind sie so in ihrer eigenen Wirklichkeit gefangen, dass sie alles andere um sich herum vergessen. Deshalb sind sie so leichte Opfer.«

»So wie du«, konterte Cyn.

Denn in diesem Moment hatte sie die Klinge erreicht.

15
GEFÄHRLICHER HANDEL

Blitzschnell griff Cyn nach der Waffe, zog sie unter dem Geweih hervor und wirbelte sie in einer fließenden Bewegung herum.

»Nun?«, fragte sie herausfordernd und streckte den Säbel in Milos Richtung.

»Was soll sein?«, fragte der Junge gelassen dagegen. Wenn er überrascht war, so zeigte er es nicht.

»Du wirst jetzt die Tür öffnen und mich gehen lassen«, wies Cyn ihn mit vor Aufregung bebender Stimme an, »oder …«

»Oder was?«, wollte er wissen. »Hast du geglaubt, ich wüsste nicht, was du vorhast? Ich konnte deinen lächerlichen Plan förmlich riechen.«

»Du bluffst«, stieß Cyn hervor, aber es hörte sich nicht sehr überzeugend an. »Wenn du wusstest, was ich vorhatte, warum hast du es dann nicht verhindert?«

»Denkst du denn, das wäre notwendig?«, antwortete der Junge einmal mehr mit einer Gegenfrage – und seine Silhouette, die eben noch auf mehrere Kisten verteilt gewesen war, wurde größer und wuchs an der Rückwand der Requisitenkammer unheimlich empor. Ein Gefühl von Kälte überkam Cyn, als der Schatten sich ihr näherte.

»Nicht weiter!«, stellte sie klar und packte den Griff des Säbels mit beiden Händen.

»Sonst?«, dröhnte es höhnisch in ihrem Kopf. »Die Klinge, die du da in der Hand hast, ist stumpf wie ein Stück Holz, eine Theaterattrappe, nicht mehr. Und selbst wenn sie scharf wäre, könnte sie mir nichts anhaben, geht das nicht in deinen Kopf?«

Der Schatten hatte die Decke des Kellergewölbes erreicht. Lautlos kroch er über die hölzernen Balken hinweg und näherte sich scheinbar unaufhaltsam – und Cyn handelte.

Die Zähne zusammengebissen, stieß sie den Säbel senkrecht zur Decke empor, geradewegs in den Schattenriss – der darüber jedoch nur lachen konnte. Denn die Klinge durchbohrte nichts als leere Luft, ehe sie mit dumpfem Geräusch gegen den Deckenbalken stieß.

»Ha!«, spöttelte Milo. »Hast du wirklich geglaubt, du könntest mich damit verletzen? Ich bin ein Schatten! Wann wäre es jemandem schon einmal gelungen, einen Schatten zu durchbohren?«

Cyn kam nicht umhin, ihm recht zu geben. Sie warf die nutzlose Waffe von sich, die klirrend auf dem steinernen Boden landete, und ließ traurig den Kopf sinken.

»Komm schon, sei kein schlechter Verlierer. Unverwundbar zu sein ist ein weiterer Vorteil, wenn man ein Teil der Laterne ist. Schon bald wirst auch du das genießen.«

»Was du nicht sagst«, knurrte Cyn in einer Mischung aus Abscheu und Verzweiflung. »Ich kann es kaum erwarten.«

»Wüsstest du, was ich weiß, würdest du nicht so sprechen«, war Milo überzeugt und ließ seine zur Bedrohung gewordene Gestalt wieder schrumpfen. »Du ahnst nicht, wie es ist, ein Schatten zu sein. Ein Dasein ohne Einschränkung, ein Leben in vollkommener Freiheit! Die Welt der Menschen ist schmutzig und schlecht. Was ist dort zu finden außer Elend und Tod und Gewalt? In der Laterne jedoch herrscht absoluter Frieden, denn alle sind einander gleich.«

»Tatsächlich?«, hakte Cyn nach. »Wenn alle einander gleich sind, wie können sie dann frei sein? Sagtest du nicht, den Schatten wären keine Beschränkungen auferlegt?«

»Ich erwarte nicht, dass du das verstehst. Die Freiheit liegt in unserer Gemeinsamkeit. Eine Seele, die von ihrem Körper befreit wurde, unterliegt nicht mehr dessen Zwängen. Sie muss weder essen noch trinken und deshalb auch nicht hungern. Sie ist keinem Mangel unterworfen, keiner Krankheit, keinem Zwang. Davon hat die Menschheit immer geträumt, oder nicht?«

»Das ist wahr«, räumte Cyn ein, »aber zu welchem Preis? Was habt ihr dafür aufgegeben? Wenn ihr nicht esst und nicht trinkt, wie könnt ihr dann wissen, was Genuss ist?«

»So etwas gibt es nicht in unserer Welt, und es ist auch nicht notwendig. Wir nehmen wahr, was um uns herum geschieht, aber wir schmecken nichts und riechen nichts.«

»Soll das heißen, dass du nicht weißt, wie süß reife Pflaumen schmecken?«, fragte Cyn fassungslos. »Dass du noch nie den Duft einer Orange gerochen hast? Oder frischen Apfelkuchen, wenn er duftend und heiß aus dem Ofen kommt?«

»Nein«, musste Milo zugeben, »aber ...«

»Das sind einfache Freuden«, fiel Cyn ihm ins Wort, »aber sie sind da draußen, an jedem einzelnen Tag. Man kann sie riechen, schmecken und anfassen. Wann hast du zum letzten Mal etwas angefasst, Milo? Wann hast du etwas gesehen, das deine Neugier geweckt hat?«

»Ich weiß es nicht«, schnarrte es zurück. »Und es ist auch nicht von Bedeutung.«

»Weil es dir gleichgültig geworden ist«, konterte sie, »so wie es meinem Vater und allen anderen gleichgültig geworden ist, die ihrer Schatten beraubt wurden – und das ist eure Vorstellung von Vollkommenheit? Wie vollkommen seid ihr, wenn euch all diese kleinen Dinge verschlossen bleiben und ihr niemals in der Lage sein werdet, sie zu erfahren? Hast du dieses Theater überhaupt schon einmal verlassen?«

»Natürlich habe ich das!«

»Aber es ist lange her, nicht wahr? Wäre es anders, würdest du wissen, dass nicht alles dort draußen so schlecht ist, wie du denkst. Wenn du tatsächlich meine Gedanken durchschauen kannst, dann sieh in mein Inneres, Milo.«

»Wozu?«

»Damit du siehst, dass in der Welt der Menschen auch Freude ist und Fürsorge und Liebe ...«

»Und? Was heißt das schon? Liebe ist etwas, womit sich die Menschen gegenseitig betrügen und einander Schmerz zufügen.«

»Das ist nicht wahr. Wissen Schatten denn überhaupt, was Liebe ist? Sind sie einander zugetan?«

»Dazu besteht keine Veranlassung.«

»Und das nennt ihr Vollkommenheit? Wenn ihr nicht in der Lage seid, Liebe zu empfinden? Euch gegenseitig Freundschaft und Zuneigung zu schenken?«

»Wen interessiert das?« Milo wirkte plötzlich aufgebracht. »Dafür sind wir zu vielen anderen Dingen fähig! Dingen, von denen sterbliche Menschen nur träumen können!«

»Das bezweifle ich nicht«, versicherte Cyn, die zu ihrer eigenen Verblüffung feststellte, dass ihre Gelassenheit im selben Maße zunahm, wie die des Schattens schwand. »Aber wenn es darum geht, frei zu fühlen und zu empfinden, dann seid ihr dazu nicht in der Lage!«

»Das genügt!«, blaffte es in ihrem Kopf. »Schweig!«

»Warum? Weil ich eure Schwachstelle entdeckt habe? Den Makel eurer angeblichen Vollkommenheit? Was ihr Freiheit nennt, ist nur eine Täuschung. Jeder Mensch, der dort draußen in der Gosse sitzt und um seinen Lebensunterhalt bettelt, ist freier, als ihr es seid.«

»Schweig, habe ich gesagt!«

Die Worte dröhnten durch ihren Kopf, bebend vor ungezügeltem Zorn. Dennoch dachte Cyn nicht daran, sich zu fügen. Erstmals, seit sie das Caligorium betreten hatte, hatte sie das Gefühl, in der stärkeren Position zu sein, und dieses Gefühl verlieh ihr neuen ungeahnten Mut.

»Kannst du die Wahrheit nicht ertragen?«, fragte sie. »Hat noch niemand zuvor diese Dinge zu dir gesagt?«

»Nein«, drang es leise zurück, und zum ersten Mal kam es Cyn vor, als ob ihr schemenhaftes Gegenüber tatsächlich verunsichert wäre. Auf seine ursprüngliche Größe zurückgesunken, kauerte Milo wie zuvor auf dem Tigerkopf, das Haupt auf die angewinkelten Ellbogen gestützt wie ein schmollendes Kind.

»In mancher Hinsicht mögt ihr Schatten uns überlegen sein«, fuhr Cyn fort, wobei auch sie ihre Stimme senkte, »aber auf die Dinge, die wir

Menschen am meisten lieben, müsst ihr verzichten. Was nützt ein ewiges Leben, wenn man es nicht mit allen Sinnen erfahren kann? Wenn man es nicht mit jemandem teilen kann?« Sie überließ es Milo, die Frage zu beantworten, und fügte stattdessen hinzu: »Aus diesem Grund möchte ich niemals so sein wie ihr.«

Der Schemen hob den Kopf und drehte ihn, so als würde er sie direkt anschauen. »Du ziehst es vor, in Armut und Schmutz zu leben?«

»Meine Mutter pflegte zu sagen, dass nur der ehrliche Freude empfinden kann, der etwas entbehrt«, erwiderte Cyn. »Sie war eine sehr kluge Frau.«

»Nein«, widersprach Milo, »das ist völlig idiotisch!«

»Meinst du? Wann warst du das letzte Mal von Herzen dankbar? Wann das letzte Mal richtig glücklich? Und wann hat das letzte Mal etwas deine Seele berührt? Wirklich berührt, meine ich.«

Erwartungsvoll blickte Cyn ihr Gegenüber an, dessen schattenhafte Existenz ihr inzwischen fast selbstverständlich geworden war, obwohl sie jeder Vernunft widersprach. Milo hatte sich wieder von ihr abgewandt und starrte geradeaus auf die Wand. Eine Antwort gab er nicht. Und obwohl sie dazu keinen Anlass hatte, ertappte sich Cyn dabei, dass sie ihn bemitleidete.

»Du hast recht, wenn du sagst, dass die Welt dort draußen schlecht und verdorben ist«, gab sie zu. »Aber bei allem Elend gibt es dort auch viel Gutes. Schönheit, die Macht der Fantasie und natürlich Liebe.«

»Bah«, machte Milo verdrießlich. »Wozu soll das gut sein?«

»Wüsstest du, was ich weiß, würdest du nicht so sprechen«, konterte Cyn mit denselben Worten, die er zuvor gebraucht hatte. »Hast du die Welt der Menschen je kennengelernt?«

»Was meinst du damit?«

»Ich habe das Gefühl, dass du über Dinge urteilst, die du niemals selbst erleben durftest. Dass es nicht deine eigene Erfahrung ist, die aus dir spricht, sondern …«

»Wofür hältst du mich?« Erneut sprang er auf, seine Fäuste waren zornig geballt.

»Für einen Schatten«, gab Cyn zurück. »Nicht mehr und nicht weniger.«

»Und du glaubst, dass ich deshalb nicht wüsste, was ich sage? Dass ich keine eigene Überzeugung hätte?«

»In der Tat«, bestätigte sie. »Ich denke, dass du nur das siehst, was du sehen sollst.«

»Unsinn!«

»Beweise es!«, verlangte Cyn mit einer Kaltschnäuzigkeit, die sie selbst überraschte.

»Wie?«

Cyn biss sich auf die Lippen.

Sie konnte selbst nicht sagen, ob sie diese Wendung beabsichtigt oder ob sie sich zufällig ergeben hatte. Aber ganz plötzlich hatte sich eine neue Möglichkeit aufgetan, eine Chance zur Rettung, auch wenn sie gering war.

»Folge mir nach draußen«, sagte sie schnell, ehe ihre Gedanken sie verraten konnten. »Begleite mich hinaus in die Welt der Menschen.«

»Wozu? Es gibt dort nichts, was mich interessieren würde.«

»Sagt wer? Professor Caligore? Wenn du so frei bist, wie du sagst, wirst du keine Angst davor haben, dir eine eigene Meinung zu bilden, richtig?«

»Ich bin frei«, versicherte Milo. »Und ich habe vor nichts Angst. Aber ich kann das Theater nicht verlassen.«

»Nein?« Cyn hob die Brauen. »Ich dachte …«

»Bei Nacht ist es mir möglich, jedoch nicht am hellen Tage. Bei Sonnenlicht kann ein Schatten ohne seinen Körper nicht existieren.«

Cyn runzelte die Stirn. Bisher hatte sie immer geglaubt, dass es sich genau umgekehrt verhielte. Milos Worte stellten die Gesetze von Ursache und Wirkung einmal mehr auf den Kopf.

»Es ist ein ungeschriebenes Gesetz«, erklärte er weiter, »und es ist auch der Grund dafür, dass wir uns der menschlichen Körper auch dann noch bedienen, wenn ihr Wille längst auf uns übergegangen ist.«

»Ihr braucht sie, um euch bei Tage zu bewegen«, versuchte Cyn der wirren Logik des Jungen zu folgen.

»Sie sind nur niedere Diener, nichts weiter«, schränkte er ein. »Wir verfügen über sie, wie es uns beliebt.«

»Ich verstehe. Und warum hast du keinen Körper mehr?«, wollte Cyn wissen. »Was ist mit ihm passiert?«

»Das geht dich nichts an!«

An seiner barschen Reaktion merkte Cyn, dass ihm die Frage naheging. Offenbar hatte sie einen wunden Punkt getroffen.

»Gibt es keine andere Möglichkeit?«, fragte sie vorsichtig.

»Was schlägst du vor? Soll ich als dein Schatten gehen?« Er lachte freudlos auf. »Wie ich sehe, hast du schon einen.«

Cyn sah auf ihren eigenen Schattenriss, der sich auf dem nackten Steinboden abzeichnete und jeder ihrer Bewegungen lautlos folgte. Dass es auch umgekehrt sein könnte, darüber hatte sie niemals nachgedacht. Nun jedoch ließ sie der Gedanke, dass ihr Schatten durch das Wirken magischer Kräfte ein Eigenleben gewinnen, dass ihr Geist gar auf ihn übergehen könnte, bis ins Mark erschaudern.

Plötzlich fiel ihr Blick auf den Puck, der auf dem Boden lag, und ein jäher Gedanke schoss ihr durch den Kopf. »Du brauchst also einen Körper, an den du dich heften kannst?«

»So ist es. Allerdings steht es nicht in meiner Macht, die Schatten lebender Wesen zu vertreiben.«

»Und wenn es kein lebendes Wesen ist?«

»Was meinst du?«

»Womöglich kannst du dich an etwas heften, das nicht lebt«, schlug Cyn vor. »An einen Gegenstand.«

»Natürlich! Eine großartige Idee!« Der Schatten warf die Arme hoch. »Woran hast du denn gedacht? An ein Fass vielleicht? Mit einem Schatten, der Arme und Beine hat? Selbst diese dämlichen Sterblichen würden das bemerken.«

»Nun«, meinte Cyn und trat vor. »An ein Fass hatte ich eigentlich nicht gedacht, sondern vielmehr daran!« Sie bückte sich und hob den Puck vom Boden auf.

»Soll das ein Witz sein?«

»Durchaus nicht. Diesen Unterschied der Schatten würde sicher niemand bemerken – und du wärst in der Lage, das Theater zu verlassen.«

»Hm … Ich weiß nicht …«

»Komm mit mir«, bekräftigte Cyn und streckte dem Schatten eine Hand entgegen. »Ich werde dir Dinge zeigen, die du noch nie zuvor gesehen hast, Wunder über Wunder. Lass dich verzaubern von einer Welt der Fantasie! Besuche ein Universum der Dinge und der Ideen, des Wissens und des Staunens, der Schatten und des Lichts …«

»Das ist der Text von unserem Flugblatt«, sagte Milo verblüfft, der die Worte sofort erkannte. »Mit diesen Worten locken die Ausrufer das Publikum ins Caligorium.«

»Ich weiß.« Cyn nickte. »Vielleicht ist es an der Zeit, davon in die wirkliche Welt gelockt zu werden.«

»Der Professor wird es nicht erlauben.«

»Der Professor ist nicht hier, oder?«

»Nein.«

»Wann kommt er zurück.«

Milo zögerte. Offenbar war diese Information nicht für fremde Ohren bestimmt. »Erst morgen Abend«, erwiderte er dennoch.

»Dann haben wir einen Tag«, folgerte Cyn. »Einen Tag im Licht.«

»Das ist verrückt«, wandte Milo ein. »Warum sollte ich auf deinen Vorschlag eingehen? Was habe ich davon?«

Cyn holte tief Luft.

Jetzt kam es darauf an.

»Wenn ich recht habe«, begann sie leise, »lernst du dort draußen eine Welt kennen, wie du sie bislang nicht gekannt hast und die dein Leben bereichern wird.«

Der Schatten zuckte mit den Schultern. »Und wenn nicht?«

»Dann hast du nichts zu verlieren.«

»Du könntest zu fliehen versuchen.«

»Kaum.« Cyn schüttelte den Kopf. »Vergiss nicht, dass sich mein Vater in eurer Gewalt befindet. Wenn es mir jedoch gelingt, dich davon zu überzeugen, dass die Welt der Menschen nicht nur schlecht ist und dass das Leben außerhalb dieses Theaters auch schön und reizvoll sein kann, so bitte ich dich, meinen Vater und mich freizulassen.«

»Das ist unmöglich! Wie stellst du dir das vor?«

»Ich dachte, du wärst frei in deinen Entscheidungen?«, fragte Cyn spitz.

Einen Augenblick lang schwieg der Junge. Seiner Körperhaltung nach schien er angestrengt nachzudenken. »Für einen von euch kann ich etwas tun«, knurrte er dann mürrisch. »Aber nicht für euch beide.«

»Dann nur mein Vater«, entschied Cyn ohne Zögern. »Lasst seinen Geist und seinen Schatten zu seinem Körper zurückkehren.«

»Du würdest dich für ihn opfern?«

»Ich liebe ihn von ganzem Herzen«, erwiderte Cyn und streckte erneut die freie Hand aus. »Der Handel gilt also?«

»Deine Entscheidung wird deinem Vater nicht gefallen.«

»Es ist meine Entscheidung«, erwiderte Cyn mit bebender Stimme. »Also?«

Einen Augenblick sah es aus, als würde Milo sich nicht zu einer Entscheidung durchringen können. Dann kam Bewegung in seine schlanke Silhouette. Sie erhob sich und wuchs erneut an der Wand empor und über die Decke, streckte die rechte Hand nach Cyn aus – und in ihrem Innersten konnte sie fühlen, wie er sie berührte.

Kälte.

Leere.

»Der Handel gilt«, bekräftigte er.

»Du gibst mir dein Wort darauf?«

»Ja. Aber ich warne dich: Versuchst du, uns zu täuschen, werden die Grimmlinge dir folgen und dich finden. Vor ihnen gibt es kein Entkommen.«

»Ich weiß«, sagte Cyn und blickte zu Boden, um das Grauen zu verbergen, das sie für einen Moment empfand. Als sie wieder aufsah, war der Schatten verschwunden.

»Milo?«

»Ich bin hier.«

Cyn wandte den Blick auf die Puppe, die auf ihrem linken Arm hockte – und erschrak unwillkürlich.

Denn obwohl sie die Puppe von Kindesbeinen an kannte und sie ihr so vertraut war, als würde sie zur Familie gehören, wirkten die hölzernen Züge des Pucks anders als sonst. Obschon sie reglos waren wie immer und die aufgemalten Augen mit leerem Blick starrten, kam ihr der Kobold plötzlich auf eigentümliche Weise lebendig vor …

»Milo?«, fragte sie.

»Ganz recht«, bestätigte der Junge.

Cyn blickte auf den Schatten, den der Puck im spärlichen Licht der Türöffnung warf. Er war etwas zu lang und zu schlank, um zu dem gedrungenen, pausbäckigen Kobold zu gehören, aber das würde niemandem auffallen.

»Ich denke, so wird es gehen«, stimmte Cyn zu. »Vorausgesetzt, du bewegst dich nur dann, wenn ich die Puppe bewege.«

»Glaubst du, das wüsste ich nicht?«

»Natürlich, entschuldige.«

»Worauf wartest du? Lass uns gehen!«

»Die Tür«, brachte Cyn in Erinnerung. »Sie muss noch aufgeschlossen werden.«

In diesem Moment waren draußen auf dem Gang bereits Schritte zu hören, die sich näherten. Dann das Rasseln des Schlosses, als es geöffnet wurde. Die Tür schwang auf, und auf der Schwelle stand der mürrische Theaterdiener, der Cyn zunächst abgewiesen hatte. Die Gesichtszüge des Mannes waren unbewegt und ohne jede Teilnahme – fraglos, dachte Cyn, war auch er ein Diener seines Schattens.

»Lass uns gehen«, sagte Milo.

Und der Puck kicherte leise.

16
ÜBER DEN DÄCHERN

»Nun? Was sagst du?«

Als sie auf den Finsbury Circus hinausgetreten waren, war jenseits der windschiefen Dächer von Smithfield und Spitalfields gerade die Sonne aufgegangen. Der Regen hatte aufgehört, und als hätte er den Nebel, der die letzten Tage zäh in den Straßen gehangen hatte, einfach aus der Luft gewaschen, war ein heller und klarer Morgen über London angebrochen, der mit klirrender Kälte vom nahen Winter kündete. Und plötzlich hatte Cyn gewusst, wohin sie Milo führen wollte, um ihm die Pracht und Schönheit der Menschenwelt vor Augen zu führen.

Es war ein wagemutiges Unterfangen gewesen, denn die Baustelle, die sich westlich der London Docks befand und in diesen Tagen die größte in ganz London war, war für gewöhnlich gut bewacht. Durch eine Lücke im morschen Bauzaun hatte es Cyn jedoch geschafft, sich mit der Puppe unter dem Arm auf das Gelände zu schleichen. Ob die wenigen Arbeiter, die um diese frühe Zeit ihren Dienst versahen, sie nicht gesehen hatten oder es ihnen einfach gleichgültig gewesen war, wusste Cyn nicht zu sagen. Aber es war ihr gelungen, das Gerüst zu erklimmen, das sich an dem erst halb fertigen Gebäude emporrankte. Über eine Reihe von Leitern war sie in schwindelerregende Höhen vorgedrungen, bis auf die oberste Etage.

Eisiger Wind fegte über die provisorische Plattform, sodass Cyn in ihrer Strickjacke erbärmlich fror. Der Ausblick jedoch war atemberaubend.

Unmittelbar am Fuß des erst zu zwei Dritteln fertiggestellten Turmes verlief der Fluss, der sich breit und glitzernd gen Westen wand, gespickt mit Dampfern und Segelschiffen und gesäumt von Lagerhäusern auf der einen und den trutzigen Mauern des Tower of London auf der anderen Uferseite. Jenseits davon erstreckten sich die Häusermassen Londons, von deren unzähligen Schloten und Kaminen dunkle Rauchfahnen in den blauen Himmel stiegen. Inmitten dieses grauen Meeres aus Stein und Rauch ragte zur Rechten eine strahlend weiße Kuppel auf: die Kathedrale von St. Paul, deren Glockenschlag der kalte Wind herübertrug.

»Sag schon, wie findest du es?«, verlangte Cyn noch einmal zu wissen, als Milo nicht antwortete. So befremdlich die Vorstellung war, sich in Begleitung eines Jungen zu befinden, der nur als Schatten existierte und lediglich in ihren Gedanken zu ihr sprach, sosehr half es ihr, den Puck dabeizuhaben. Denn auf diese Weise hatte sie wenigstens ein Gesicht, das sie ansehen und Augen, in die sie schauen konnte, auch wenn diese bloß aufgemalt und das Gesicht aus Holz geschnitzt war. »Ist dieser Anblick nicht überwältigend?«

»Für Menschen vielleicht«, räumte Milo ein. »Für mich ist er nur ein weiterer Beweis dafür, wie die Menschen versuchen, sich selbst unsterblich zu machen.«

»Was meinst du damit?« Cyn schüttelte verständnislos den Kopf und deutete mit der freien Hand zur anderen Flussseite, wo eine exakte Kopie des Turmes in die Höhe wuchs. »Wenn diese Brücke erst fertiggestellt ist, wird sie die größte und fortschrittlichste der ganzen Welt sein! Ein riesiger dampfbetriebener Mechanismus wird dafür sorgen, dass sie sich öffnet, wann immer große Schiffe den Fluss herabkommen.«

»Und das nennst du Fortschritt?«, fragte Milo keck. »Erwartest du wirklich, dass mich das beeindruckt?«

»Nun, ich dachte ...«

»Schon die alten Ägypter haben ihre Pyramiden immer noch größer und höher gebaut – heute verrotten sie im Wüstensand und taugen nur noch als Kulisse im Theater.«

Cyn war klar, dass er auf die Bühnendekoration im Caligorium anspielte. Da er die meiste Zeit im Theater verbrachte, stammte sein Wissen wohl größtenteils von dort.

Genau wie bei ihr selbst …

»Dennoch sind es erstaunliche Leistungen von uns Menschen«, beharrte sie, »die Pyramiden ebenso wie diese Brücke hier. Und die Aussicht von hier oben ist atemberaubend.« Sie trat bis ans äußerste Ende der Plattform und ließ ihren Blick vom fernen Horizont in die senkrechte Tiefe schweifen. Eine Reihe kleinerer Frachtschiffe hatte am Ufer festgemacht, die neues Baumaterial brachten und entladen werden mussten. Fuhrwerke und Ochsenkarren wurden herangeführt, die Kräne am Kai nahmen dampfend und rasselnd ihre Arbeit auf.

»Atemberaubend, in der Tat«, stimmte Milo zu. »Es stinkt zum Davonlaufen!«

»Es stinkt? Ich denke, du kannst nichts riechen?«

»Ich meine nicht den Geruch«, widersprach der Junge. »Ich meine die Furcht der Menschen. Ihr Elend. Ihre Not. Von hier oben ist sie zwar nicht zu sehen, aber trotzdem ist sie da. Überall steigt sie aus den Gassen auf wie erbärmlicher Gestank und verpestet nicht nur diese Stadt, sondern die ganze Welt.«

»Zugegeben, diese Dinge gibt es«, räumte Cyn ein. »Niemand weiß das besser als ich. Aber trotzdem gibt es auch Gutes in der Welt der Menschen.

»Und um mir das zu zeigen, hast du mich hier raufgeschleppt?«

Obwohl sie wusste, dass es unmöglich war, kam es Cyn vor, als würde der Puck verächtlich grinsen – vielleicht lag es auch an dem Schatten, der sich für einen Moment auf die hölzernen Züge des Kobolds legte.

Sie kam sich ertappt vor, denn wenn sie ehrlich war, hatte sie tatsächlich gehofft, Milo zu beeindrucken. Ihr Vater hatte ihr erzählt, dass Menschen aus aller Welt nach London kamen, um das neue Bauwerk zu bestaunen, dem man den Namen »Tower Bridge« gegeben hatte. Folglich hatte sie angenommen, dass auch ein Junge, den sie für angeberisch und oberflächlich hielt und der offenbar nichts anderes kannte als das Innere eines Theaters, davon fasziniert sein würde, womöglich so sehr, dass er ihren Vater darüber freiließ.

Ein Irrtum, wie sie nun feststellen musste, und plötzlich kam sie sich dumm und einfältig vor. »Es … es tut mir leid«, sagte sie und senkte den Blick. »Ich habe dich unterschätzt.«

»Du bist genau wie alle anderen Menschen«, war Milo überzeugt. »Ihr seht immer nur das, was ihr sehen wollt. Vor dem Elend, das ihr selbst verschuldet habt, vor Leid und Schmerz, vor allem, was im Schatten liegt, verschließt ihr die Augen.«

»Was?« Cyns Empörung war so groß, dass sie für einen Moment alle Zurückhaltung vergaß. »Und das sagst du ausgerechnet mir? Nachdem sich das Leben, das ich kannte und liebte, in Nichts aufgelöst hat? Nachdem mir alles genommen wurde? Zuerst meine Mutter, dann meine Arbeit und mein Zuhause, und zuletzt auch noch mein über alles geliebter Vater? Wie kannst du behaupten, ich wüsste nicht, was Schmerz ist? Ich dachte, du hättest in mein Innerstes geblickt?«

»Nun, ich …«

»Es mag dumm und naiv von mir gewesen sein, dich an diesen Ort zu schleppen«, fiel Cyn ihm mit vor Ärger bebender Stimme ins Wort, »aber wenn du mich danach beurteilst, dann bist du es, der seine Augen vor der Wirklichkeit verschließt!«

Die Worte verklangen, und Schweigen kehrte auf der Turmplattform ein. Nur noch das leise Heulen des Windes war zu hören und aus der Tiefe das dumpfe Stampfen der Maschinen.

»Tut mir leid«, sagte Milo, und zu Cyns Überraschung klang es weder zynisch noch falsch. »Das war unüberlegt von mir.«

»Das war es.«

»Lass uns ins Theater zurückkehren. Es war idiotisch, sich auf diesen Handel einzulassen.«

»Vermutlich«, gab Cyn zu. »Dennoch gilt er.«

»Soll das heißen, du willst weitermachen?«

»Natürlich.«

»Wozu? Wohin willst du mich denn jetzt noch führen? Hast du noch nicht begriffen, dass nichts, was du mir zeigen wirst, meine Meinung über die Menschen ändern kann?«

»Du hast versprochen, dich darauf einzulassen.«

»Und du hast versprochen, dich in dein Schicksal zu fügen, wenn dein Vorhaben fehlschlägt, und das ist es.«

»Nein.« Cyn schüttelte den Kopf. »Bitte nicht, ich weiß nicht, was ich sonst noch …«

»He, du! Was hast du da zu suchen, hä?«

Cyn fuhr herum.

Sie hatten Gesellschaft bekommen.

Zwei Bauarbeiter hatten die Turmplattform bestiegen – vierschrötige Kerle mit fast kahlen Schädeln, dafür umso behaarteren Armen. Die Kellen und hölzernen Eimer, die sie bei sich trugen, ließen sie vor Überraschung fallen. Mit manchem hatten sie wohl gerechnet – aber ganz sicher nicht damit, am frühen Morgen auf dem erst zur Hälfte fertiggestellten Nordturm der Tower Bridge einem jungen Mädchen mit einer Puppe auf dem Arm zu begegnen.

Cyn sah das Blitzen in den Augen der Männer und wollte lieber gar nicht wissen, was es zu bedeuten hatte. Sie entschloss sich kurzerhand zur Flucht und lief zu der Leiter, die von der Plattform in die Tiefe führte – doch einer der Arbeiter schnitt ihr den Weg ab.

»Wohin so eilig?«, wollte er grinsend wissen.

Cyn wich einige Schritte zurück, dann stand sie mit dem Rücken zum Abgrund.

»Vorsicht«, schärfte Milo ihr ein.

Ein flüchtiger Blick in die Tiefe, auf die Arbeiter, die inzwischen dort unten wimmelten, auf die Fuhrwerke und Boote – Cyn wurde schwummrig. Was sollte sie tun? Auf der Plattform würden die Kerle sie schnappen, und einen anderen Weg als den über die Leiter gab es nicht – oder?

»Was hast du vor?«, wollte Milo wissen, der ihre jähe Hoffnung zu fühlen schien.

»Abwarten«, gab sie zurück, während sie den Gedanken an das, was sie vorhatte, gleichzeitig verdrängte. Zum einen, um ihn Milo nicht zu verraten, zum anderen, weil sie es sich dann wahrscheinlich anders überlegt hätte.

Schon hatte sie das Seil, das nur wenige Armlängen von ihr entfernt war, ins Auge gefasst. Mit wenigen großen Schritten erreichte sie es, packte den starken Hanf mit der rechten Hand, während sie mit der anderen ausholte.

»Was hast du vooo…?«

Milo kam nicht dazu, die Frage ganz auszusprechen, denn im nächsten Moment verschwand der Puck kopfüber in der Tiefe, und mit ihm auch der Schatten des Jungen. Cyn blieb keine Zeit, ihm hinterherzusehen, sie konnte nur hoffen, dass sie gut gezielt hatte. Beherzt packte sie den Ausleger des Flaschenzugs, über den das Seil lief, und sprang in den hölzernen Zuber, der daran befestigt war.

»He, du! Bleib gefälligst hier!«, bellten die Bauarbeiter, als sie merkten, was Cyn vorhatte. In nächsten Moment hatte sie auch schon den Ausleger des Flaschenzugs herumgeschwenkt und den Zuber hinaus ins Leere gestoßen, worauf er senkrecht in die Tiefe rauschte – und sie mit ihm.

Die Plattform mit den beiden rohen Kerlen verschwand über ihr, und Cyn merkte, wie sich ihr leerer Magen hob. Sie stieß einen gellenden Schrei aus – der im nächsten Moment verstummte, als sie mit dem Zuber in dem riesigen Strohhaufen landete, der am Fuß des Turmes für die Herstellung des Mörtels aufgeschüttet war.

Der Aufprall war härter, als sie gedacht hatte. Strohhalme wurden in die Höhe geschleudert, und dichter Staub stieg auf, der Cyn für einen Moment einhüllte. Sie schnappte nach Luft und musste husten, doch soweit sie es beurteilen konnte, war nicht nur der Zuber heil und am Stück geblieben, sondern auch sie selbst. Und neben ihr, am Fuß des Strohhaufens, von dem er gepurzelt war, lag der Puck.

Cyn war klar, dass das freundliche Grinsen, das in die Züge des Kobolds geschnitzt war, nicht dem entsprach, was sein Schatten in diesem Moment empfand.

»Bist du völlig wahnsinnig geworden?«, lamentierte Milo, als Cyn sich aus dem Stroh befreit hatte und ihn vom Boden auflas. An einer Gruppe von Maurern vorbei, die sie ungläubig anstarrten, entfernte sie sich rasch von der Baustelle. »Hast du den Verstand verloren?«

»Wieso? Hattest du etwa Angst?«, fragte sie, während ihr eigener Herzschlag wie wild pochte.

»Nein, natürlich nicht«, widersprach er rasch, »was hätte mir auch passieren sollen? Aber du hättest dir bei diesem Unfug alle Knochen brechen können! Was musstest du auch unbedingt auf diesen dämlichen Turm steigen?«

Durch die Öffnung im Bauzaun schlüpfte Cyn wieder hinaus. »Du klingst wie meine Freundin Lucy, weißt du das?«, stieß sie hervor, während sie sich von dem halb fertigen Gebilde am Flussufer entfernten. »Sie ist auch stets in Sorge um mich.«

»Unsinn, ich bin nicht in Sorge um dich, ich ...«

»Ja?«, hakte Cyn nach, als er plötzlich verstummte.

»Ich bin nur froh, dass dir nichts geschehen ist«, drückte der Junge es anders aus.

»Ich auch«, versicherte sie lächelnd. »So etwas nennt man übrigens Lebensfreude. Und die wollte ich dir schließlich zeigen, richtig?«

»Was soll das heißen? Hast du das etwa geplant?«

»Und wenn?«, fragte Cyn dagegen.

»Du bist verrückt!«, beschwerte sich Milo, aber es klang nicht vorwurfsvoll, sondern beinahe bewundernd. »Völlig verrückt, hörst du?«

»Und das von einem Schatten«, konterte sie und musste lachen. Zunächst war es noch ein verhaltenes, mädchenhaftes Kichern, aber dann wurde lautes, fast hysterisches Gelächter daraus, in dem sich die Sorge und die Verzweiflung der letzten Tage Bahn brachen, während Milo weiter lamentierte.

»Verrückt! Einfach nur verrückt!«

So ging es eine ganze Weile. Cyn scherte sich nicht darum, dass die Passanten, denen sie auf der Lower Thames Street begegneten, die Köpfe schüttelten und ganz offenbar dachten, dass das Mädchen mit der Puppe den Verstand verloren hätte. Sie beruhigten sich erst, als sie das Zollgebäude passiert und die London Bridge erreicht hatten.

»Und wohin jetzt?«, wollte Milo wissen.

Cyn horchte auf. »Soll das heißen, dass du weitermachen willst?«

»Vielleicht«, entgegnete der Schatten zögernd. »Unter einer Bedingung.«

»Nämlich?«

»Keine Türme mehr.«

»In Ordnung.« Cyn grinste, während sie mit dem Puck auf dem Arm ihren Weg am Fluss entlang fortsetzte. »Mir ist ohnehin etwas sehr viel Besseres eingefallen.«

Keiner von beiden ahnte, dass sie beobachtet wurden.

17
SPUREN DER VERGANGENHEIT

»Was ist dadrin?«, wollte Milo mit Blick auf das Gebäude wissen, das jenseits der Säule und der beiden Brunnen des Trafalgar Square stand – ein breiter, eindrucksvoller Bau, in dessen Mitte sich eine Kuppel erhob. Breite Stufen führten zu einem von hohen Säulen getragenen Portal.

»Die Nationalgalerie«, erwiderte Cyn. »Meine Mutter hat mich zum ersten Mal hierhergebracht, als ich noch ganz klein war.« Bei der Erinnerung musste Cyn lächeln. »Ich weiß noch, dass ich wie verzaubert war. Ich bettelte meine Mutter an, möglichst bald wieder mit mir herzukommen. Danach ist sie jedes Jahr mit mir in die Nationalgalerie gegangen, immer an meinem Geburtstag, bis …«

»Bis was?«, hakte Milo nach, als sie plötzlich verstummte.

»Bis sie starb«, erklärte Cyn hart.

Ohne Milos Antwort abzuwarten, überquerte sie die Straße und den Vorplatz und stieg die Stufen zum Eingang hinauf. Da es ein Wochentag war und das Museum gerade erst geöffnet hatte, waren noch nicht viele Besucher zugegen. Nur einige Studenten standen vor dem Eingang und bedachten das Mädchen, das eine ramponiert aussehende Puppe auf dem Arm trug, mit belustigten Blicken. Keiner der gelehrten jungen Herren bemerkte jedoch, dass der Schatten, den die Puppe im fahlen Sonnenlicht warf, in Wirklichkeit gar nicht ihr eigener war.

In der Tasche ihrer Jacke fand Cyn noch ein Sixpence-Stück und bezahlte damit den Eintritt. Auch der Mann an der Kasse blickte etwas befremdlich drein, als er den Puck auf ihrem Arm sah, sagte jedoch nichts. Im nächsten Moment war Cyn auch schon an ihm vorbei und stand in der großen Eingangshalle, von der die Gänge zu den Sälen der Galerie abzweigten.

»Nur sechs Pence Eintritt?«, staunte Milo. »Das Caligorium kostet zwei Shilling!«

»Was hast du erwartet?«, fragte Cyn lächelnd. »Die besten Dinge im Leben gibt es sogar gratis.«

Sie schloss für einen Moment die Augen und atmete tief ein, sog den Geruch von altem Leinen und frischem Bohnerwachs ein, der etwas Vertrautes hatte und Erinnerungen an viele glückliche Stunden weckte, die sie hier verbracht hatte.

Vor langer Zeit …

»Und jetzt?«, wollte Milo ungeduldig wissen.

»Geduld«, bat sie sich aus und stieg die Stufen der Eingangshalle hinauf. Dann bog sie nach links ab, und sie gelangten in den ersten der um diese Zeit noch menschenleeren Ausstellungsräume.

Tageslicht, das durch ein kreisrundes Deckenfenster fiel, erhellte einen Saal, der völlig leer war – bis auf die Gemälde, die an den dunkelgrünen Wänden hingen und auf den Betrachter wirkten.

»Ist das alles?«, fragte Milo uninteressiert. »Nur Bilder?«

»Einige der schönsten Bilder, die je gemalt wurden«, verbesserte Cyn geduldig.

»Och«, machte Milo enttäuscht.

»Um dir zu zeigen, zu was für wunderbaren Dingen Menschen fähig sind, ist dies genau der richtige Ort«, war Cyn überzeugt und trat an das erste Gemälde, das das Porträt eines ältlichen, wichtig aussehenden Mannes zeigte. Gleich daneben war eine ganze Gruppe von Menschen zu sehen, alle in altertümlichen Gewändern, die Haut von vornehmer Blässe.

»Ist das nicht wunderbar?«, fragte sie mit ehrfürchtigem Flüstern. »Alle diese Menschen haben einmal wirklich gelebt. Es ist, als würden sie auf einer Bühne stehen, und als wäre die Zeit für immer angehalten worden.«

»Findest du?« Milo teilte ihre Begeisterung ganz offenkundig nicht. »Wenn diese Leute alle wirklich gelebt haben, dann sag mir doch mal, wer der fette Kerl im Pelzmantel ist.«

Cyn lächelte. »Dasselbe habe ich meine Mutter auch gefragt. Sie erklärte mir, dass dieser Mann einst der König von England gewesen ist.«

»Schön ist der aber nicht«, wandte Milo ein. »Und siehst du dieses große Bild dort drüben? Das ist schlecht gemacht. Der Maler hat die Schatten vergessen.«

»Darum geht es doch gar nicht«, wandte Cyn ein. »Einige dieser Bilder sind sehr alt, bis zu sechshundert Jahren. Die Maler jener Zeit mussten erst noch lernen, die Natur so abzubilden, wie sie tatsächlich ist. Aber darum geht es mir gar nicht.«

»Nein? Worum geht es dir denn dann?«

Cyn war vor ein Bild getreten, das das Panorama einer Schlacht zeigte. Ein Heer von Lanzenreitern hatte sich auf der linken Seite versammelt, in Eisen gerüstete Kämpfer, deren Pferde mit blauem Zaumzeug verziert waren, wohingegen der Anführer eine leuchtend rote Kopfbedeckung trug. Auf der rechten Seite stand die gegnerische Streitmacht, und der Kampf zweier Krieger, die sich hoch zu Ross duellierten, hatte bereits begonnen. Zur Mitte hin schien sich das Bild in die Tiefe fortzusetzen, über Äcker und Hügel hinweg in weite Ferne.

»Darum geht es mir«, antwortete Cyn. »Es kommt mir nicht sosehr darauf an, was ein Bild darstellt und wie es gemalt wurde, sondern dass es mich in eine andere Zeit entführt. Ich stelle mir dann vor, dass jedes dieser Bilder ein Fenster in die Vergangenheit ist. Ist das nicht wunderbar?«

»Es geht«, meinte Milo. »Kommt darauf an, was man durch das Fenster sieht.«

Sie gingen weiter in den nächsten Saal und in den übernächsten, betrachteten die Gemälde an den Wänden. Einige davon zeigten Porträts, andere geschichtliche Darstellungen oder idyllische Landschaften. Wieder andere – und diese mochte Cyn am meisten – bildeten Szenen aus Sagen und Mythen ab. Odysseus und Herakles, die Titanen und die Götter der Antike, sie alle gaben sich ein Stelldichein auf den Leinwänden, die vor so langer Zeit bemalt worden waren.

Von den Bildern der italienischen, niederländischen und deutschen Meister gelangten sie zu Gemälden aus Spanien, Frankreich und England.

Eines von ihnen zeigte eine Hafenszene bei Abendstimmung, und Cyn blieb stehen. Der Himmel war leicht bewölkt und hatte bereits die weiche Färbung des späten Tages angenommen, die Sonne stand tief und spiegelte sich auf dem Wasser. Draußen auf dem Meer waren Schiffe mit gerefften Segeln zu erkennen, zur Linken die Überreste eines alten Tempels. Auf der rechten Seite ein weißes, prunkvoll aussehendes Gebäude mit einem Säulenportal, dahinter ein trutziger Turm, der aus dem Wasser ragte und über eine Brücke mit dem Festland verbunden war. Im Vordergrund, am sandigen Ufer, lagen Ruderboote, deren Besatzungen etwas entluden, das Cyn immer für einen kostbaren Schatz gehalten hatte. Ihre Mutter hatte ihr erklärt, dass das Gemälde den Besuch der Königin von Saba bei König Salomon zeige. Der Künstler hatte versucht, jenen Augenblick in Bilder zu fassen, in dem die Königin und ihr Gefolge an Land gingen – aus seiner ganz eigenen Sicht.

»Das ist mein Lieblingsbild«, erklärte Cyn.

»Warum?«

»Ich weiß es nicht.« Sie zuckte mit den Schultern. »Vielleicht weil es wie die Dekoration einer großen Bühne aussieht. Oder weil ich auch gerne einmal über das Meer fahren und andere Länder bereisen würde.

»Wozu?«

»Wozu?« Cyn konnte nicht glauben, dass Milo das fragte. »Um andere Orte zu sehen und andere Menschen kennenzulernen natürlich. Das muss wunderbar sein.«

»Eigentlich nicht. Wenn du an einigen Orten gewesen bist, stellst du fest, dass die Menschen überall gleich sind. Gleich verschlagen. Gleich dumm.«

»Ist das dein Ernst?«

»Und ob. Dieses Bild dort im nächsten Saal, siehst du das?«

»Natürlich.« Cyn ging mit der Puppe auf dem Arm in den nächsten Ausstellungsraum, der in dunklem Rot gehalten war. Es gab hier nur wenige Bilder, die dafür riesig groß waren. Eines davon zeigte wie zuvor eine Abendszene, aber diese war ganz anders beschaffen.

Düster.

Unheimlich.

Dunkle Wolken ballten sich über einer gewaltigen Menschenmenge zusammen, die abzubilden den Künstler Monate gekostet haben musste. Jedes der Gesichter war anders gemalt, man konnte Frauen und Männer, junge und alte Menschen unterscheiden. Nur eins war ihnen allen gemein: der Hass, der aus ihren Zügen sprach. Fäuste wurden drohend emporgereckt, einige der Männer waren mit Knüppeln und Forken bewaffnet.

Aus der Mitte der Menge ragte ein Podest empor, auf dem eine makabre Vorrichtung stand – ein mechanisches Fallbeil, dessen einziger Zweck darin zu bestehen schien, Menschen zu enthaupten. Und vor dem grässlichen Ding stand ein Mann mit langem Haar, der den Schaulustigen ein soeben abgetrenntes Haupt entgegenstreckte, sein schneeweißes Hemd ein krasser Gegensatz zum blutigen Rot, das die Szene und den ganzen Saal beherrschte. Wie jedes Gemälde war auch dieses stumm und unbewegt, aber Cyn hatte das Gefühl, den Brandgeruch zu schmecken und die Schreie der aufgebrachten Menge zu hören.

»Wie schrecklich«, hauchte sie beklommen.

»Du sagtest vorhin, ein Gemälde wäre für dich wie ein Fenster in die Vergangenheit.«

»Und?« Mangels eines anderen Gegenübers sah Cyn fragend den Puck an.

»Durch dieses Fenster habe ich schon einmal gesehen«, erwiderte Milo leise.

»Was?« Cyns Blick pendelte zwischen dem Gemälde und dem Puck hin und her, obwohl nicht zu erwarten war, dass sich die Züge der Puppe regen würden. »Was willst du damit sagen?«

Milo erwiderte nichts.

»Diese schrecklichen Dinge sind vor einhundert Jahren geschehen«, sagte Cyn, »im fernen Frankreich …«

»Ich weiß.«

»Aber wie … wie kann es dann sein, dass du …?«

»Lass uns weitergehen«, forderte er sie auf.

Es klang weder hämisch noch nörgelnd wie so oft zuvor, sondern war ganz offensichtlich eine ehrlich gemeinte Bitte. Cyn nickte widerstrebend und ging weiter, doch keines der Bilder aus den nachfolgenden Sälen, die die Werke weiterer französischer und auch venezianischer Künstler präsentierten, hinterließ einen so tiefen Eindruck wie jenes von der blutigen Revolution.

»Dieses Bild vorhin«, sagte sie, nachdem sie eine Sammlung von Porträts betrachtet hatten.

»Was ist damit?«

»Ehrlich gesagt ist es mir bei keinem meiner früheren Besuche aufgefallen.«

»Und das wundert dich? Die Sterblichen sehen doch immer nur das, was sie sehen wollen, alles andere ist ihnen ebenso gleichgültig wie ihre Schatten. Aber damit betrügt ihr euch nur selbst. Die wirklich wesentlichen Dinge finden im Verborgenen statt. Es hat keinen Sinn, sie zu leugnen.«

Cyn wusste nicht, was sie darauf erwidern sollte.

Sie war mit Milo in die Nationalgalerie gegangen, weil sie sich keinen anderen Ort hatte vorstellen können, an dem Kunst und Schönheit mehr zu Hause waren als hier. Aber wenn man nicht mehr mit den naiven Augen eines Kindes, sondern mit dem nüchternen Blick eines Erwachsenen darauf sah, so musste Cyn zugeben, dass da nicht nur Schönheit war, sondern auch Grausamkeit. Nicht nur Licht, sondern auch Schatten.

Von Bild zu Bild gingen sie weiter, wanderten durch die Jahrhunderte der Kunst bis in die Gegenwart. Und obwohl die Darstellungen immer genauer und die Techniken der Maler immer ausgefeilter wurden, hatte Cyn das Gefühl, dass sie sich immer weiter von der Wirklichkeit entfernten. Jeder dieser Künstler hatte seinen persönlichen Eindruck festgehalten, seine Deutung der Wahrheit – sein Bild zu betrachten, bedeutete gleichzeitig auch, die Welt durch seine Augen zu sehen. Und hatte man dies erst verstanden, begriff man auch, dass sich hinter jeder grauen Wolke, hinter jedem düsteren Gemäuer, hinter jedem bedrohlich wirkenden Baum, ja hinter jedem dunklen Farbton noch eine andere Wahrheit befinden mochte, die sich tief im Inneren des Bildes verbarg und die etwas über denjenigen erzählte, von dessen Hand das Werk entstanden war.

Als Kind war Cyn dieser Gedanke nie gekommen, nun jedoch ließ er sie nicht mehr los. Hatte Milo recht mit dem, was er sagte? Neigten die Menschen dazu, nur das zu sehen, was an der Oberfläche war? Was sie sehen wollten? Lag die Wahrheit tatsächlich stets im Verborgenen, weil die Menschen einander täuschten und sich mit dem schönen Schein betrogen, so wie sie selbst es bei diesen Bildern getan hatte?

Nein.

Abrupt blieb Cyn stehen.

Nicht alle Menschen waren so.

Und sie wollte es beweisen.

»Du hattest nach meiner Mutter gefragt«, sagte sie leise.

»Ja. Aber du wolltest nicht darüber sprechen. Das ist in Ordnung.«

»Sie ist an einem Mittwoch gestorben«, eröffnete Cyn unaufgefordert und ohne noch einmal darüber nachzudenken – hätte sie es doch getan, wären ihre Lippen vermutlich versiegelt geblieben. Sie hatte noch nie zu einem Fremden über diese Dinge gesprochen. »Es war ein Unfall.«

»Was für ein Unfall?«

»Wie es passiert ist, weiß niemand. Sie wurde von einem Fuhrwerk erfasst und niedergefahren, gleich hinter dem Theater. Den Leuten auf der Straße zufolge hat sich der Kutscher nicht einmal nach ihr umgesehen und ist einfach weitergefahren, er wurde nie gefasst. Ein Nachbar hat meine Mutter dann nach oben gebracht. Ich erinnere mich noch, dass ihre Beine leblos herabhingen wie bei einer Puppe … und da war überall Blut.«

Cyn war vor einem Bild stehen geblieben und starrte darauf, ohne dass sie hätte sagen können, was zu sehen war. Zumal ihr Tränen in die Augen traten und ihren Blick verschwimmen ließen.

»Bis auf meinen Vater sind wir alle losgezogen, um einen Arzt zu holen. Einen ganzen Tag lang war ich unterwegs, bin quer durch die Stadt gelaufen, bis zum Hyde Park. Die Häuser wurden immer größer und vornehmer, und die Menschen dort starrten mich an, als wäre ich eine Ratte, die aus dem Kanal gekrochen war. Ich klopfte an die Tür eines jeden Arztes, den ich finden konnte, aber keiner von ihnen half uns. Die meisten ließen mich durch ihre Haushälterin wissen, dass sie keine Zeit hätten.

Andere hörten mich an, wollten aber nur gegen Vorauszahlung arbeiten, und ich hatte nur zwei Pence in der Tasche. Also haben sie mich wieder weggeschickt. So ging es weiter, bis es dunkel wurde. Als ich spät abends nach Hause kam, wartete mein Vater bereits auf mich. Er sagte mir, dass meine Mutter bereits am Mittag gestorben wäre, aber niemand wusste, wo ich war.«

Nun versagte ihr die Stimme.

Einen Augenblick drohte genau das zu geschehen, wovor sie sich all die Jahre so sehr gefürchtet hatte, weshalb sie über diesen schrecklichen Tag nie wieder ein Wort verloren hatte: Der Schmerz wollte sie überwältigen und in den dunklen Abgrund reißen, in den sie schon einmal gefallen war. Die Tränen brannten heiß auf ihrer Haut, und sie schloss die Augen. Einen Moment hatte sie das Gefühl, der Schmerz würde sie zerreißen – aber dann war es vorbei.

Cyn schlug die Augen auf und stellte überrascht fest, dass ihre Tränen versiegt waren. So groß die Überwindung gewesen war, über diese Dinge zu sprechen – sie fühlte sich besser, nun da sie es getan hatte. Die Vergangenheit hatte keine Macht mehr über sie.

»Langsam verstehe ich«, sagte Milo leise. »Deshalb also willst du deinen Vater unbedingt retten.«

Cyn nickte nur.

Noch eine Weile blieben sie vor dem Bild stehen, das, wie sie jetzt erkannte, eine von Bäumen gesäumte Allee zeigte.

»Weißt du was?«, meinte Milo unvermittelt. »Ich habe allmählich genug vom Bilderansehen. Hast du Hunger?«

Cyn sah den Puck verblüfft an. Jetzt da Milo es sagte, spürte sie tatsächlich, wie leer ihr Magen war, schließlich hatte sie seit dem Vorabend nichts gegessen. »Ein bisschen schon.«

»Dann lass uns etwas zu essen besorgen«, schlug der Junge vor, und Cyn widersprach nicht. Die Bilder, die Säle, das ganze Museum brachten ihr nicht mehr den Trost, den sie als Kind dort gefunden hatte.

18
APFELKUCHEN

An der Straße, die zwischen dem Trafalgar Square und dem imposanten Gebäude der Nationalgalerie verlief, hatten zahlreiche Kuchenverkäufer und Costermonger ihre Stände aufgebaut. Von ihren Bauchläden und Karren stiegen teils strenge, teils verführerische Düfte auf.

»Worauf hast du Lust?«, fragte Milo. Fast kam es Cyn so vor, als wollte er sie auf andere Gedanken bringen.

»Ich denke, auf Kuchen«, überlegte sie und kramte in ihrer Tasche. Ein halber Penny war jedoch alles, was sie finden konnte – das würde kaum genügen. Seufzend ging sie zu einem der Kuchenstände, um wenigstens einen sehnsüchtigen Blick auf all die Leckereien, die Muffins und Cookies und süßen Pasteten zu werfen, die sie sich nicht leisten konnte.

»Na, junge Dame? Was darf es sein?«, erkundigte sich der Verkäufer, ein rundlicher Mann mit gemütlichem Gesicht und Rändern um die Augen. »Meine Kuchen sind die besten hier, garantiert ohne Kalk und Sägemehl.«

Cyn lächelte unbestimmt. Es war eine stadtbekannte Tatsache, dass manche Bäcker und Kuchenverkäufer das Mehl zu strecken versuchten, indem sie gemahlenen Kalk, Sand oder andere Zutaten hineinmischten. Und Schokolade bestand oft genug nur aus Zucker, Wachs und brauner Farbe.

Der Verkäufer ließ Cyn die Waren anschauen, die er auf der Fläche seines Karrens ausgebreitet hatte. Einige der kleinen Kuchen waren, allen

Beteuerungen zum Trotz, nicht mehr ganz frisch. Vielleicht, dachte Cyn, ließ sich ja etwas machen.

»Wie viel bekomme ich für einen halben Penny?«, fragte sie ganz direkt.

Über dem runden Gesicht des Mannes hob sich eine Braue. »Für einen halben Penny? Nicht mal einen Krümel«, erwiderte er hart. »Geh weiter und bettle woanders, hörst du?«

»Schon gut.« Cyn nickte. »Tut mir leid, Sir. Ich wollte nicht …«

»Es sei denn, du würdest das Los entscheiden lassen wollen«, schlug der Verkäufer kurzerhand vor, wobei er den Puck auf ihrem Arm mit einem seltsamen Blick bedachte. »Was hältst du davon, wenn wir die Münze werfen? Wenn du gewinnst, darfst du dir für deinen halben Penny einen meiner wunderbaren Kuchen aussuchen.«

»Und wenn Sie gewinnen?«

»Dann kriege ich den Ha'pence, und die Sache ist erledigt«, erklärte der Mann. »Also?«

»Na los!« Cyn war es, als würde Milo ihr verschwörerisch ins Ohr flüstern. »Worauf wartest du?«

»In Ordnung«, erklärte Cyn sich bereit, worauf der Straßenhändler ein Sixpence-Stück aus der Tasche zog, es in die Luft warf und mit beiden Händen wieder auffing. »Kopf oder Zahl?«, wollte er wissen.

»Kopf«, sagte Cyn.

Der Mann hob die Hände nah ans Gesicht und riskierte einen vorsichtigen Blick. »Tut mir leid«, sagte er dann barsch und ließ die Münze wieder in seinem Rock verschwinden. »Du hast verloren.«

»Das gilt nicht!«, beschwerte sich Cyn. »Sie haben mich die Münze ja noch nicht einmal sehen lassen!«

»Du kannst dich ja bei der Polizei beschweren. Wem, denkst du, wird man mehr glauben – einem ehrenwerten Händler oder einem verrückten Mädchen mit einer blöden Puppe auf dem Arm?«

Einen Augenblick lang blieb Cyn vor Empörung der Mund offen stehen. Deswegen also hatte sich der Mann auf den Handel eingelassen – offenbar hielt er Cyn für verrückt und wollte dies schamlos ausnutzen, indem er sie um ihren letzten halben Penny betrog.

»Ehrenwert?«, schnaubte sie. »Dass ich nicht lache!«

»Hör zu, Mädchen«, grunzte der andere und senkte den klobigen Schädel wie ein wilder Stier. Dabei stützte er sich auf den Wagen, der unter seinem Gewicht bedenklich ächzte. »Mach kein Theater, in Ordnung? Entweder, du hältst jetzt das Maul und ziehst Leine, oder ...«

»Oder was?«, säuselte es.

Der Verkäufer starrte verblüfft auf Cyn, deren Lippen sich keinen Deut bewegt hatten. »Hä?«, machte er.

»Ich habe dich gefragt, was dann passieren wird, du betrügerischer Brocken Fleisch!«, erklang es prompt und zu Cyns eigener Überraschung. Selbst sie brauchte einen Moment, um zu begreifen, dass es Milo war, der nicht mehr nur allein zu ihr, sondern auch zu dem Kuchenhändler sprach.

»Was? Wer ... wer redet da?«, stieß der Mann hervor. Die dunkel umrandeten Augen weiteten sich.

»Ich natürlich, die – wie hast du mich gerade genannt? – blöde Puppe!«

»Nein!« In ehrlichem Entsetzen starrte der Händler auf den Puck, dessen hölzernes Gesicht ihn ungerührt angrinste. »Das ist unmöglich!«

»So? Glaubst du?«

»So etwas gibt es nicht.« Der Verkäufer schüttelte das bullige Haupt. »Das ist ein Taschenspielertrick, nichts weiter«, behauptete er, doch der unsichere Seitenblick, mit dem er Cyn bedachte, verriet deutlich, dass er sich keineswegs sicher war.

»Wenn es so ist, brauchst du dir ja keine Sorgen zu machen. Aber was, wenn nicht? Eben noch hast du das arme Mädchen für verrückt gehalten. Ist dir klar, dass du dich gerade mit einer Puppe unterhältst, Buster?«

»Wo... woher kennst du meinen Namen?«

»Ich weiß manches über dich, Buster. Zum Beispiel, dass du es hasst, hier zu stehen und Kuchen zu verkaufen.«

»Das ... das stimmt.«

»Dass dein größter Traum darin besteht, irgendwann einen richtigen Laden zu haben.«

»Das ist auch richtig.«

»Und dass du deine Kunden regelmäßig betrügst, um dieses Ziel zu erreichen.«

»Das ist nicht wahr!«, protestierte der Kuchenverkäufer lautstark und zur Verwunderung seiner Kollegen, die ihre Stände gleich nebenan aufgeschlagen hatten, jedoch niemanden sprechen hörten außer den alten Buster.

»Natürlich ist es wahr! Darum wirst du das Mädchen jetzt auf der Stelle einen deiner Kuchen aussuchen lassen, hast du verstanden? Und weil es dir wirklich leidtut, wirst du außerdem noch einen Shilling drauflegen.«

»Was?« Die Augen des Händlers begannen vor Wut zu leuchten. »Ich denke ja gar nicht daran!«

»Auch gut. Dann werde ich eben von nun an ständig in deinem Kopf umherspuken und mit dir sprechen, das wird sicher lustig. Ich bin sicher, dass sie in Bedlam noch Platz für dich haben!«

»Schon gut, schon gut!«, zeigte sich der Gauner plötzlich einsichtig. »Such dir nur aus, was du haben willst, mein Kind«, wandte er sich mit gequältem Lächeln an Cyn. »Die Apfelpastete? Natürlich, nimm nur! Und hier hast du noch einen Shilling obendrauf!«

»Nein, danke«, wehrte Cyn beschämt ab, die nur das haben wollte, was ihr zustand. »Das ist nicht nö…«

»Ich bestehe darauf«, versicherte er und drückte ihr das Geldstück in die Hand. »Nur hör bitte damit auf, ja? Wirst du das tun?«

Der Blick, mit dem er sie anstarrte, hatte etwas Flehendes, aber Cyns Mitleid hielt sich in Grenzen – schließlich hatte der Kerl sie um ihr letztes Geld betrügen wollen, und vermutlich war sie nicht die Erste, der es so ergangen war.

»In Ordnung«, erklärte sie sich deshalb großmütig bereit, »aber ich warne dich: Von nun an wirst du anständig arbeiten, hast du verstanden? Du wirst niemanden mehr übers Ohr hauen, oder ich komme wieder!«

»Nein! Alles, nur das nicht«, bettelte er und senkte das Haupt wie ein armer Sünder, zur Belustigung seiner Kollegen, die mit dem Finger auf ihn zeigten und ihn auslachten.

»In Ordnung«, raunte Milo Cyn zu. »Und jetzt nichts wie weg von hier!«

Das ließ sich Cyn nicht zweimal sagen.

Den Puck auf dem linken Arm, das Geld und den Apfelkuchen in der rechten Hand, wandte sie sich ab und ging mit raschen Schritten die Straße hinab, die inzwischen zu vollem Leben erwacht war. Droschken und Fuhrwerke verkehrten, und auf den Bürgersteigen wimmelte es von Passanten, sodass es nicht weiter schwierig war unterzutauchen.

Erst zwei Straßenzüge weiter blieb Cyn stehen, an der Mündung einer Gasse, die auf einen Hinterhof führte. Jetzt erst bemerkte sie, wie mächtig ihr Hunger war, und sie biss kurzerhand von dem Kuchen ab, der wirklich großartig schmeckte, nach Zucker und Zimt und ohne dass Sand oder Sägemehl zwischen den Zähnen knirschte.

»Danke«, meinte Cyn mit vollen Backen.

»Gern geschehen«, erwiderte Milo.

»Du kannst ja sogar richtig nett sein«, wunderte sie sich. »Manchmal wenigstens.«

»Zufall«, beschied der Junge ihr.

»Gestattest du, dass ich dich für einen Moment abstelle?«, fragte sie. »Es ist schwierig, Kuchen zu essen, wenn man eine Puppe auf dem Arm hat.«

»Nur zu. Aber bitte vergiss nicht, dass ich nicht die Puppe bin, sondern ihr Schatten. Und streng genommen noch nicht einmal das.«

»Ich weiß. Das alles ist wirklich verrückt.« Cyn bückte sich und setzte den Puck sanft auf den Boden. Dann wandte sie sich wieder der Pastete zu und biss genüsslich ab.

»Ist das Zeug wirklich so gut?«, wollte Milo wissen.

»Willst du probieren?«

»Sehr witzig.«

An seiner Reaktion merkte Cyn, dass sie ihn gekränkt hatte, und es tat ihr leid. »Hast du denn noch nie Apfelkuchen gegessen?«, fragte sie. »Ich meine, noch nicht einmal früher?«

»Nein«, kam es zurück. »Noch nicht einmal früher.«

»Hm«, überlegte Cyn. Ihr Blick wanderte zwischen dem Puck und dem halb aufgegessenen Stück Kuchen hin und her.

»Was hast du?«

»Na ja, ich glaube, ich habe eine Idee. Du kannst fühlen, was ich fühle?«

»So ungefähr.«

»Dann fühl mal«, forderte sie ihn auf. Dabei führte sie die Pastete an ihren Mund und schloss die Augen, um sich mit allen Sinnen auf den Geschmack zu konzentrieren.

Dann biss sie hinein.

Fast kam es ihr vor, als würde sie zum allerersten Mal Apfelkuchen essen. Die Süße des Teigs, die Säure der Äpfel, den Duft der Rosinen und die leichte Schärfe des Zimts – all das nahm sie in diesem Augenblick bewusster wahr als je zuvor.

Und mit ihr auch Milo.

»Nun?«, fragte sie, während sie sich mit der Zunge über die Lippen fuhr, um auch noch die letzten Krümel mitzunehmen. »Wie ist das gewesen?«

»Nicht … nicht schlecht«, gab der Junge zu.

Cyn lächelte. »Das ist ein Anfang.«

»Versprich dir nicht zu viel davon. Du bist weit davon entfernt, mich von der Welt der Menschen zu überzeugen. Da hilft auch ein Stück Kuchen nicht.«

»Kuchen vielleicht nicht, aber …« Cyn überlegte abermals. Dabei betrachtete sie den Shilling auf ihrer Handfläche und fällte eine Entscheidung. »Eins gibt es noch, das ich dir zeigen möchte«, erklärte sie, hob den Puck kurzerhand auf und trug ihn davon.

Und wieder folgte ihnen ein dunkler Schatten.

19
SPIEL IM LICHT

Der Shilling, den Cyn von dem Straßenhändler erhalten hatte, machte es möglich.

Am Bahnhof an der London Bridge kaufte sie ein Ticket und stieg in den Zug nach Sydenham, einem der südlichen Vororte der Stadt, der für seinen wunderbaren, mit zwei künstlichen Seen ausgestatteten Park bekannt war. Bei schönem Wetter fuhren viele – vor allem wohlhabende – Londoner dorthin, um sich zu erholen.

Natürlich fragte Cyn sich, ob das alles überhaupt noch einen Sinn hatte, und ihr kam der Gedanke, dass es womöglich besser gewesen wäre, den Shilling, zu dem sie so unverhofft gekommen war, zu einem Arzt zu tragen, damit sich dieser um ihren am Fieber erkrankten Vater kümmerte. Aber schließlich war es kein gewöhnliches Fieber, das vom alten Horace Besitz ergriffen hatte, und vermutlich half sie ihm auf diese Weise am besten – auch wenn das alles so verrückt war, dass Cyn immer wieder an ihrem Verstand zweifelte. Zumal wenn sich die Stimme Milos in ihrem Kopf zu Wort meldete.

»Sind wir bald da? Wie weit ist es denn noch?«

Angesichts der anderen Fahrgäste, die im Waggon der dritten Klasse reisten, gab Cyn keine Antwort, schließlich wollte sie nicht für verrückt gehalten und hinausgeworfen werden. Stattdessen begnügte sie sich damit, auf der kargen Holzbank zu sitzen und durch die rußgeschwärzten

Fenster zu starren, an denen zunächst Fabriken und Lagerhallen und später dann einfache kleine Wohnhäuser vorbeizogen. Schließlich tauchten die ersten Bäume auf, deren herbstlich verfärbtes Laub im Sonnenlicht leuchtete, und endlich erreichte der Zug Sydenham.

Zu Dutzenden verließen die Leute den Zug und strömten über die schmale Straße dem Eingang des Parks entgegen. Doch die eigentliche Attraktion war nicht der Park selbst.

»Was ist das?«, fragte Milo ungeduldig, als er zwischen den halb entlaubten Bäumen ein geradezu gigantisch anmutendes Gebäude auftauchen sah, das an die sechshundert Yards lang und an der Stelle, wo sich eine bogenförmige Kuppel in den fahlblauen Himmel wölbte, beinahe vierzig Yards hoch war. »Du hast mich doch nicht etwa hergeschleppt, nur um mir noch ein zu groß geratenes Bauwerk zu zeigen?«

»Keine Sorge«, wehrte Cyn ab, während sie weiter darauf zugingen. »Diesmal nicht. Diese Halle wurde vor fast vierzig Jahren für die Große Ausstellung errichtet, die in London stattgefunden hat. Vierzehntausend Erfinder, Ingenieure und Künstler aus der ganzen Welt stellten ihre Errungenschaften in diesem Gebäude aus, das …«

»… keinen Schatten wirft«, stellte Milo mit unverhohlenem Staunen fest. »Wie ist das möglich? Das Licht der Sonne scheint geradewegs durch das Gebäude hindurch!«

Cyn nickte. »Deswegen nennen wir diese Halle den ›Kristallpalast‹. Von der eisernen Konstruktion abgesehen, besteht es ganz und gar aus Glas.«

Ob Milo beeindruckt war, konnte Cyn nicht beurteilen, in jedem Fall sagte er kein Wort mehr, bis sie den Eingang erreichten. Riesig groß und im Tageslicht glitzernd erhob sich der Kristallpalast vor ihnen – seine wahren Wunder jedoch enthüllte er erst, nachdem Cyn das Eintrittsgeld entrichtet hatte und sie sich im Inneren befanden.

Richtige Bäume wuchsen hier und rankten sich zur hohen Decke, dazu Büsche und Farne, die sich so grün und saftig ausnahmen, als wäre Sommer. Und es war warm! Das Sonnenlicht, das durch die Glasscheiben einfiel, heizte das Gebäude auf, sodass Cyn sich genötigt sah, Jacke und Schal abzunehmen. Skulpturen reihten sich aneinander wie in einem römischen Garten, bunte Blumen gediehen, zwischen denen lachende Kinder spielten. Und in der Mitte der Halle, wo sich das walzenförmige Dach wölbte, sprudelte ein Brunnen. Zehn Yards schoss das Wasser hinauf, ehe es wieder herabstürzte und dabei lustig rauschte. Die grauen Mauern und Häuserschluchten Londons schienen plötzlich weit entfernt zu sein.

»Das ist unglaublich«, gab Milo zu. »An solch einem Ort bin ich schon sehr lange nicht mehr gewesen.«

»Ich auch nicht«, gab Cyn zu und setzte sich auf die Stufen, die den Brunnen umliefen. Die einfallenden Sonnenstrahlen sorgten dafür, dass sich inmitten der glitzernden Fontäne ein Regenbogen gebildet hatte. »Ich hatte fast vergessen, wie schön es hier ist.«

Milo erwiderte nichts, was Cyn als Zustimmung nahm. Sie setzte die Puppe neben sich auf die Stufen und schaute den Kindern zu, die zwischen den Farnen umhertollten, mit kurzen Stöckchen kleine Holzreifen vor sich hertrieben oder sich gegenseitig zu fangen versuchten. Dabei lachten sie so laut, dass ein uniformierter Wächter herbeieilte und sie streng ermahnte.

»Was soll das?«, ereiferte sich Milo. »Warum lässt der Kerl sie denn nicht spielen?«

»Vermutlich weil er selbst nicht mehr weiß, wie es gewesen ist, ein Kind zu sein«, erwiderte Cyn.

»Erinnerst du dich daran?«

»Ja. Ich erinnere mich an viele Dinge. An meine Mutter, wie sie mir die Haare kämmte … an meinen Vater, wie er mich zum ersten Mal auf die Bühne mitnahm … und an das Spielen mit meinen Freunden …«

»Das muss wunderbar sein.«

Cyn schaute den Puck fragend an. »Hattest du denn keine Freunde?«

»Nein.«

»Warum nicht?«

»Weil es nicht möglich war. Mein Vater hätte es mir nicht erlaubt.«

»Dein Vater?« Cyn schürzte gespannt die Lippen – es war das erste Mal, dass der Junge von seinem Vater sprach.

»Er hat mir diese Dinge verboten. Er wollte nicht, dass ich mit anderen

Kindern herumtolle. Er meinte, es wäre unnütz und töricht, und er hatte recht damit.«

»Bestimmt«, gab Cyn zu, »aber für Kinder sind eben gerade die törichten Dinge wichtig. Wenn du all das nie getan hast, bist du ja nie ein Kind gewesen.«

»Unsinn. Natürlich war ich einst ein Kind.«

»Und dann?«, fragte Cyn vorsichtig. »Wie ist aus dir geworden, was du jetzt bist?«

»Ich habe es dir einmal gesagt und sage es dir wieder: Das geht dich nichts …«

Weiter kam er nicht, denn Cyn hatte kurzerhand in den Brunnen gegriffen und den Puck mit Wasser bespritzt.

»Wa… was soll das?«, fragte Milo verblüfft. »Ich bin ein Schatten! Ich kann nicht nass werden!«

»Vielleicht nicht«, gab Cyn lächelnd zu, »aber du hast fraglos ein bisschen Nachholbedarf.«

Damit packte sie den Puck, und zwar nicht wie sonst, indem sie mit der Hand in sein Innenleben fuhr, sondern wie ein kleines Kind unter den Armen. Schon hob sie ihn hoch und schleuderte ihn durch die Luft – und im nächsten Moment rannte sie mit ihm los, mitten unter die Kinder, die sich johlend anschlossen. In einem wilden Zickzackkurs ging es zwischen Pflanzen und Skulpturen hindurch, sodass Milo, der ja an die Puppe gebunden war, aus erster Hand erlebte, wie es sich anfühlte, ausgelassen und fröhlich zu sein.

»Spielst du mit uns Verstecken?«, wollte ein kleiner Junge mit wohlgenährten Backen wissen.

»Gerne«, gab Cyn zurück – und schon schlug sie sich mit dem Puck in die Büsche, während irgendwo ein anderer Junge laut bis hundert zählte.

»Was soll das?«, fragte Milo. »Wozu soll das gut sein?«

»Psst«, machte Cyn und presste den Zeigefinger auf die Lippen. »Du darfst uns nicht verraten …«

Im nächsten Moment allerdings war es schon so weit – der Junge, der die anderen suchen musste, hatte Cyn und ihren hölzernen Begleiter entdeckt, und nun war es an ihnen, nach den übrigen Kindern zu suchen.

So ging es weiter.

Aus ein paar Minuten wurde eine halbe Stunde.

Aus einer halben eine ganze.

Aus einer Stunde schließlich zwei.

Beim Spiel mit den Kindern empfand Cyn erstmals seit langer Zeit wieder so etwas wie Freude. Zwar beteuerte Milo immerzu, wie albern er das alles fände, jedoch gab er Cyn immer wieder Hinweise, wo Kinder versteckt sein oder wo sie sich selbst verbergen könnten. Und wenn kein Erwachsener hinsah, machte er sich einen Spaß daraus, als Schatten für allerhand Unfug zu sorgen – einmal, indem er dem Schatten eines vornehm gekleideten Mannes vor aller Augen zwei Hasenohren aus dessen Zylinder wachsen ließ. Die Kinder, die das für einen Trick von Cyn hielten, lachten darüber laut und ausgelassen – und die Bestrafung ließ nicht lange auf sich warten.

Der gestrenge Wärter kehrte zurück und schimpfte, dass die gläsernen Hallen kein Tollhaus seien und dass die Kinderschar, die zuletzt immer größer geworden war, gefälligst draußen weiterspielen sollte. Also ging Cyn mit ihnen hinaus in die Gärten, wo es zwar merklich kühler war, aber nach der fast sommerlichen Hitze, die im Inneren des Kristallpalasts geherrscht hatte, fanden das alle ganz angenehm.

Hier spielten sie nun Fangen. Cyn teilte die Gruppe in Polizisten und Piraten ein, und sie jagten einander durch den Park. Wilde Kämpfe tobten auf den Wegen, die sich durch das Unterholz schlängelten. Auf den Brücken, die die Inseln auf den künstlichen Seen miteinander verbanden, erlebten sie aufregende Abenteuer, was nicht zuletzt an den riesigen, aus grauer Vorzeit stammenden Ungeheuern lag, die diese Inseln bevölkerten.

Auf einer der Inseln lauerte ein Iguanodon, das mit dem stachelbewehrten Rücken wie ein mittelalterlicher Drache anmutete. Gleich daneben duckten sich mehrere geflügelte Kreaturen, die wie riesige Fledermäuse aussahen. In der Mitte des Sees reckte ein Mosasaurus das grausige Echsenhaupt aus dem Wasser, und am Ufer lagen zähnefletschende Krokodile. Ein anderes Tier sah ein wenig aus wie ein Kamel, nur dass es sehr viel größer war, ein anderes ähnelte einem gigantischen Frosch.

»Was sind das für Tiere, Miss Cynthia?« Der pausbäckige Junge, der die ganze Zeit über kaum von Cyns Seite gewichen war und der, wie sie inzwischen wusste, Charles hieß, sah fragend zu ihr auf.

»Tiere wie diese haben einst wirklich auf der Erde gelebt«, gab Cyn zur Antwort. »Vor sehr langer Zeit.«

»Woher weißt du das? Bist du schon so alt?«

Cyn musste lachen. »Nein, das nicht. Aber Gelehrte haben in der Erde versteinerte Knochen dieser Kreaturen gefunden. Und anhand der Knochen haben sie sich überlegt, wie diese Tiere ausgesehen haben könnten.«

»Und das dort drüben?«

Cyn und die anderen Kinder folgten Charles' Fingerzeig und wandten sich um. Dort befand sich ein weiteres furchterregendes Tier. Es stand auf vier Beinen und war etwa so groß wie ein Elefant, jedoch mit dem Kopf einer Echse.

»Megalosaurus«, las Cyn das Schild vor, das am Wegrand angebracht war.

»Hat dieses Tier auch gelebt?«, fragte ein anderer Junge.

»Bestimmt.«

»Es sieht ziemlich gefährlich aus«, meinte ein Mädchen mit Blick auf die Zähne, die wie Dolche aus dem Maul der Echse ragten. Alle schauderten.

»Keine Sorge«, beschwichtigte Cyn. »Auch wenn diese Kreatur fürchterlich aussehen mag – es ist nur eine Skulptur, eine große Puppe, die ein Mann namens Benjamin Waterhouse Hawkins …«

Weiter kam sie nicht.

Denn in diesem Moment erklang grässliches Gebrüll, und der Schatten des Megalosaurus, der eben noch starr am Boden gelegen hatte, schien sich zu bewegen!

Einen Augenblick lang standen die Kinder so starr, als ob sie selbst modelliert und aus Formmasse gegossen wären.

Dann ergriffen sie schreiend die Flucht, allen voran der pausbäckige Charles.

Selbst Cyn war in einem ersten Reflex versucht, davonzurennen – aber dann hörte sie das schallende Gelächter in ihrem Kopf, und ihr wurde alles klar.

»Du warst das?«, fragte sie und sah vorwurfsvoll den Puck an.

Milo, der bereits wieder zu der Puppe zurückgekehrt war, brauchte einige Augenblicke, um sich wieder so weit zu beruhigen, dass er antworten konnte.

»Ich konnte nicht widerstehen«, prustete er dann. »Du hättest mal eure Gesichter sehen sollen.«

Cyn hatte einen Arm streng in die Hüfte gestemmt. Mit dem anderen hielt sie den Puck auf Distanz. »Du hast die armen Kinder zu Tode erschreckt!«

»Ich weiß!«, gluckste der Schatten weiter. »Und es hat einen Heidenspaß gemacht!«

»Spaß?«, hakte Cyn nach. »Soll das etwa heißen, dass es dir hier gefällt?«

Milos Gelächter endete jäh, und er schien einen Moment nachzudenken. »O… offenbar«, stammelte er, und die Art, wie er es sagte, ließ erkennen, dass er selbst am meisten überrascht darüber war.

Cyns ohnehin nur gespielte Entrüstung verschwand aus ihrem Gesicht, und sie lächelte. »Das ist gut«, sagte sie.

»Warum kannst du so gut mit Kindern umgehen?«, fragte Milo. »Woher weißt du, was ihnen gefällt? Die meisten Menschen vergessen das, wenn sie erst erwachsen sind.«

»Das ist wahr«, räumte Cyn ein, »aber nicht mein Vater. Als ich noch ein kleines Mädchen war, hat er mir unzählige Geschichten erzählt und mich auf die tollsten Reisen mitgenommen. Meist waren es nur Spaziergänge in die Nachbarschaft – aber er hat es immer verstanden, daraus ein großes Abenteuer zu machen.«

»Es … muss wunderbar sein, so einen Vater zu haben.«

»Ja«, stimmte Cyn zu, während sie gleichzeitig ein Anflug von Trauer überkam, als sie an ihren Vater denken musste und an den Grund dafür, warum sie hier war. »Ich kenne niemanden, der seinen Beruf mit größerer Liebe und Hingabe ausführt. Das Theater an der Holywell Lane ist – oder vielmehr war – sein Leben. Ebenso wie die Menschen, die dort arbeiten.«

»Erzähl mir von ihnen.«

Der Gedanke an zu Hause rang Cyn ein wehmütiges Lächeln ab. Sie setzte sich auf eine Parkbank, die am Wegrand aufgestellt war, und begann zu berichten.

»Also, da ist Nancy aus Liverpool, die früher einmal Schauspielerin gewesen ist. Aber der Kerl, mit dem sie verheiratet war, war neidisch auf ihren Erfolg und entstellte ihr Gesicht mit einem Messer. Von da an wollte ihr niemand mehr Arbeit geben außer mein Vater – im Penny Theatre fand Nancy ein neues Zuhause. Oder Hank, der in der Tretmühle gewesen war, weil er Brot gestohlen hatte – mein Vater hat ihn bei sich aufgenommen und ihm eine neue Chance gegeben. Oder der gutmütige Albert, der alles reparieren kann, was du dir vorstellen kannst. Und natürlich meine Freundin Lucy, die aus den Midlands kommt und über beide Ohren in Albert verliebt ist. Sie denkt, dass niemand es weiß, dabei wissen es alle – außer Albert natürlich.«

»So wie du es sagst, scheinen es gute Menschen zu sein«, meinte Milo nachdenklich. »Genau wie dein Vater.«

»Das sind sie«, versicherte Cyn. »Wenn du sie nur besser kennen würdest … Du solltest sie kennenlernen!«

»Sie kennenlernen? Ich?«

Cyn blickte in die reglosen Züge des Puck, und ihr wurde klar, dass das eine törichte Idee war. »Verzeih, das war unüberlegt.«

»Schatten lernen keine Menschen kennen – und umgekehrt«, beschied Milo ihr. »Das ist ein ungeschriebenes Gesetz.«

»Wir haben uns kennengelernt«, widersprach Cyn.

»Eine Ausnahme«, war Milo überzeugt. »Du bist anders.«

»Woher willst du das wissen, wenn du keine anderen Menschen kennst als mich?«

»Das habe ich nicht gesagt.«

»Dann kennst du auch andere Leute? Nicht nur Schatten, sondern lebende, atmende Menschen?«

»Früher«, gab Milo zurück, und für einen kurzen Augenblick hatte Cyn das Gefühl, dass er sein Schweigen endlich brechen und über sein einstiges Leben sprechen wollte. Über die Zeit, da er selbst noch ein Mensch und nicht ein körperloser Schatten gewesen war.

Doch in diesem Moment rieselte vor ihnen etwas herab, das ihrer beider Aufmerksamkeit weckte.

In scheinbar unendlicher Langsamkeit schwebte es nach unten und landete lautlos auf dem Boden.

Eine Schneeflocke.

20
TANZENDE FLOCKEN

Im Spiel und im Zuge der Abenteuer, die sie zusammen mit den Kindern erlebt hatte, konnte Cyn nicht nur für einige Zeit ihre Sorgen vergessen, sondern auch alles andere um sich herum. So hatte sie nicht bemerkt, wie sich der anfangs noch wolkenlose Himmel den Nachmittag über eingetrübt hatte – und nun, als die Dämmerung einsetzte und es wieder kälter wurde, fing es an zu schneien.

Dass es in London schneite, zumal in den Außenbezirken, die nicht unter der allgegenwärtigen Haube aus Dunst und Rußwolken lagen, war nicht weiter ungewöhnlich, jedoch hatte Cyn selten erlebt, dass der Winter so früh einsetzte. Sie liebte den Schnee. Wenn die Stadt unter einem weißen Mantel lag, wenn Eiszapfen von den Dachvorsprüngen hingen und die Fenster von Frost überzogen waren, wirkten die Gassen weniger dunkel und die Häuser weniger trist. Als kleines Mädchen war es ihr vorgekommen, als ob das frisch gefallene Weiß die Stadt in ein glitzerndes Wunderland verwandle, und obwohl ihr inzwischen klar geworden war, dass das nicht der Fall war, hatten die lautlos fallenden Schneekristalle für sie noch immer etwas Zauberhaftes.

Für einen Augenblick konnte Cyn es gar nicht fassen, so unwirklich kamen ihr die Flocken vor, die nun in immer größerer Anzahl zu Boden fielen. Sie sprang auf und hielt die Hand auf, um eine von ihnen aufzufangen.

»Sieh dir das an«, stieß sie hervor. »Schnee!«

»Und?«, fragte der Junge nur. »Es ist Herbst.«

»Ich weiß. Trotzdem kommt es mir immer wie ein Wunder vor, wenn es schneit.« Sie schaute zu, wie die Flocke auf ihrer Handfläche schmolz. »Wusstest du, dass jede Flocke aus winzig kleinen Eiskristallen besteht?«

»Nein«, gab Milo zu, »das wusste ich nicht. Ehrlich gesagt habe ich sie mir nie aus der Nähe angesehen.«

»Wie schade.« Sie legte den Kopf in den Nacken und streckte die Zunge heraus, damit die Flocken darauffielen.

»Was in aller Welt tust du da?«

»Hast du das noch nie gemacht?«, fragte sie lachend. »Noch nicht einmal als Kind?«

»Natürlich nicht.«

Cyn unterbrach den Flockenfang. Ihre Ausgelassenheit war schon wieder verflogen. »Was für eine Kindheit hast du nur gehabt? Hast du nie einen Schneemann gebaut? Nie eine Schneeballschlacht gemacht? Noch nie mit den Flocken getanzt?«

Inzwischen war der Schneefall stärker geworden. Eine dünne weiße Schicht überzog die Wiesen und Bäume und ließ den Park im ausgehenden Tageslicht tatsächlich wie ein Wunderland wirken. Selbst der grässliche Megalosaurus wirkte nun weniger furchterregend, seit er mit unschuldigem Weiß überzuckert war.

»Mit den Schneeflocken tanzen? Wie soll denn das gehen?«, wollte Milo zweifelnd wissen.

Cyn legte den Kopf schief und lauschte. Vom nahen Kristallpalast, in dem man inzwischen die Laternen entzündet hatte, sodass das gläserne Gebäude weithin sichtbar leuchtete, drang leise Musik. Die allabendliche Serenade hatte begonnen, ein Streichquartett entlockte seinen Instrumenten sanfte Töne.

Cyn schloss die Augen und bewegte sich im Rhythmus hin und her. Dann begann sie, sich im Kreis zu drehen und über den Weg zu wirbeln, so schnell ihre schäbigen Schuhe es zuließen. Durch die Schleier der immer dichter fallenden Flocken hindurch tanzte sie, und anstatt sich vor

Milo zu verschließen, wie sie es bislang meist getan hatte, öffnete sie ihm ihre Gedanken und Gefühle, um ihn an dem flüchtigen Glück teilhaben zu lassen, das sie in diesem Moment empfand. Sie konnte spüren wie er sich ihr näherte, nicht unbedacht und rücksichtslos, sondern vorsichtig und behutsam.

Es war ein Tanz zu zweit – und dennoch war Cyn allein, was sich seltsam anfühlte. Also lenkte sie ihre wirbelnden Kreise kurzerhand in Richtung der Bank, wo sie den Puck abgelegt hatte, und aus einer Drehung heraus griff sie nach der Puppe und hob sie hoch, drückte sie an sich wie einen lieben Freund.

»Was tust du?«, fragte Milo fast bestürzt.

»Wir tanzen!«, erwiderte sie, während sie sich immer weiter drehte, bis ihr ganz schwindelig wurde. Sie fühlte die Flocken in ihrem Gesicht, sah immer wieder den hell erleuchteten Glaspalast vorüberziehen, hörte die leise Musik – und verlor schließlich das Gleichgewicht.

»Vorsicht!«, rief Milo.

Cyn taumelte, und da nichts in der Nähe war, woran sie sich festhalten konnte, fiel sie zu Boden. Der Länge nach landete sie im frisch gefallenen Schnee, unmittelbar neben ihr der Puck, der ihr den Sturz nicht zu verübeln schien und sie mit unverminderter Heiterkeit ansah. Die Musik hatte aufgehört. Die Serenade war zu Ende, der Park würde bald schließen – und plötzlich hatte Cyn Tränen in den Augen.

»Cyn, um Himmels willen!«, ließ sich Milo vernehmen. »Hast du dir wehgetan? Ist etwas gebrochen?«

Sie musste lächeln – spätestens jetzt konnte er nicht mehr leugnen, dass er sich um sie sorgte. Sie richtete sich halb auf und wischte sich die Tränen aus dem Gesicht. »Nein«, versicherte sie. »Ich musste nur gerade an etwas denken?«

»Woran?

»Dass das seit Langem der schönste Tag war, den ich erlebt habe«, erwiderte sie leise.

Ein langer Augenblick verging, ehe sie Milos Antwort in ihrem Kopf vernehmen konnte. »Geht mir ebenso«, sagte er dann leise, so als befürchtete er, dabei belauscht zu werden.

Sie hörte den Klang seiner Stimme, die längst nicht mehr abweisend und hochmütig klang, sondern einfühlsam und – Cyn konnte es selbst kaum glauben – liebenswert.

Zum ersten Mal ertappte sie sich bei dem Wunsch, dass er nicht nur ein Schatten sein möge, sondern ein richtiger Junge, ein Wesen aus Fleisch und Blut. Sie verspürte plötzlich den Drang, ihn zu berühren.

»Vorsicht, Cyn«, flüsterte er, als er ihre Gedanken erkannte, aber es war ihr gleichgültig.

Den ganzen Tag hatten sie zusammen verbracht, hatten Freude, Trauer und Gefahren durchlebt. Nun wollte sie ihn an den Händen fassen, ihn an sich ziehen und ihn umarmen. Natürlich war ihr klar, dass sich das nicht schickte, aber er war ja nicht wirklich hier, sondern nur sein Schatten, und es war auch nicht er, der neben ihr auf dem Boden lag und sie lächelnd ansah, sondern nur eine Puppe, der Puck, der ihr vertraut war seit ihren Kindertagen.

Kurzerhand hob sie den Kobold hoch und küsste ihn sanft auf die pausbäckige Wange.

»Wa… was war das?«, fragte Milo verblüfft.

»Ein Dankeschön«, erwiderte sie leise.

»Wofür?«

»Dafür, dass du mir zugehört hast. Dass du mich zum Lachen gebracht hast. Dass ich mich wieder einmal richtig lebendig fühlen durfte.«

»A… aber das ist verrückt! Ich bin nur ein Schatten! Nach menschlichen Maßstäben lebe ich nicht einmal!«

»Das ist Unsinn, Milo. Du liebst das Leben viel mehr, als du ahnst.«

»Ich?« Er schien plötzlich nervös zu werden. »Was bringt dich auf diesen Gedanken? Du kennst mich doch gar nicht! Du weißt ja noch nicht einmal, wie ich aussehe!«

Cyn lächelte. »Trotzdem habe ich das Gefühl, dich gut zu kennen. Und deshalb glaube ich, dass du anders bist.«

»Anders? Als wer?«

»Als die anderen Schatten. Ich glaube, dass du die Menschen mehr magst, als du es zugeben möchtest. Und ich«, fügte Cyn ein wenig leiser hinzu, »mag dich eben…«

»Nein!«, fiel er ihr heiser ins Wort, nackte Panik schwang plötzlich in seiner Stimme mit.

»Was hast du?«

»Sag das nicht, hörst du?«, fuhr er sie an. »Denke diesen Gedanken niemals zu Ende! Und sprich ihn niemals aus, niemals!«

»Aber …«, wollte Cyn erwidern – als es geschah.

Das eisig kalte Wasser des Sees spritzte urplötzlich auseinander, und eine Fontäne stieg auf, die prasselnd auf den Weg niederging und Cyn und den Puck völlig durchnässte. Cyn kam weder dazu, sich von dem Schrecken zu erholen, noch, nach dem Grund dafür zu fragen.

»Zu spät!«, hörte sie Milo in ihrem Kopf plötzlich rufen. »Du hast den Gedanken zu Ende gebracht! Sie kommen! Sie sind bereits hier!«

»Wer?«, rief Cyn erschrocken – als sie sah, wie etwas aus den dunklen Fluten stieg.

Etwas, das riesig groß war und dunkel – ein Schatten, der aufrecht auf zwei Beinen ging, dessen klauenbewehrte Arme jedoch fast bis zum Boden reichten und auf dessen klobigem Haupt zwei Hörner aufragten.

»Die Grimmlinge!«, ächzte Milo.

Cyn fühlte plötzlich Kälte und schreckliche Angst. Sie brauchte einen Augenblick, um zu begreifen, dass es nicht ihre eigene Furcht war, die sie verspürte, sondern die von Milo!

Mit vor Entsetzen weit aufgerissenen Augen starrte sie auf das Schattenmonstrum. Obschon es nur ein Schemen war, reagierte das seichte Wasser auf jede seiner Bewegungen, als es auf die Brücke zustampfte, die Arme mit den grässlichen Klauen drohend erhoben.

Weder wusste Cyn, wer diese schreckliche Schattengestalt war, noch, woher sie so plötzlich kam und weshalb sich Milo derart vor ihr fürchtete. Nur eines wurde ihr klar: dass sie fliehen musste, oder sie war verloren!

Blitzschnell sprang sie auf. Den Puck an sich gepresst, lief sie los, während der Grimmling hinter ihr aus dem Wasser sprang und die Verfolgung aufnahm.

Auch wenn er nur ein Schemen war – Cyn glaubte, sein abgrundtiefes Knurren zu hören und zu spüren, wie die Bohlen der Brücke unter seinen stampfenden Schritten erbebten. Atemlos erreichte sie das Ende der Brücke und das Ufer des Sees – als die Bäume dort plötzlich lebendig wurden.

Cyn schrie entsetzt auf.

Unvermittelt sprang ein weiterer Grimmling hervor, ebenso groß und nicht weniger schrecklich anzusehen als der erste, und versperrte ihr den Weg. Cyn blieb wie angewurzelt stehen, ahnte, dass dies das Ende war.

»Lauf, Cyn!«, schrie Milo. »Lass mich zurück!«

»Nein!«, widersprach sie trotzig.

»Du musst! Sie sind nicht hinter dir her, sondern hinter mir, also lauf, so lange du noch kannst! Hörst du nicht? Du sollst laufen!«

Das letzte Wort rief er so laut, dass es ihr durch Mark und Bein ging – und so eindringlich, dass sie nicht anders konnte als zu gehorchen.

Vor Aufregung und Furcht zitternd ließ sie den Puck fallen. Dann wandte sie sich ab, rannte querfeldein davon und wagte nicht mehr zurückzublicken. Zwar vernahm sie noch das scheußliche Knurren der Schattenkreaturen, aber tatsächlich schienen die Grimmlinge sie nicht zu verfolgen.

»Lasst sie in Ruhe, ihr elenden Bestien!«, hörte sie Milo noch rufen, während sie von Panik getrieben einen von frisch gefallenem Schnee bedeckten Hügel hinaufrannte. Von der Kuppe aus konnte sie den Ausgang des Parks sehen, wo sich um diese späte Zeit viele Menschen drängten. Atemlos und am ganzen Leib zitternd lief Cyn bergab und in den Schutz der Menge.

Von Milo und den Grimmlingen war nichts mehr zu hören.

21
OHNE AUSWEG

Auf dem Weg zurück nach London bekam Cyn eine Ahnung davon, wie sich Menschen fühlen mussten, die von der Polizei verfolgt wurden. Die Furcht vor Entdeckung war allgegenwärtig.

Sie begleitete sie, als sie zusammen mit den anderen Besuchern des Kristallpalastes den Bahnhof betrat. Sie schien neben ihr zu stehen, während sie am Bahnsteig auf den Zug wartete. Und sie schien ihr über die Schulter zu blicken, während sie in dem vollbesetzten Waggon stand, sich an eine Haltestange klammerte und fieberhaft überlegte, was sie nun tun sollte.

Zum Finsbury Circus konnte sie nicht, dort würde sie den Grimmlingen geradewegs in die Arme laufen. Aber wohin sollte sie dann? Zweifel überkamen Cyn, ob es richtig gewesen war zu fliehen, aber Milos Furcht und Verzweiflung hatten ihr keine andere Wahl gelassen. Was waren das für Kreaturen, die nur aus Dunkelheit und Schatten zu bestehen schienen und dennoch so wirklich waren, dass das Wasser auf sie reagiert hatte? Cyn wusste es nicht, und es war ihr in diesem Moment auch gleichgültig. Sie wollte nur möglichst viel Distanz zwischen sich und diese grässlichen Kreaturen bringen – und so schlug sie, kaum dass der Zug Liverpool Station erreicht hatte, den Weg zur Holywell Lane ein.

Sie wollte zurück nach Hause, dorthin, wo ihr alles vertraut war und kein Schattenungeheuer auf sie lauerte. Sie dachte an ihren Vater und daran, dass sie ihm hatte helfen wollen, an das Versprechen, das sie Milo gegeben hatte – doch die Angst überwog in diesem Moment bei Weitem.

Vorbei war die Sorglosigkeit, die Cyn den Tag über verspürt hatte, verflogen das ohnehin nur flüchtige Glück. Hier, in den Straßen der Stadt, wo die Kutschen und Fuhrwerke verkehrten, wo die Costermonger ihre Waren verkauften und die Obdachlosen sich auf der Suche nach Zuflucht in Mauernischen und Hauseingänge drängten, schien die Bedrohung durch die Grimmlinge plötzlich seltsam fern. Dennoch war sie da, so gegenwärtig wie der bittere Geruch von Feuer und Ruß, der in der kalten Luft lag.

Wie in Trance lenkte Cyn ihre Schritte die High Street hinauf. Dass es inzwischen dunkel geworden war und auch in der Stadt heftiger Schneefall eingesetzt hatte, nahm sie nur am Rande wahr. Ihr Ziel war das Penny Theatre, die einzige Zuflucht, die ihr noch geblieben war. Immerzu sah sie sich um und vergewisserte sich, dass ihr niemand folgte, während sie sich eine erbärmliche Närrin schalt.

Was hatte sie sich nur dabei gedacht?

Hatte sie wirklich geglaubt, es allein mit den Schatten aufnehmen zu können? Und überhaupt, wieso hatte sie all diese absonderlichen Dinge, die ihr begegnet waren, nur so widerspruchslos hingenommen?

Je mehr Distanz sie zwischen sich und die Schatten brachte und je vertrauter ihre Umgebung wurde, desto mehr kam ihr alles vor wie ein Albtraum, und sie konnte es kaum erwarten, Lucy und den anderen davon zu erzählen. Cyn zweifelte nicht daran, dass die Freunde ihr helfen würden – warum nur hatte sie sich nicht gleich an sie gewandt?

Die Antwort auf diese Frage war so einfach, dass sie Cyn trotz ihres aufgelösten Zustands dämmerte.

Milo.

Irgendetwas an dem Jungen, der keinen Körper hatte und nur als Schatten existierte, hatte Cyns Zutrauen geweckt. Aus irgendeinem Grund hatte sie angenommen, ihm vertrauen zu können, und dass ein Handel, den sie mit ihm abschloss, in jedem Fall Bestand haben würde. Inzwischen fragte sie sich, wie sie nur so dumm und naiv hatte sein können. Denn die Angst, die sie bei Milo gespürt hatte, als die Grimmlinge auftauchten, war kaum geringer gewesen als ihre eigene. Dass sich ein Schatten vor anderen Schatten fürchten könnte, war ein Gedanke, der ihr bislang noch nicht gekommen war – aber war er wirklich so abwegig?

Fürchteten sich nicht auch Menschen vor Menschen? Hatte sie nicht auch Angst davor, dem grässlichen Desmond Brewster wieder zu begegnen?

Als Cyn endlich den Hintereingang des Theaters erreichte, war aus ihrer Panik Verwirrung geworden. Sie wusste beim besten Willen nicht mehr, was sie denken, geschweige denn, was sie fühlen sollte. Alles, was sie wollte, war die vertraute Nähe von Freunden, beruhigende Worte, die Versicherung, dass alles gut werden würde.

Mehrmals klopfte sie an die Tür.

Niemand öffnete.

Cyn trat einen Schritt zurück und blickte an dem alten Backsteingebäude empor, vergewisserte sich, dass im ersten Stock Licht brannte. Abermals schlug sie gegen die Tür, diesmal mit der Faust. Dumpf dröhnte das alte Holz unter ihren Hieben, doch wieder erfolgte keine Reaktion.

»Bitte«, rief Cyn halblaut, »öffnet die Tür! Ich bin es!«

Endlich waren von drinnen Schritte zu vernehmen. Der Schwere nach zu urteilen, war es einer der Männer. Tatsächlich stand Albert auf der Schwelle, als die Tür endlich aufschwang.

»Ja?«

»Oh Albert! Ich bin so froh, dich zu sehen!«

Cyn stürmte hinein und umarmte den Hausmeister flüchtig, dann war sie auch schon an ihm vorbei und eilte die Stufen hinauf. Lucy war oben, ebenso wie Nancy und Hank, und Cyn war unsagbar erleichtert, sie alle wiederzusehen. In diesem Augenblick hatte sie das Gefühl, dass all das, was sie den Tag über erlebt hatte, tatsächlich nicht mehr als ein dunkler Albtraum gewesen war, der nun endlich hinter ihr lag.

»Lucy, liebe Freundin! Ich hoffe, ihr habt euch meinetwegen nicht allzu viele Sorgen gemacht!«

Sie fiel auch Lucy um den Hals, die die Umarmung nicht erwiderte, dann eilte Cyn weiter zur Kammer ihres Vaters. Aufgeregt stürzte sie hinein – doch das Bett war leer!

»Vater?«

Sie trat einen Schritt weiter in das Zimmer und schaute sich im Halbdunkel um, doch ihr Vater saß auch nicht hinter dem Schreibtisch. Der alte Horace war verschwunden.

Cyns Gesicht wurde heiß, das Blut sackte ihr in die Beine. »Wo ist er?«, erkundigte sie sich bei ihren Freunden. »Was ist mit ihm geschehen? Ist er …?«

»Wer?«, fragte Lucy.

»Wer? Mein Vater natürlich!«, platzte Cyn heraus. »Was ist mit ihm passiert? Wieso ist er nicht mehr hier?«

Lucy schaute Cyn fragend an. Gleichgültigkeit stand im rundlichen Gesicht der Freundin.

»Ich weiß es nicht«, gab sie offen zu – und selbst das schien ihr egal zu sein.

Einen Augenblick lang wollte Cyn schreiend aufbegehren, wollte Lucy für ihre Unachtsamkeit schelten. Dann wurde ihr jäh klar, dass sie diese Art von Gleichgültigkeit nur zu gut kannte, denn sie hatte sie schon einmal erlebt.

Bei ihrem Vater.

»Nein«, flüsterte sie betroffen und trat auf die Freundin zu, fasste sie an den Schultern. »Lucy?«

Es dauerte lange, bis Lucy zu registrieren schien, dass Cyn unmittelbar vor ihr stand. »Ja?«, fragte sie dann und sah sie an. Der Blick ihrer Augen war kalt und leer.

»Nein«, sagte Cyn noch einmal und schüttelte den Kopf, während nacktes Grauen sie packte. »Nicht auch noch du …«

»Was meinst du?« Ein Lächeln erschien auf Lucys Zügen, das aufgesetzt und falsch wirkte, fast wie das einer Puppe. »Es geht mir gut, Kind, glaub mir.«

Cyn trat einen Schritt zurück und schaute an ihr herab – nur um ihren grässlichen Verdacht bestätigt zu bekommen: Obschon die Freundin unter der Gaslampe stand, die den kleinen Gang erhellte, gab es keinen Schatten, der sich zu ihren Füßen sammelte. Ein erschrockener Blick zu Nancy, dann zu Hank – auch ihre Schatten waren verschwunden und erinnerten Cyn daran, dass das, was sie durchlebt hatte, sehr viel mehr gewesen war als nur ein Albtraum.

»Nein! Nein! Nein …«

Von Entsetzen gepackt wich sie zurück bis zur Treppe, als von unten ein Knarren heraufdrang. Albert stieg die Stufen empor, und im Gegenlicht der Lampe warf auch seine hagere Gestalt keinen Schatten. Deshalb also, dachte Cyn bitter, hatte er auf ihre Rückkehr nicht reagiert. Deshalb hatte er ihre Umarmung nicht erwidert, genau wie Lucy. Ihr Schicksal war den Freunden gleichgültig geworden, ebenso wie das ihres Vaters. Die Schatten waren schneller gewesen.

»Wie … wie konnte das geschehen?«, fragte sie tonlos, von einem zum anderen blickend. »Wie ist das passiert?«

»Was meinst du?«, fragte Lucy zurück. Aus ihren Augen sprach pures Unverständnis.

»Eure Schatten … Sie sind verschwunden!«

Es dauerte einen Moment, bis Lucy zu begreifen schien. In unendlicher Langsamkeit sah sie an sich herab, die anderen folgten ihrem Beispiel. In ihren Augen jedoch flackerte keine Erkenntnis. »Ich weiß nicht, wovon du sprichst, Kind«, sagte Lucy. Der monotone, unbeteiligte Klang ihrer Stimme jagte Cyn einen kalten Schauer über den Rücken.

Genau wie bei ihrem Vater …

»Seid ihr … im Caligorium gewesen?«, argwöhnte sie. »Hat Vater euch dorthin gelockt?«

Nancy legte fragend den Kopf schief. Der Schein der Gaslampe hob die Gesichtsnarbe hervor, was ihre reglosen Züge noch gespenstischer machte. »Das Caligorium?«, fragte sie. »Was ist das?«

»Wisst ihr denn gar nichts mehr?« Flehend schaute Cyn von einem zum anderen, den Tränen nahe. »Sie haben euch alles genommen, euren Verstand, eure Erinnerung und eure Gefühle, genau wie bei Vater! Seht ihr denn nicht, was mit euch geschehen ist?«

»Was meinst du?«

»Die Schatten sind überall, immer mehr Menschen fallen ihnen zum Opfer! Zuerst Milo, dann Vater und nun ihr!« Cyn zuckte zusammen und sog nach Luft, als sich Alberts große Hand auf ihre Schulter legte.

»Ruhig, Kind«, redete er ihr zu. »Du darfst dich nicht so aufregen, hörst du?«

»Lass mich in Ruhe!«, herrschte sie ihn an und schüttelte seine Hand ab. »Ihr begreift ja noch nicht einmal, was hier vor sich geht!«

Sie konnte die Tränen der Verzweiflung nicht länger zurückhalten. Mit verschwimmendem Blick starrte sie die vier Erwachsenen an, während sie sich an Albert vorbei zum Treppenabgang zwängte. Er hinderte sie nicht daran, vermutlich war er viel zu gleichgültig dazu.

»Ich werde etwas unternehmen«, kündigte Cyn schluchzend an. »Irgendetwas …«

»Wogegen?«, wollte Lucy wissen. Alle drängten sie sich nun am oberen Ende der Treppe, während Cyn langsam hinunterstieg, rückwärts, um sich nicht von ihnen abwenden zu müssen. Ihr Äußeres mochte noch das ihrer Freunde sein – in Wahrheit jedoch waren sie dabei, zu erbitterten Feinden zu werden.

»Gegen Caligore«, knurrte Cyn störrisch. »Ich muss versuchen, euch zu retten.«

»Da gibt es nichts zu retten, Kind.« Lucy lächelte entwaffnend. »Uns geht es gut, unsere Sorgen gehören der Vergangenheit an.«

Cyn kannte Lucys Züge gut genug, um zu wissen, dass sie die Wahrheit sagte. War das der Köder, mit dem die Schatten sie auf ihre Seite gelockt hatten? Dass in Caligores Welt für sie alles besser werden würde? Hatte Milo am Ende recht gehabt? War die wirkliche Welt tatsächlich derart verdorben, dass es einer Befreiung gleichkam, in jene der Schatten zu wechseln? Selbst wenn es bedeutete, dass man dort ein Leben in Dunkelheit und Unfreiheit fristete?

Nein!

Cyn wusste nicht, was ihren Freunden widerfahren war, aber es stand fest, dass dies nicht die Menschen waren, die sie gekannt und geliebt hatte.

»Ihr mögt es nicht bemerken«, stieß Cyn deshalb hervor, »aber ihr seid nicht mehr ihr selbst. Ihr alle wart einst meine Freunde.«

»Das sind wir noch immer, Kind.«, antwortete Lucy.

»Das denkt ihr, in Wahrheit jedoch seid ihr einer Macht verfallen, die viel stärker ist als ihr.« Sie hatte das Ende der Treppe erreicht und wich zur Tür zurück.

»Tu das nicht, Kind«, sprach Lucy ihr zu. Ihr Blick war verständnislos wie zuvor, in ihrer Stimme jedoch schien ein Hauch von Mitleid zu schwingen.

»Tut mir leid, ich kann nicht anders«, erwiderte Cyn. Sie befürchtete plötzlich, dass die anderen versuchen könnten, sie aufzuhalten, deshalb wandte sie sich zur Flucht. Rasch fuhr sie herum und riss die Tür auf, um in die kalte Winternacht hinaus zu fliehen – doch draußen herrschte so abgründige Schwärze, als wären alle Lichter der Welt erloschen.

Cyn brauchte einen Moment, um zu begreifen, dass das dort draußen nicht die Nacht war, sondern ein Schatten.

Riesig groß.

Auf zwei Beinen.

Das bullige Haupt gehörnt.

Im selben Moment vernahm sie das Knurren.

Ein gellender Schrei entrang sich Cyns Kehle. Sie wollte zurückfahren und die Tür wieder zuschlagen, aber sie kam nicht dazu. Die riesige Schattenfaust des Grimmlings zuckte vor und erfasste sie. Wie schon einmal spürte Cyn tödliche Kälte, gleichzeitig war ihr, als würde ein dunkler Sack über sie gestülpt.

Und sie war fast dankbar dafür, dass sie erneut das Bewusstsein verlor.

22
DER HERR DER SCHATTEN

Cyn war kaum überrascht darüber, im Caligorium zu erwachen.

Einmal mehr fand sie sich in der Requisitenkammer wieder – mit dem Unterschied, dass sie diesmal an den Stuhl mit der abblätternden Goldfarbe gefesselt war.

Sie blinzelte, um sich an die spärlichen Lichtverhältnisse zu gewöhnen, und schüttelte den Kopf. Ein stechender Schmerz in den Schläfen sagte ihr jedoch, dass das keine gute Idee war. Das Letzte, woran sie sich erinnerte, war die Schattenfaust des Grimmlings, die sie getroffen hatte, dann war es schwarz um sie geworden. Was das Monstrum mit ihr angestellt hatte und wie sie von der Holywell Lane zum Finsbury Circus gekommen war, konnte sie nicht einmal vermuten.

Unruhe erfüllte sie, Angst presste ihren Brustkorb zusammen, Schweiß stand ihr auf der Stirn. Gehetzt sah sie sich in der Kammer um. Ihr Blick streifte die herumliegenden Requisiten, die Ritterrüstung und das Tigerfell – und den Puck, der scheinbar achtlos auf den Boden geworfen worden war.

Wie die Puppe, die sie in Sydenham zurückgelassen hatte, hierhergelangt war, konnte sich Cyn nicht erklären. Aber sie ahnte, dass dort, wo der Puck weilte, auch sein Schatten nicht fern war.

»Milo?«, fragte sie flüsternd in das Halbdunkel.

»Ich bin hier«, drang es ebenso flüsternd und elend zurück.

Trotz ihrer Angst und der bedrängten Lage empfand Cyn jähe Erleichterung. »Du bist hier! Oh Milo, ich bin so froh!«

»Bist du sicher?«

»Natürlich bin ich sicher. Wo bist du? Komm und zeig dich!«

Es dauerte einen Moment, bis sich oben auf einem der Kistenstapel etwas regte. Der Junge hatte sich in den hintersten Winkel der Kammer zurückgezogen.

»Geht es dir gut?«, erkundigte Cyn sich besorgt.

»Ja, alles in Ordnung«, drang es mürrisch zurück.

»Bist … bist du mir böse? Milo, ich wusste nicht, was ich tun sollte, also …«

»Nein, schon gut. Ich bin dir nicht böse. Ich war es doch, der dir sagte, dass du fliehen sollst.«

»Das war sehr tapfer von dir.«

»Und? Was hat es gebracht? Nun bist du doch hier, von den Grimmlingen geschnappt, genau wie ich. Es war alles vergeblich.«

»Wie kannst du das sagen?« Cyn schüttelte den Kopf. »Denk doch an die Stunden, die wir zusammen verbracht haben, an den Tag im Licht. Willst du behaupten, du hättest nichts gelernt? Bist du immer noch der Ansicht, dass die Welt der Menschen nur hässlich und verdorben sei?«

»Darum geht es nicht.«

»Doch, genau darum geht es«, widersprach Cyn. »Denn so lautete unsere Abmachung. Wenn es mir gelungen ist, dir die Menschenwelt von einer anderen Seite zu zeigen, dann musst du meinen Vater freilassen. So war es vereinbart.«

»Ich weiß.«

»Aber?«, hakte Cyn nach.

»Es liegt nicht mehr in meiner Macht«, gab der Junge niedergeschlagen bekannt. »Die Dinge haben sich geändert.«

»Inwiefern?«

»Es … es gibt da etwas, das du noch nicht weißt«, begann Milo zögernd. »Über die Schatten … und über mich.«

»Wovon sprichst du?« Cyn sah verwirrt in seine Richtung, konnte jedoch nicht mehr ausmachen als einen verschwommenen dunklen Fleck ohne feste Konturen. »Was hat das zu bedeuten?«

»Ich hätte es dir längst sagen sollen. Aber am Anfang wollte ich es nicht, und später konnte ich es nicht.«

»Milo«, ermahnte Cyn ihn, »was soll das heißen? Du machst mir Angst, weißt du das?«

»Verzeih«, murmelte er leise. »Das möchte ich nicht. Es ist nur, ich bin … ich bin nicht …«

In diesem Moment wurde die Tür der Kammer geöffnet.

Licht fiel aus dem Kellergang in das Gewölbe, und mehrere Gestalten traten ein. Im ersten Moment war Cyn erleichtert darüber, dass es keine Grimmlinge waren, sondern nur rot uniformierte Theaterdiener, die, wie sie inzwischen wusste, die willenlosen Knechte ihrer Schatten waren. Ihre Erleichterung schwand jedoch, als sie den Mann erblickte, der den Uniformierten folgte.

Anders als sie ging er nicht schleppend und mit unterwürfig gesenktem Haupt, sondern stolz und aufrecht, sodass er die anderen um Haupteslänge überragte. Gekleidet war er von Kopf bis Fuß in tiefstes Schwarz, mit einem halblangen Umhang um die Schultern. Und ohne Frage war er der hagerste Mensch, dem Cyn je begegnet war.

Spindeldürre Arme und Beine ragten aus dem schlanken Körper. Der Kopf des Mannes war kahl und kantig wie ein Totenschädel, nur an seiner Oberlippe wucherte ein Ungetüm von Schnurrbart, dessen Enden nach oben gezwirbelt waren. Das Kinn war lang und spitz, die Nase so scharf wie ein Messer, die Gesichtshaut bleich und grau. Einerseits wirkte der Mann alt und gebrechlich, wozu auch der Stock beitrug, auf den er sich stützte. Andererseits jedoch waren da die Augen, die aus tief liegenden Höhlen starrten und in denen seiner Erscheinung zum Trotz ein jugendliches Feuer zu lodern schien.

Dieser Widerspruch ließ den Fremden seltsam, geradezu unheimlich wirken. Cyn konnte nicht anders, als bei seinem Anblick an einen lebenden Toten zu denken, und der modrige Geruch, der nun in die Kammer strömte, verstärkte diesen Eindruck noch.

Ihr Pulsschlag beschleunigte sich unwillkürlich, und das Herz schlug ihr bis zum Hals, als der Hagere auf sie zutrat. Aus seinen Glutaugen starrte er auf sie herab – und verfiel zu ihrer Verblüffung in leises Gelächter, das allerdings weder freundlich noch wohlwollend klang.

»Ein lebender Toter?«, fragte er mit einer Stimme, die kalt war wie Eis. »Ein hübsches Kompliment.«

»Sie … Sie können meine Gedanken lesen?«

»In der Tat.« Der Hagere rieb sich das Kinn, während er sie weiter durchdringend beobachtete.

»Wer sind Sie?«, wollte Cyn wissen, obschon sie sich die Antwort bereits denken konnte.

»Das wissen Sie doch längst«, beschied ihr der Mann prompt und lachte wieder. Mit einem dürren Knochenfinger deutete er auf ihren Kopf. »Irgendwo dadrin ist die Antwort.«

»Umberto Caligore«, sprach Cyn ihren Verdacht aus.

»*Professor* Caligore für Sie«, korrigierte er. »Was Milo nur an Ihnen findet, Signorina Pence. Sie sind weder besonders klug, noch haben Sie rechte Umgangsformen.«

»Offen gestanden, Sir«, konterte Cyn und zerrte demonstrativ an den Fesseln, mit denen sie an die Armlehnen des Stuhles gefesselt war, »sind Ihre Umgangsformen auch verbesserungsbedürftig.«

»Meine Umgangsformen?« Er lachte wieder. »Glauben Sie mir, das ist das Letzte, worüber Sie sich Sorgen machen müssen. Sie sind in Schwierigkeiten, Signorina. In großen Schwierigkeiten sogar.«

»Wo ist mein Vater?«, fragte Cyn. »Zu Hause war er nicht, was haben Sie mit ihm gemacht?«

»Es geht ihm gut«, versicherte der Professor. »Haben Sie nur ein wenig Geduld, Sie werden ihn bald wiedersehen.«

»Ich will ihn jetzt gleich sehen«, beharrte Cyn, indem sie all ihren Mut zusammennahm. »So war es nicht abgemacht, ich habe eine Vereinbarung getroffen!«

»Ach ja, natürlich, die Vereinbarung.« Caligore nickte in schlecht geheucheltem Verständnis.

»Milo«, rief Cyn in ihrer Verzweiflung. »Bitte sag ihm, was wir vereinbart haben. Erzähl ihm von unserem Handel.«

Ihre Worte verhallten, scheinbar ungehört.

Milo antwortete nicht, was Caligore dazu brachte, mitleidig den Kopf zu schütteln. »Du dummes unwissendes Gör. Was bringt dich auf den Gedanken, dass ein halbwüchsiger Junge etwas zu entscheiden hätte? Dass er darüber verfügen könnte, wer das Reich der Schatten verlässt und wer dort verbleibt?«

»Nun, ich …«, wollte Cyn erklären, doch sie kam nicht dazu.

»Ich bin der Herr der Schatten, ich ganz allein!«, brüllte Caligore so laut, dass Cyn zusammenfuhr. Zu ihrem Entsetzen hörte sie seine Stimme jetzt auch in ihrem Kopf, wo sie dutzendfach widerzuhallen schien. »Hast du im Ernst geglaubt, dass du mir trotzen, dass du mit deinen kindischen Spielereien alles durcheinanderbringen könntest?«

»Was … was soll das heißen?«, fragte Cyn verunsichert.

»Milo«, wandte sich der Professor an den Jungen, »vielleicht willst du dieser Närrin ja erklären, was das heißt. Gewissermaßen bist du ihr das schuldig.«

Beide lauschten, aber erneut kam keine Antwort.

»Oh«, machte Caligore in falschem Bedauern. »Wie es aussieht, will er nicht sprechen.«

»Natürlich nicht«, knurrte Cyn. »Er ist eingeschüchtert. Sie machen ihm Angst.«

»Möglicherweise.« Der Professor nickte großmütig. »Vielleicht liegt es aber auch daran, dass er versäumt hat, dir zu sagen, dass er mein leiblicher Sohn ist!«

»Was?«

Cyn glaubte, nicht recht zu hören. Sie wandte sich um, sah zu den Kistenstapeln, wo sie Milo vermutete, jedoch nach wie vor nur einen konturlosen, verschwommenen Flecken ausmachen konnte.

»Ist das wahr?«, erkundigte sie sich scharf.

»Ich … ich wollte es dir sagen, die ganze Zeit«, kam es zurück, kleinlaut und zaghaft.

»Es ist also wahr.« Cyn fühlte unendliche Bitterkeit. Tränen traten ihr in die Augen.

»Ja, aber es war nicht … Ich wollte nicht …«

»Du brauchst dich vor einer Sterblichen nicht zu rechtfertigen, Sohn«, beschied Caligore ihm. »Sie ist ein Feind und wollte uns schaden. Du hast getan, was nötig war.«

»Was nötig war?« Cyns Entsetzen wurde immer größer. »Soll das heißen, dass du mich verraten hast? Dass alles nur gespielt war? Deine Freude? Deine Begeisterung?«

»Einfältiges Gör, was hast du denn geglaubt?«, fragte der Professor dagegen. »Hast du gedacht, dass Umberto Caligores Sohn sich von deinen Kindereien beeindrucken ließe? Dass er auf deine Spiele hereinfallen würde?«

Cyn starrte in das graue Schädelgesicht, während ihre Welt zusammenbrach. »Nein«, flüsterte sie, und es tat ihr so weh, dass sie glaubte, vor Schmerz zu vergehen. »Natürlich nicht.«

»Milo ist kein Mensch, er ist ein Schatten. Er hat deine Gefühle durchschaut, von Anfang an, und er hat gemerkt, wie du ihn manipulieren und auf deine Seite ziehen wolltest.«

»Das ist nicht wahr.« Cyn schüttelte den Kopf, Tränen rannen an ihren Wangen herab.

»Hast du etwa nicht versucht, ihn mit Lug und Trug von der Rechtschaffenheit der Menschen zu überzeugen?«

»Ich wollte ihm zeigen, dass es eine Welt außerhalb dieses Theaters gibt und dass dort nicht alles schlecht ist«, gestand Cyn, »aber ich habe ihn nie belogen!«

»Und ihm etwas bewusst verschwiegen?«

»Auch das nicht.«

»Nein? Warum hast du ihm dann nichts von Desmond Brewster erzählt? Von dem Mann, dem am Ende dieser Woche das Theater deines Vaters gehören wird? Und der es abreißen will, um eine Fabrik für Schwefelhölzer darauf zu errichten, in der er dich schuften lassen will?«

»Ich …«

»Ich will es dir sagen«, ließ der Professor sie gar nicht erst zu Wort kommen. »Weil es nicht in das Bild gepasst hätte, dass du von den Menschen zeichnen wolltest. Das schöne und wunderbare – und durch und durch verlogene Bild.«

»Das stimmt nicht«, widersprach Cyn. »Ich habe nie bestritten, dass es dort draußen viele schlechte Dinge gibt. Aber eben auch Wärme und Zuneigung und …«

»So wie die deiner Freunde?« Grinsend entblößte Caligore sein von Fäulnis befallenes Gebiss. »Sie alle haben sich dem Reich der Schatten zugewandt, wie weit kann es mit ihrer Zuneigung also her gewesen sein? Die Sterblichen sind schlecht und verlogen, niemand weiß das besser als ich – und auch du wirst das schon bald begreifen, wenn du erst eine von uns geworden bist.«

»Nein!« Cyn schüttelte den Kopf. »Ich will nicht!«

»Du wolltest dich fügen, weißt du nicht mehr?«

»Nur wenn Sie meinen Vater dafür freilassen!«

»Du willst mir Bedingungen stellen? Mir, dem Herrn der Schatten?« Caligore lachte abermals, dann gab er seinen Leuten ein Zeichen. Die Theaterdiener, die Cyn bereits umzingelt hatten, traten vor. Zwei von ihnen lösten die Fesseln, während die anderen beiden sie festhielten.

»Lasst mich los«, verlangte Cyn und wehrte sich nach Kräften, aber gegen den schraubstockartigen Griff der Männer hatte sie keine Chance. In ihrer Not wandte sie sich zu Milo um, aber der verschwommene, reglose Fleck an der Wand machte ihr klar, dass sie von ihm nichts mehr zu erwarten hatte.

»Oh Milo, wie konntest du nur?«, zischte sie, während Caligores Diener sie auf die Beine zerrten. »Ich dachte, wir wären Freunde.«

»Eine Sterbliche und ein Schatten, Freunde?« Der Professor lachte auf. »Hat man je so etwas Absurdes gehört?«

»Wahrscheinlich haben Sie recht«, stieß Cyn voller Bitterkeit hervor. »Einem Schatten die Freude des Lebens näherbringen zu wollen, ist so, als wollte man die Nacht dazu überreden, hell zu werden.«

»Genug geredet«, befand Caligore. »Die *laterna* wird dir deine klugen Reden schon austreiben. Führt sie ab!«

»Nein!«, protestierte Cyn und wand sich im Griff ihrer Häscher, doch die grobschlächtigen Kerle ließen sich nicht beeindrucken und schleppten sie kurzerhand hinaus.

Umberto Caligore wartete, bis die Schreie des Mädchens im Kellergewölbe verklungen waren. »Hast du das gehört?«, wandte er sich dann an Milo, der noch immer in seiner Ecke kauerte.

»Ja, Vater.«

»Dieses Mädchen ist ebenso störrisch wie widerspenstig. Trotz ihres noch jungen Alters ist sie gefährlich. Warum hast du das nicht sofort erkannt?«

»Nun, ich …«

»Du hast dich blenden lassen, von ihrer Jugend und ihrer Schönheit, ihrem blonden Haar und ihrem Lächeln. Aber das alles ist nicht von Bestand, Sohn.«

»Aber sie … sie hat mir vertraut«, wandte Milo hilflos ein.

»Und?« Caligore lachte herablassend. »Sie ist nur eine Sterbliche. Was kümmert es dich, wie sie über dich denkt? Du weißt doch, wie die Menschen in diesen Dingen sind!«

»Ja, Vater. Ich weiß es.«

»Was du getan hast, war falsch. Dein eigenmächtiges Handeln hat mich über die Maßen enttäuscht.«

»Ich weiß, Vater.«

»Wie konntest du nur? Wie konntest du dir anmaßen, über das Schicksal eines Schattens zu bestimmen? Dich auf einen Handel einlassen, bei dem du nur verlieren konntest? Ist dir denn nicht klar gewesen, dass sie versuchen würde, dich mit allen ihr zur Verfügung stehenden Mitteln zu beeinflussen?« Der Professor unterbrach sich für einen Moment. Als sein Sohn keine Reaktion zeigte, fuhr er fort: »Habe ich dir denn nicht beigebracht, was Verantwortung bedeutet? Habe ich dir nicht wieder und wieder gesagt, dass die Menschen unsere Feinde sind und du ihnen niemals trauen sollst? Dass ihre Welt voller Intrige und Täuschung ist?«

»Doch, Vater«, gab Milo zu, »das hast du.«

»Und deshalb weiß ich auch, dass nicht du die treibende Kraft hinter alldem gewesen bist, sondern dieses Mädchen«, war Caligore überzeugt. »Aus diesem Grund müssen wir uns ihres aufsässigen Wesens so rasch wie möglich entledigen. Ist sie erst eine von uns, droht von ihr keine Gefahr mehr. Dann wird sie so sein wie wir alle, und du kannst so viel Zeit mir ihr verbringen, wie du möchtest. Als deine ergebene Dienerin wird sie dir dann aufs Wort gehorchen.«

Ein halblautes Seufzen drang aus Milos Gedanken. »Auch das weiß ich, Vater.«

»Über deine Bestrafung werde ich später nachdenken, nun muss ich mich erst um deine rebellische Freundin kümmern. Warte hier so lange und denke über dein Vergehen nach.«

»Ja, Vater.«

Caligore nickte entschlossen, dann wandte er sich so abrupt ab, dass sich sein schwarzer Umhang hinter ihm bauschte, und er verließ die Kammer durch die niedrige Tür.

Milo blieb zurück.

Aber er war nicht allein.

Kaum hatte sein Vater die Requisitenkammer verlassen, begann jene Stimme zu sprechen, die Milo in seinem Kopf hörte, seit er ins Caligorium zurückgekehrt war. Die Stimme, die einfach nicht verstummen wollte – und die einer Puppe gehörte.

Einer Puppe, die dort auf dem Boden lag und deren Gesichtszüge nur aus Holz geschnitzt und deren Augen nur aufgemalt waren. Trotzdem kam es Milo vor, als würde sie ihn vorwurfsvoll anstarren.

»Und?«, fragte sie ihn in seinen Gedanken. »Was willst du nun tun?«

»Was soll ich denn tun?«, fragte Milo dagegen.

»Das kann ich dir nicht sagen, mein Freund. Darüber musst du schon selbst entscheiden.«

»Da gibt es nichts mehr zu entscheiden. Mein Vater hat beschlossen, was zu geschehen hat.«

»Dann ist es ja gut, und du brauchst dir keine Gedanken mehr darüber zu machen, richtig?«

»Richtig«, stimmte Milo zu. »Es ist nur …«

»Ja?«

»Nichts«, wehrte der Junge missmutig ab.

Aber er ahnte, dass der Puck keine Ruhe geben würde.

23
DAS KABINETT DES CALIGORE

Sie brachten Cyn hinauf in den Bühnenraum des Theaters, der kaum wiederzuerkennen war.

Die Kulissen des alten Ägypten, die sich dunkel und drohend auf der Bühne erhoben, waren nur mehr zu erahnen – im Mittelpunkt der unheimlichen Szenerie befand sich nun die Laterne, die von der Decke hing und aus deren ungezählten Augen grüne Lichtschäfte stachen. Das geisterhafte Zwielicht, das sie auf ihre Umgebung warf, ließ im Hintergrund dunkle Gestalten erahnen.

»Nein!«, rief Cyn erneut. »Ich will nicht, hört ihr? Lasst mich gefälligst los!«

Die Theaterdiener reagierten nicht auf ihre Proteste, und Cyn war sich nicht einmal sicher, ob sie sie überhaupt hörten. Trotzdem schrie sie weiter, schon um ihrer Angst und der hilflosen Wut Luft zu machen, während ihre Häscher sie auf die Bühne zerrten und geradewegs unter die Laterne stellten.

Mit vor Furcht geweiteten Augen starrte Cyn zu der unheimlichen Vorrichtung hinauf, die über ihr schwebte und wie ein lebendes, vieläugiges Monstrum wirkte. Cyn schrie aus Leibeskräften. Es war das Einzige, was sie noch tun konnte. Die vage Hoffnung, dass irgendjemand ihre Schreie hören und zu Hilfe kommen würde, ließ sie alle Zurückhaltung vergessen.

»Nur zu«, forderte Professor Caligore sie auf, der nun ebenfalls auf der

Bühne angelangt war und zu ihr trat. »Schrei, so lange du willst. Es ist längst nach Mitternacht, niemand wird dich hören.«

»Ich will nicht«, stieß Cyn zwischen zwei gellenden Schreien hervor. »Ich will keiner Ihrer traurigen Sklaven werden«, fügte sie mit Blick auf die Schatten hinzu, die sich jenseits des grünen Lichtscheins zu drängen schienen.

»Sklaven?« Caligore hob eine seiner schmalen Brauen. »Du weißt doch nicht einmal, was wirkliche Freiheit ist, wie willst du da einen Sklaven erkennen?«

»Ich mag noch jung sein und vieles nicht wissen«, gab Cyn unumwunden zu, »aber ich weiß ganz bestimmt, dass jene Kreaturen dort nicht frei sind.«

»Vielleicht sollten wir sie fragen.« Caligore lächelte schwach. »Seid ihr frei?« Da er auch seine geistige Stimme benutzte, hallte sie wiederum wie ein Echo durch Cyns Kopf. Eine Antwort bekam er nicht, dafür löste sich jemand aus der verschwommenen Masse und kam auf sie zu.

Aus dem Augenwinkel nahm Cyn die Gestalt wahr. Sie erkannte ihre Haltung und ihre Art sich zu bewegen, und unfassbares Grauen schüttelte sie.

Es war ihr Vater.

Der Körper von Horace Pence, nunmehr gesteuert von seinem Schatten. Der Übergang war vollzogen.

»Nein«, hauchte Cyn und rang mit den Tränen. Ihren Vater so zu sehen, buchstäblich als einen Schatten seiner selbst, war noch schrecklicher als alles zuvor. »Dazu hatten Sie kein Recht. Es gab eine Abmachung …«

»Nicht mit mir«, brachte Caligore achselzuckend in Erinnerung.

»Dann werde ich mich auch nicht an meinen Teil der Abmachung halten«, kündigte Cyn an. »Ich werde mich zur Wehr setzen, mit allen Mitteln!«

»Das ist sinnlos, mein Kind«, beschied ihr Vater ihr. Seine Stimme war noch immer die alte, doch seine einst so gütigen Züge waren hart und ausdruckslos. »Vor der Macht der Laterne gibt es kein Entrinnen.«

»Das ist wahr«, stimmte Caligore zu. »Was glaubst du, wie viele vor dir auf dieser Bühne gestanden und ihren Widerstand angekündigt haben? Menschen, die sehr viel stärker und entschlossener waren als du – und sie alle haben den Kampf gegen die Laterne verloren. Ihr Geist ist auf ihre Schatten übergegangen und ihr Körper wurde zu jenem stummen und nichtigen Anhängsel, als das ihr Menschen uns Schatten gewöhnlich betrachtet.«

»Vielleicht habe ich keine Chance«, räumte Cyn mit bebender Stimme ein, während ihr Blick zwischen Caligore und dem alten Horace hin und her wanderte. »Vielleicht werde ich dasselbe Schicksal erleiden wie mein Vater und alle anderen – aber früher oder später wird man Ihnen auf die Schliche kommen und Ihnen das Handwerk legen!«

»Wohl kaum.« Caligore schürzte abschätzig die dünnen Lippen. »Solange die Welt dort draußen so unvollkommen ist, so schmutzig und voller Elend und Unrecht, werden die Sterblichen nach Illusionen dürsten. Sie werden auch weiterhin ins Caligorium strömen, um ihrer Wirklichkeit zu entfliehen – und wenn sie erst hier sind, lasse ich sie nicht mehr los. Wer seinen Fuß einmal in dieses Theater gesetzt hat, der verlässt es als ein neuer Mensch – ohne Schatten.«

»Und wozu?«, fragte Cyn. »Was bezwecken Sie damit?«

»Oh.« Der Professor senkte die Brauen, so als wäre er ein wenig enttäuscht über die Frage. »Ich dachte, das wäre offensichtlich. Warum, glaubst du, habe ich das Theater ausgerechnet an diesem Ort eröffnet, an der Nahtstelle zwischen der Londoner City, zwischen East End und West End? Doch nur, um meine Arme nach allen Seiten ausstrecken zu können«, erklärte er und breitete tatsächlich seine knochengleichen Gliedmaßen aus. »Zuerst war es nur ein Experiment, das ich an den Armen und Namenlosen durchführte, von denen ich wusste, dass niemand sie vermissen würde. Ich schickte meine Ausrufer nach Smithfield, nach Whitechapel und nach Spitalfields – und siehe da, die Leute kamen zu Hunderten in meine Vorstellungen.«

»Ja«, knurrte Cyn verdrießlich, »und das Penny Theatre haben Sie damit ganz nebenbei ruiniert.«

»Je mehr Leute kamen«, fuhr Caligore fort, den Einwurf überhörend, »desto weiter drang mein Ruf nach Westen. Zuschauer aus anderen Vierteln fanden sich bei mir ein, aus Holborn und Covent Garden, und sie waren wohlhabender und einflussreicher. Inzwischen ist die Kunde von den hier gebotenen Sensationen bis an die Piccadilly Street gedrungen, und es sollen auch schon Besucher aus dem vornehmen Mayfair im Theater gesichtet worden sein. Sie alle werden von ihrer Neugier angezogen wie die Motten vom Licht – und verlassen das Caligorium von ihren Körpern befreit und als treue Schatten.«

»Ich verstehe«, erwiderte Cyn, für die nun alles erst Sinn zu ergeben begann. »Diese armen Kreaturen sind Ihnen hörig und tun alles, was Sie von ihnen verlangen. Auf diese Weise gelangen Sie in den Besitz ihrer Häuser, ihrer Geschäfte und ihrer Ersparnisse!«

»So etwas soll schon vorgekommen sein.«

»Und Sie sprechen von Freiheit? Sie sind ein gemeiner Dieb, Professor Caligore, nicht mehr und nicht weniger!«

»Meinst du? Glaubst du wirklich, dass sich meine Pläne darauf beschränken, mich mit Reichtum und Luxus zu umgeben? Wenn es so wäre, warum bin ich dann noch hier? Warum lebe ich nicht längst in Mayfair oder Marylebone in einem eigenen Anwesen, umgeben von einer Unzahl von Lakaien? Ich will es dir sagen, törichtes Kind: weil meine Ziele weiter gesteckt sind. Sehr viel weiter.«

Cyn sah es begehrlich in seinen Augen blitzen. Sie erinnerte sich, dass Milo eine ähnliche Anspielung gemacht hatte, und während sie im einen Moment noch überlegte, was damit gemeint sein könnte, dämmerte ihr bereits die Antwort.

»Ihnen geht es nicht um das Geld«, sprach sie ihren Gedanken laut aus, »sondern um Einfluss, um politische Macht. Nicht auszudenken, was geschieht, wenn erst die Leute aus St. James ins Caligorium kommen, aus Kensington und Westminster …«

»Sie alle werden der Macht der Laterne verfallen«, stimmte Caligore zu. »Niemand ist dagegen gefeit – noch nicht einmal die Königin.«

»Sie … wollen die Königin durch eine Ihrer Schattengestalten ersetzen?« Cyn stammelte die Worte, noch ehe ihre Bedeutung ihr ganz zu Bewusstsein kam. »Das wird Ihnen nicht gelingen!«

»Wieso nicht? Es ist bekannt, dass die gute alte Vicky hin und wieder ganz gerne ins Theater geht – warum nicht auch ins Caligorium? Wenn sie erst hier ist, wird es ihr und ihren Ministern, ihren Dienern und Leibwächtern ebenso ergehen wie allen anderen. Und dann werde ich es sein, der in Wirklichkeit die Geschicke dieses überaus mächtigen Landes und seiner Kolonien lenkt.«

»Sie sind ja verrückt!«

»Wenn Verrücktsein bedeutet, sich nicht mit den Beschränkungen eines sterblichen Daseins abzufinden und gegen die Überheblichkeit und Dummheit der menschlichen Rasse vorzugehen, dann hast du vermutlich recht«, gab Caligore bereitwillig zu. »Dann bin ich tatsächlich verrückt.«

»Was haben Sie noch vor?«, fragte Cyn, der nun erst das wahre Ausmaß der Bedrohung klar wurde. Hier ging es nicht nur um ihr Schicksal oder um das ihres Vaters oder um das all der anderen Elenden, die Caligores Opfer geworden waren.

Sondern um sehr viel mehr.

»Wer weiß?« Er zuckte mit den Schultern, die so knöchern waren, dass sie sich durch Umhang und Gehrock abzeichneten. »Vielleicht werde ich einen kleinen Krieg vom Zaun brechen. Das Deutsche Reich scheint mir ein ernst zu nehmender Rivale geworden zu sein, ebenso wie das zaristische Russland. Oder vielleicht entreiße ich den Chinesen auch ein paar neue Kolonien. Im Grunde ist es völlig gleichgültig – Hauptsache, die Menschen werden für ihre Torheit bestraft.«

»Was ist nur vorgefallen?«, fragte Cyn fassungslos. »Was haben Ihnen die Menschen angetan, dass Sie sie derart hassen? Was hat Sie zu einem solchen Monstrum gemacht?«

»Nicht ich bin das Monstrum, ihr seid es!«, herrschte er sie an. »Immer wieder habe ich es erfahren, über all die Jahrhunderte hinweg, die ich auf Erden weile.«

»Wovon sprechen Sie?«

Caligore schnitt eine Grimasse, augenscheinlich amüsiert über ihr Unwissen. »Ich wurde am 17. Februar 1738 geboren«, beschied er ihr. »Ich lebte in einer Zeit, die geprägt war von Tod, Krieg und Untergang – Dingen, die sich die Sterblichen selbst angetan haben.«

»Aber dann … wären Sie ja hundertfünfzig Jahre alt«, rechnete Cyn nach. Zwar hatte Milo ihr erzählt, dass Schatten praktisch unsterblich waren, doch hatte sie bislang nicht wirklich darüber nachgedacht.

»Dieser Körper ist nicht meiner«, erläuterte Caligore, auf seine zerbrechlich wirkende Erscheinung deutend. »Im Laufe der Jahre hatte ich viele Körper, und auch dieser wird mir nicht mehr lange als Zuflucht dienen, der Schatten hat ihn bereits zu weit aufgezehrt.«

»Was ... was ist mit den früheren Besitzern dieser Körper geschehen?« Cyn war nicht sicher, ob sie die Antwort überhaupt wissen wollte.

»Notwendige Opfer«, beschied Caligore ihr ohne Bedauern.

»Wie können Sie nur so grausam sein?«

Caligore zögerte einen Augenblick. Sein schmaler Brustkorb hob und senkte sich unter heftigen Atemzügen, so sehr schien ihn die Frage aufzubringen. »Meine vier Söhne«, antwortete er dennoch, »wurden in Frankreich geboren, zur Zeit der blutigen Revolution.«

»Vier Söhne?«, fragte Cyn verwundert.

Der Professor nickte. »Drei von ihnen verlor ich durch die Schuld der Menschen, durch ihren Wahn von Freiheit und Gleichheit. Ich lebte am Hof des französischen Königs, stand als Gelehrter in seinen Diensten und hatte ein glückliches Leben – bis an jenem schicksalhaften Julimorgen des Jahres 1789 das Unglück über uns hereinbrach. Von diesem Tag an hatte in Frankreich der Pöbel das Sagen. Das Land versank im Krieg, und nicht nur der König wurde blutig hingerichtet, sondern auch jene, die auf seiner Seite standen. So auch Milos Brüder, deren junges Leben unter der Guillotine ein jähes Ende fand.«

»Das tut mir leid«, flüsterte Cyn, die in diesem Augenblick an das Bild denken musste, das sie in der Nationalgalerie gesehen hatten. Deshalb also hatte es Milo mit derartiger Beklommenheit erfüllt.

»Milo und seine Mutter haben alles mit angesehen«, fuhr Caligore mit gepresster Stimme fort. »Als meine geliebte Frau daran zerbrach und den Verstand verlor, war der Junge alles, was mir von meiner Familie geblieben war, und ich schwor mir, ihn auf ewig zu beschützen. Wir zogen uns auf das toskanische Landgut meiner Familie zurück, wo ich in einer sturmgepeitschten Nacht einen geheimen Gang entdeckte. Er führte in eine Kammer, in der ich die sterblichen Überreste eines meiner Ahnen fand, des Alchemisten Maggoro Caligore – und die *laterna magica.* Aus seinen Aufzeichnungen erfuhr ich, was es mit ihr auf sich hatte. Ich lernte ihre Zeichen zu lesen und erforschte ihr Geheimnis – und als ich es endlich entschlüsselt hatte, wurde mir klar, dass die Laterne genau das Werkzeug war, das ich brauchte, um mich an der Menschheit zu rächen.

Meine ersten Erfahrungen im Umgang mit der Laterne sammelte ich in den Dörfern der Umgebung, dann ging es weiter nach Pisa, nach Lucca und schließlich nach Florenz. Wohin auch immer ich kam, folgten die Schatten dem Ruf der Laterne – und so führte mich mein Weg schließlich in die Hauptstadt der modernen Welt, nach London. Meine alte Existenz hatte ich längst aufgegeben und war selbst ein Schatten geworden, immerzu auf der Suche nach Rache.«

»Und … Milo?«

»Als ich erkannte, was die Macht der Laterne vermochte, machte ich auch ihn zu einem Teil davon. Nicht unser Geist ist es, der getötet werden kann, sondern unser Körper. Also befreite ich ihn davon, um meinen Schwur einzulösen und ihn auf ewig zu beschützen.«

»Und sein Körper?«

Caligore starrte sie an. Der Blick der glühenden Augen klärte sich, als würde er aus einem Tagtraum erwachen. »Was geht dich das an?«, blaffte er. »Ich habe dir ohnehin schon mehr erzählt, als du wissen musst. Nun wird es Zeit, dass auch du begreifst, was Freiheit ist!«

Er gab ihrem Vater ein Zeichen, der daraufhin den Mechanismus des Bühnenvorhangs betätigte. Der schwere Samt teilte sich, die Lichtstrahlen der Laterne drangen hinaus in den Zuschauerraum – und Cyn traute ihren Augen nicht, als sie sah, dass das Theater bis zum letzten Platz voll besetzt war.

Mit einem Heer von Schatten.

Cyn konnte ihr Gemurmel hören, ihr aufgeregtes Getuschel wie vor dem Beginn einer Vorstellung. Aber dies war nicht irgendein Theaterstück, das zur allgemeinen Erbauung gegeben wurde. Dies war ihr Leben, das, wenn es nach Caligore ging, in wenigen Augenblicken enden würde!

»Nein!«, schrie Cyn aus Leibeskräften und wand sich im Griff ihrer Häscher. Sie fühlte sich hilflos und ausgeliefert, ihr Pulsschlag raste. »Neeein!«

»Wehre dich nicht dagegen, Kind«, riet ihr Vater, der wieder an ihre Seite getreten war. »Je mehr du dich zur Wehr setzt, desto länger wird es dauern. Ergib dich der Macht der Laterne, und du hast nichts zu befürchten.«

»Ich will aber nicht!«, brüllte Cyn, während sich das leuchtende Monstrum langsam auf sie herabzusenken begann. Die Kette klirrte, und ein unheimliches Wummern war zu hören, von dem Cyn nicht wusste, ob es nur in ihrem Kopf war oder wirklich existierte.

Sie schloss die Augen, doch das grüne Leuchten, das immer stärker wurde, drang geradewegs durch ihre Lider.

»Bald«, hörte sie ihren Vater sagen. »Es ist bald vorbei ...«

Cyn schluchzte. Ein Teil von ihr wollte noch immer nicht, dass das Unausweichliche geschah, doch es gab auch einen anderen Teil, der sich fragte, ob dadurch nicht alles viel einfacher werden würde. Alle Sorgen gehörten dann der Vergangenheit an und sie würde wieder mit den Menschen vereint sein, die sie liebte.

Vielleicht, so sagte sie sich, sollte sie sich einfach ergeben und tun, was man von ihr verlangte. Doch schon im nächsten Moment brach sich wieder die Stimme des Widerstands Bahn, und Cyn schrie das einzige Wort, das ihr in den Sinn kam, laut hinaus.

»Neeein!«

Die Stimme des Puck war in seinem Kopf verstummt.

Dafür konnte Milo jetzt Cyns Schreie hören.

Nicht weil sie tatsächlich bis in die dunklen Katakomben des Theaters gedrungen waren, sondern weil sie wie ein fernes Echo in seinem Kopf widerhallten. Und er fühlte ihre Angst.

Was hatte er nur getan? Worauf hatte er sich nur eingelassen?

Seit die Grimmlinge ihn gefasst und ins Caligorium zurückgebracht hatten, dachte er über diese Fragen nach, und immer deutlicher ging ihm auf, dass er im Grunde nur seiner inneren Stimme gefolgt war. Indem er Cyn begleitet hatte, hatte er genau das getan, was er wollte – zum allerersten Mal in seinem Leben.

Anfangs hatte er sich noch dagegen gesträubt, hatte alles abgelehnt, was er dort draußen in der Menschenwelt gesehen und was Cyn ihm gesagt hatte, aber dann ...

Er schämte sich.

Vor sich selbst.

Vor allem aber vor seinem Vater.

Hatte er denn tatsächlich alles vergessen, was dieser ihn gelehrt hatte? Hatte die Begegnung mit Cyn ihn wirklich so verändert?

Von allen Dingen, die das Mädchen getan und gesagt hatte, war ihm ein Satz in besonderer Erinnerung geblieben: *Einem Schatten die Freude des Lebens näherbringen zu wollen, ist so, als wollte man die Nacht dazu überreden, hell zu werden ...*

War das wirklich wahr?

Nein.

Milo hatte die Sehnsucht schon sehr viel länger in sich gespürt, den Durst nach Helligkeit, nach Leben. Im Grunde, gestand er sich ein, hatte Cyn ihm nur die Antworten auf Fragen geliefert, die er sich insgeheim längst gestellt hatte. Deshalb war er so bereitwillig mit ihr gegangen. Und deshalb hatte er sich auch auf den Handel eingelassen, den er niemals hätte abschließen dürfen. Und noch einen Grund gab es, auch wenn Milo ihn sich nicht gerne eingestand.

Dieser Grund war Cyn selbst.

Etwas schien ihn mit diesem Mädchen zu verbinden, auf eine Weise, wie er sie nie zuvor ...

Er verdrängte den Gedanken rasch.

Zwar hatte er gelernt, sein Innerstes abzuschirmen, aber die Grimmlinge waren überall, und sie waren gut darin, verborgene Gedanken aufzuspüren. Wenn Milo wirklich handeln wollte, dann musste er es tun, bevor die Handlanger seines Vaters etwas davon mitbekamen.

Wie angewurzelt stand er vor dem Behältnis, das bis unter die Decke des Kellergewölbes reichte. Es war aus Stahl gefertigt und eiförmig, um dem Unterdruck standzuhalten, der in seinem Inneren herrschte. Allerlei Schläuche und Leitungen ragten daraus hervor, die wiederum mit einer Reihe von Maschinen verbunden waren, mit Druckmessern und anderen Skalen. Wäre Milo in der Lage gewesen zu riechen, so hätte er den beißenden Geruch von Ammoniak wahrgenommen, der den Raum erfüllte.

Milo glitt an der von einer dünnen Eisschicht überzogenen Stahlhülle empor, um einen Blick durch das kreisrunde, von Nieten gesäumte Fenster zu werfen, das in die Vorderseite des Behältnisses eingelassen war. Auch das Glas war von Eis bedeckt, trotzdem konnte er die Umrisse eines menschlichen Körpers erkennen.

Es war der Körper eines sechzehnjährigen Jungen, nackt und von eher schmächtigem Wuchs, mit langem, dunkel gelocktem Haar, aufrecht stehend, jedoch reglos wie in tiefem Schlaf.

Sein Körper.

Wehmut überkam Milo.

Er erinnerte sich noch gut an den Tag, da ihm dieser Körper genommen worden war. Sein Vater hatte ihm ein Ende allen Schmerzes und aller Trauer versprochen, und er hatte in mancher Hinsicht recht gehabt. In anderer Hinsicht jedoch hatte der Schmerz damit erst begonnen.

Milos Gedanken reisten zurück durch die Zeit, in eine blutige ferne Vergangenheit. Zu seinen Brüdern, die auf dem Schafott der Revolution gestorben waren, zu seiner Mutter, die am Kummer zugrunde gegangen war. Trotzdem fragte er sich, was sie zu all dem hier gesagt hätten. Hätten sie die Pläne seines Vaters gutgeheißen? Hätten sie gewollt, dass er die Schöpfung betrog, um ihren Tod zu rächen?

Milo bezweifelte es.

Dennoch – durfte er tun, was er zu tun im Begriff war? Selbst wenn es bedeutete, alles zu verraten?

Er zögerte.

Bis er erneut die Stimme hörte.

»Los doch«, sagte sie, »worauf wartest du?«

In diesem Augenblick wurde ihm klar, dass es nicht der Puck war, der auf diese Weise zu ihm sprach, sondern sein Gewissen. Und er traf einen Entschluss.

»Jetzt«, befahl er kraft seiner Gedanken – und der Theaterdiener, der reglos gewartet hatte und darauf abgerichtet war, jede Anweisung Milos oder seines Vaters widerspruchslos zu befolgen, zog an dem Hebel.

Ein Zischen erklang, und aus den Ventilen des stählernen Behältnisses entwich weißer Dampf.

24
VATER UND SOHN

»Nein! Nein! Nein!«

Die Stimme versagte bereits ihren Dienst, dennoch krächzte Cyn weiter, schüttelte heftig den Kopf, als könnte sie sich so dem dunklen Schicksal entziehen, das Umberto Caligore ihr zugedacht hatte. Der Herr der Schatten ließ sich jedoch nicht beirren. Das Ritual, in dessen Verlauf Cyns Schatten von ihrem Körper getrennt werden würde, hatte begonnen.

Unnachgiebig hielten Caligores Schergen Cyn noch immer fest, das Leuchten der Laterne über ihr hatte an Intensität noch zugenommen. Und als der Professor, der sich vor ihr aufgebaut und effektheischend die Arme ausgebreitet hatte, seltsame Worte in einer fremden, dunkel klingenden Sprache zu murmeln begann, fing die metallene Kugel an, sich langsam an ihrer Kette zu drehen.

Ein Fauchen ging durch das Theater, die Schatten wisperten miteinander – Cyn jedoch hörte nur ihre halb erstickten Schreie und das Rauschen des Blutes in ihrem Kopf. Die Angst, die sie vorhin verspürt hatte, hatte sich zu Panik gesteigert. Sie war nicht mehr dazu in der Lage, einen klaren Gedanken zu fassen, und es half auch nicht, dass ihr Vater neben ihr stand und weiter beruhigend auf sie einredete.

Immer schneller rotierte die Laterne, warf grünes Licht auf die Bühne. Wind kam auf, der am Vorhang zerrte, der die Kulissen wanken ließ und

Caligores Umhang aufblies, sodass der Herr der Schatten noch bedrohlicher und unheimlicher wirkte.

Cyn merkte, wie etwas an ihr zog, aber es war nicht nur der Wind, sondern etwas anderes. Etwas, das nicht von außen kam, sondern in ihr war …

Die Macht der Laterne!

Sie wusste, dass sie gegen diese Macht keine Chance hatte, und doch lehnte sie sich dagegen auf. Sie verschloss die Augen vor dem grünen Licht, versuchte sich dagegen abzuschirmen, aber die Laterne war stärker. Cyn hatte das Gefühl, von unwiderstehlichen Kräften gepackt und fortgerissen zu werden, von Kräften, denen sie hilflos ausgeliefert war. Schon hatte sie das Gefühl, dass sich ihr Körper aufzulösen begann, und die Sinne ihr vor Panik und Furcht schwinden wollten – als plötzlich eine Stimme erklang, so laut und deutlich, dass sie das Rauschen und Fauchen übertönte.

»Einen Augenblick!«

Etwas veränderte sich.

Der Zug, den Cyn soeben noch verspürt hatte, ließ nach, und auch das Leuchten über ihr schien sich abzuschwächen. Cyn öffnete die Augen und sah, dass sowohl Caligore als auch ihre Bewacher nach oben blickten. Unterhalb der hohen Decke verlief der hölzerne Steg, von dem aus während der Vorstellungen die Theaterprospekte herabgelassen wurden.

Dort stand ein Junge von vielleicht sechzehn Jahren.

Er war auffallend bleich, und das schwarz gelockte Haar fiel ihm bis auf die Schultern. Bekleidet war er mit der Uniform eines Theaterdieners, die ihm viel zu groß war und nur deshalb nicht an ihm herunterrutschte, weil er sich ein Stück Seil um die schmalen Hüften gebunden hatte.

Seine Gesichtszüge waren bei aller Blässe ebenmäßig und weich, seine Augen von strahlend blauer Farbe. Und obwohl Cyn diesen Jungen noch nie zuvor gesehen hatte, kam ihr etwas an seiner Haltung so bekannt vor, dass ihr schon im nächsten Moment klar wurde, wer dort oben stand.

Es war Milo.

»Was … was hast du getan?«, fragte Caligore hinauf, der nicht weniger überrascht zu sein schien, seinen Sohn in dieser Gestalt zu erblicken.

»Was ich längst hätte tun sollen, Vater«, kam Milos Antwort zurück. Seine Stimme klang, wie Cyn sie in Erinnerung hatte, doch konnte sie sie zum ersten Mal *wirklich* hören.

»Aber die Zeit ist noch nicht reif dafür!«

»Nein?«, fragte Milo dagegen. »Wird sie denn jemals reif sein, Vater? Oder hattest du vor, mich ewig in diesem Theater gefangen zu halten?«

Ein Raunen ging durch die Reihen der Schatten. Offenbar waren sie es nicht gewohnt, dass jemand auf diese Weise mit ihrem Oberhaupt sprach.

»Törichter Junge, was redest du da?«, schnaubte der Professor, der Cyn für einen Augenblick völlig vergessen zu haben schien. Das Entsetzen in seinen grauen Gesichtszügen wirkte echt. »Was hast du nur getan? Warum hast du deinen Körper aus der Gefrierkammer befreit?«

»Weil ich es leid war, nur ein Schatten zu sein, deshalb«, versetzte Milo trotzig. »Ich will leben, Vater!«

»Leben?« Caligore deutete auf sich selbst. »Sieh mich an, Sohn! Sieh, was aus mir geworden ist! Nennst du das ein Leben? An einen Körper gebunden zu sein, bedeutet auch, dessen Niedergang und Verfall zu erleben, wieder und wieder, und wie ein ruheloser Geist von Körper zu Körper zu wandern.«

»Vielleicht«, räumte Milo ein, »aber ich werde am Leben der Menschen wieder teilhaben und einer von ihnen sein.«

»Das ist es, was du willst? Einer von ihnen sein? Hat das verdammte Gör dir das eingeredet?« Caligore deutete auf Cyn.

»Cyn hat mich gelehrt, dass nicht alle Menschen böse und verdorben sind und dass es dort draußen auch Gutes gibt«, bestätigte Milo.

»Weil sie dich mit ihren Lügen geblendet hat! Siehst du denn nicht, dass es genau das ist, was sie bezweckt?«

»Nein, Vater – du bist es, der verblendet ist. Dein Hass auf die Menschen hat dich blind werden lassen, und es wird Zeit, dass du das erkennst. Ich habe nachgedacht, Vater, und ich denke, dass das, was wir tun, falsch ist.«

»Dass es falsch ist?«, schnappte der Professor. »Und was ist mit dem, was uns die Menschen angetan haben?«

»Das ist lange her«, sagte Milo überzeugt. »Es ist an der Zeit zu verzeihen.«

»Ver… verzeihen?« Hätte sein Sohn in einer fremden Sprache gesprochen, das Unverständnis des Professors hätte kaum größer sein können.

»Ja, Vater«, fuhr der Junge unbeirrt fort. »Aus diesem Grund bitte ich dich, Cyn nicht der Macht der Laterne auszusetzen. Lassen wir sie frei. Sie hat uns nichts getan.«

»Sie hat dich gegen mich aufgehetzt«, widersprach Caligore mit lauter Stimme, »und dich mir zum Feind gemacht!«

»Das ist nicht wahr, Vater. Ich bin nicht dein Feind, und auch Cyn ist es nicht. Der Hass ist dein Feind, ihn musst du überwinden!«

Der Professor starrte zu seinem Sohn empor. Die Knochenfäuste waren geballt, die grauen Züge wutverzerrt, Funken schienen aus den tief liegenden Augen zu schlagen. »Was für eine Enttäuschung«, schnaubte er, sichtlich mühsam um Beherrschung ringend. »Über all die Zeit hinweg habe ich dich beschützt, weil ich glaubte, dass du es wert wärst als mein Nachkomme und Erbe. Ich habe es dir niemals verübelt, dass du der jüngste und schwächste von meinen vier Söhnen warst, und ich habe dir jede nur denkbare Annehmlichkeit geboten. Ich hätte alles für dich getan, Sohn, aber wenn du dich gegen mich wendest, ist es damit vorbei. Was du mit deinem Körper anfängst, ist deine Sache, du magst ihn benutzen, wie es dir beliebt. Aber ich werde nicht zulassen, dass du meine Pläne bedrohst.«

»Lass Cynthia frei, ich bitte dich«, wiederholte Milo, fast flehend.

»Theaterdiener«, wandte sich Caligore an seine rot uniformierten Schergen. »Holt ihn darunter. Und dann bringen wir es endlich zu Ende – die Grimmlinge können es kaum erwarten, den neuen Schatten willkommen zu heißen.«

»Nein, Vater!«, rief Milo. Plötzlich blitzte ein Messer in seiner Hand auf, das er an eines der Seile legte, die über Umlenkrollen mit den Gegengewichten der Bühnendekoration verbunden waren.

»Tu das nicht!«

Cyn, die den Wortwechsel atemlos verfolgt hatte, starrte zur Decke hinauf – und sah, was auch Caligore und seine Schatten in diesem Moment erkannten: An dem Seil, das Milo durchzuschneiden drohte, hing das Gegengewicht der Laterne! Sobald es fehlte, würde die Kugel, die sich noch immer langsam drehte, zu Boden schlagen und womöglich Schaden nehmen.

»Das wagst du nicht!«, rief Caligore hinauf.

»Und wenn doch? Die Laterne ist dein kostbarster Besitz, nicht wahr? Würdest du sie riskieren, nur um deiner Rachsucht willen?«

»Du hast keine Ahnung, worauf du dich einlässt, Sohn!«

»Das ist mir gleichgültig.« Der Junge schüttelte störrisch den gelockten Kopf. »Lass Cyn frei, dann wird der Laterne nichts geschehen.«

Cyns Blick wanderte zwischen Milo und seinem Vater hin und her, sie schwankte zwischen Hoffen und Bangen. So dankbar sie Milo war, dass er für sie Partei ergriff, sosehr entsetzte sie der Ausdruck, den Umberto Caligores Züge annahmen und in denen kaum noch etwas Menschliches lag. »Du enttäuschst mich«, stieß er keuchend hervor, »mein eigen Fleisch und Blut. Aber dein Kampf ist verloren, noch ehe er begonnen hat, denn anders als deine Brüder bist du schon immer ein Schwächling gewesen. Fasst ihn, Männer«, fügte er leise, fast beiläufig hinzu.

Und die Ereignisse überstürzten sich, denn in diesem Augenblick schlug Milo zu.

Die Klinge fuhr nieder und traf auf das straff gespannte Seil, zerschnitt jedoch nur die äußeren Fasern. Das Raunen der Schatten ging in ein helles Kreischen über, als sie begriffen, dass der Junge seine Drohung wahr machte. Gleichzeitig stürmten die Theaterdiener die Leitern hinauf, während Milo ein zweites und ein drittes Mal zuschlug – und das Seil durchtrennte.

Der Sandsack, der das Gegengewicht zur Laterne bildete, raste in die Tiefe und schlug mit derartiger Wucht zu Boden, dass die Planken einbrachen. Im nächsten Moment war ein fürchterliches Rasseln zu hören, als die ihres Halts beraubte Kette losschlug – und mit ihr die Laterne.

Umberto Caligore stieß einen unmenschlichen Laut aus. Er riss die Arme in die Höhe, als könnte er das metallene Gebilde so am Absturz hindern, aber es war zu spät.

Cyns Bewacher reagierten augenblicklich. Ihr Überlebenswille schien ihre Lethargie zu durchbrechen, und so verließen sie ihren Posten und rannten schreiend davon – und Cyn war frei.

Blitzschnell warf sie sich zur Seite und landete bäuchlings auf dem Boden, und das keinen Augenblick zu früh. Denn dort, wo sie eben noch gestanden hatte, schlug die Laterne wie ein Geschoss ein.

Die Planken gaben nach, die Kugel brach durch den Boden und verschwand in der Tiefe, um einen Sekundenbruchteil später aufzuschlagen. Grässliche Geräusche waren zu hören, ein Bersten und Splittern, dazu ein Heulen, das durch Mark und Bein ging. Grüne Lichtstrahlen stachen nicht nur durch das Loch in der Bühne, sondern auch zwischen den Bodenbrettern hindurch und verbreiteten schauriges Zwielicht.

Rasch sprang Cyn auf die Beine.

Ihr Herz pochte heftig, und ihr Pulsschlag raste. Zunächst konnte sie keinen klaren Gedanken fassen. Gehetzt flogen ihre Blicke umher. Sie sah das Loch im Bühnenboden und Umberto Caligore, der an den Rand der Öffnung geeilt war und entsetzt hinabstarrte. Und sie sah Milo, der sich noch immer hoch über ihr auf dem Steg aufhielt – und von beiden Seiten angegriffen wurde!

Cyn hielt den Atem an.

Die Theaterdiener hatten die Leitern erklommen und näherten sich ihm von beiden Enden des Stegs, sodass der Fluchtweg versperrt war. Zumindest glaubten das Caligores Schergen – dass es noch einen anderen Fluchtweg gab, ging ihnen erst auf, als der Junge ein Seil ergriff und kurzerhand über das niedrige Geländer setzte.

Cyns Herzschlag wollte aussetzen, als Milo ins Leere sprang, doch das Gegengewicht des Sandsacks am anderen Ende des Seils verlangsamte seinen Fall, und so schwebte er sanft zu Boden und landete nur wenige Schritte von ihr entfernt.

»Ich weiß, ich sollte besser aufpassen«, meinte er lächelnd. »Jetzt habe ich auch Knochen, die ich mir brechen kann. Und jetzt komm!«

Noch ehe sie etwas erwidern konnte, nahm er sie an der Hand und wollte mit ihr von der Bühne flüchten – als Cyn ihren Vater erblickte.

Der alte Horace kauerte unweit von der Stelle, wo die Laterne die Bühne durchschlagen hatte, und blutete aus einer Stirnwunde – offenbar hatte er einen Holzsplitter abbekommen.

»Vater!«, rief Cyn und stemmte sich gegen Milos Griff. »Ich muss ihm helfen!«

Sie wollte sich losreißen, doch der Junge hielt ihre Hand unnachgiebig fest. »Später«, widersprach er. »Wir müssen fliehen! Siehst du nicht, was mein Vater vorhat?«

Ein flüchtiger Blick zu Caligore, und Cyn erschrak.

Der Herr der Schatten hatte die Arme beschwörend erhoben und war erneut dabei, Worte in jener dunklen fremden Sprache zu murmeln. Im gespenstisch grünen Licht, das durch den Bühnenboden drang, schien wabernder Rauch aufzusteigen, der sich zusehends verdichtete.

Zu Schemen, die riesig groß waren.

Die entfernt menschliche Formen hatten.

Deren Arme lang und klauenbewehrt waren.

Und aus deren Haupt gebogene Hörner wuchsen.

Grimmlinge!

Der Anblick der Gestalt annehmenden Unholde genügte, um Cyn zu überzeugen. Wenn auch widerwillig folgte sie Milo, der sie die Stufen zum Zuschauerraum hinab Richtung Ausgang zog.

25
LICHT UND SCHATTEN

Erst als sie das Foyer des Theaters erreicht hatten und die Tür zum Zuschauerraum hinter ihnen ins Schloss gefallen war, hielt Milo inne.

»Danke«, hauchte Cyn atemlos.

»Gern geschehen«, gab der Junge zurück. »Und jetzt geh!«

Cyn sah ihn verblüfft an. »Und du?«

Er schüttelte den Kopf. »Ich bleibe.«

»Aber … was ist mit deinem Vater?«

»Er ist böse auf mich«, gab Milo zu. »Aber früher oder später wird er mir verzeihen.«

Eine Woge der Dankbarkeit durchflutete Cyn, gepaart mit leiser Zuneigung. Sie beugte sich vor und umarmte den Jungen, küsste ihn auf die Wange, die sich kalt anfühlte und fremd. Für einen Augenblick, der Ewigkeiten zu dauern schien, sahen sie einander an, dann wollte Cyn davonhuschen – doch es war bereits zu spät.

»Und dafür«, ertönte die höhnische Stimme Umberto Caligores, »hast du dein Schattendasein aufgegeben?«

Sie fuhren herum.

Der Professor stand in einem der Zugänge zum Zuschauerraum, und er war nicht allein. Schwarzer Rauch schien an ihm vorbei ins Foyer zu strömen, um schon im nächsten Moment Gestalt anzunehmen.

Die Grimmlinge!

Ihrer Größe zum Trotz bewegten sie sich ebenso lautlos wie blitzschnell, huschten über die seidenbezogenen Wände und hatten Cyn und Milo im nächsten Moment bereits umzingelt.

»Du elender Narr«, schalt Caligore seinen Sohn, wobei sich seine grauen Züge vor Abscheu verzerrten. Wie er so dastand, den Kopf angriffslustig vorgereckt, die Zähne gefletscht und aus seinen schwarz geränderten Augen starrend, erinnerte er Cyn mehr an ein Raubtier als an einen Menschen. »Was hast du nur getan?«

»Was ich längst hätte tun sollen«, entgegnete Milo, der sich schützend vor Cyn stellte. »Ich bin aus dem Gefängnis ausgebrochen, das wir uns selbst gebaut haben.«

»Haben wir das?« Sein Vater hob eine Braue. »Das muss mir entgangen sein!«

»Dies hier ist unser Gefängnis, Vater!«, rief Milo beschwörend und breitete die Arme zu einer Geste aus, die das ganze Theater einschloss. »Wir haben geglaubt, frei zu werden, indem wir uns unserer Körper entledigen, aber das war falsch. Denn wir verzichten dadurch auf so vieles, was schön ist und liebenswert.«

»Liebenswert?« Caligores Gesicht verzerrte sich noch mehr. »Das sind nicht die Kategorien, in denen zu denken ich dich gelehrt habe.«

»Nein«, gab Milo mit bebender Stimme zu. »Du hast mir beigebracht, das alles zu hassen. Erst Cyn hat mir die Augen geöffnet!«

»Das Mädchen hat dich belogen und dich getäuscht, siehst du das nicht? Bei der erstbesten Gelegenheit wird sie dich im Stich lassen, so wie deine Mutter mich im Stich gelassen hat!«

»Das ist nicht wahr!«

»Und ob das wahr ist! Ich habe dir immer erzählt, dass der Kummer sie um den Verstand gebracht hat, aber das stimmt nicht. In Wahrheit hat sie uns verlassen.«

»Sie … sie hat uns verlassen?«, fragte Milo ungläubig.

»Als ich sie am nötigsten brauchte«, fügte Caligore voller Bitterkeit hinzu. »Anstatt mir beizustehen und mich bei meinen Plänen zu unterstützen, hat sie sich von mir abgewandt.«

»Was für Pläne?«, schnaubte Milo. »Doch nur die deiner Rache! Vielleicht konnte Mutter deinen Zorn und deine Herrschsucht einfach nicht mehr ertragen!«

»Schweig!«, zischte der Professor.

»Sieh dich doch nur an, Vater!«, fuhr Milo unbeirrt fort. »Du bist so voller Hass auf die Menschen, dass du alles andere darüber vergessen hast. Blind vor Wut raubst du ihnen ihre Schatten und trachtest danach, sie zu vernichten – und dabei bist du genauso schlimm geworden wie jene, die einst Antonio, Dario und Lucio umgebracht haben!«

Caligore antwortete nicht sofort.

An der Reaktion, die die Worte in seinem Gesicht hervorriefen, konnte Cyn erkennen, dass Milo etwas geradezu Unerhörtes gesagt haben musste.

»Ich hatte dir verboten, die Namen deiner Brüder jemals wieder in meiner Gegenwart zu erwähnen!«, brüllte er im nächsten Moment und gab ihrer Vermutung damit recht.

»Warum, Vater? Willst du nicht an sie erinnert werden? Genau wie an Mutter? Ich erinnere mich gerne an sie, denn sie waren meine Familie! Und du solltest dich lieber um das kümmern, was von unserer Familie noch übrig ist, statt nur deiner Rache zu frönen. Denn damit zerstörst du nicht nur die Menschen, Vater, sondern vor allem dich selbst!«

»Schweig!«, befahl Caligore seinem Sohn noch einmal, wobei sich seine Stimme fast überschlug.

»Ich fürchte, ich habe schon viel zu lange geschwiegen«, widersprach Milo trotzig. »Damit ist es nun vorbei.«

»In der Tat.« Ein hinterhältiges Grinsen huschte über die Züge des Professors, während glühende Blitze aus seinen Augen zu schlagen schienen. »Du ahnst ja nicht, wie recht du hast. Grimmlinge – packt sie!«

»Nein, Vater!«, rief Milo erschrocken aus.

»Bedaure, Sohn«, sagte Caligore ohne erkennbares Mitleid. »Du hast es nicht anders gewollt!«

Die Grimmlinge zögerten keinen Augenblick, den Befehl ihres Meisters auszuführen. Schon traten die Schattenkreaturen vor, wobei der Boden des Foyers unter ihren Schritten zu erbeben schien, bereit, Cyn und Milo zu ergreifen.

Milo fuhr herum und begann zu laufen, Cyn zog er einfach mit. Gemeinsam rannten sie auf die nächste Tür zu, die aus dem Theaterfoyer nach draußen führte – doch sie war verschlossen.

Vergeblich zerrte Milo an der Klinke, während Cyn gehetzt über die Schulter blickte und die Grimmlinge herankommen sah. Sie näherten sich langsam und mit grässlichem Knurren, wie Raubtiere, die ihr Opfer sicher wussten. Cyn spürte Panik in sich aufsteigen und schnappte nach Luft.

Sie versuchte, sich mit aller Macht zu beruhigen, aber es erwies sich als schier unmöglich. Denn auch die nächste Ausgangstür war verschlossen, ebenso wie die übernächste – während die Grimmlinge sie fast erreicht hatten!

Schadenfrohes Gelächter brandete auf, das von allen Seiten zu kommen schien. Cyn wusste nicht, ob es nur Caligore war, der lachte, oder ob seine schattenhaften Schergen in das Gelächter mit eingefallen waren. Milo und sie saßen in der Falle. Hinaus konnten sie nicht, der Weg zurück zum Zuschauerraum war ihnen ebenfalls abgeschnitten. Schon wuchsen die langen Klauen der Grimmlinge heran, huschten über Boden und Wände, um nach ihnen zu greifen, und einmal mehr fühlte Cyn die tödliche Kälte, die diese Kreaturen umgab.

Plötzlich überstürzten sich die Ereignisse.

Milo, der eben noch reglos an ihrer Seite verharrt und ihre Hand gehalten hatte, sprang plötzlich von ihr weg. Einen bangen Augenblick lang hegte Cyn die Befürchtung, er könnte sie im Stich lassen und abermals die Seiten wechseln, aber das war nicht der Fall. Stattdessen hastete der Junge zur Wand, wo ein schmaler Schal aus rotem Samt von der Decke bis zum Boden reichte. Als Milo den Vorhang zur Seite schlug, konnte Cyn erkennen, dass dahinter dünne Rohrleitungen verliefen – die Gasversorgung der kristallenen Lüster, die das Foyer erhellten.

Milo zögerte keine Sekunde. Noch ehe Cyn begriff, was er da eigentlich tat, hatte er bereits eine der dünnen Leitungen gepackt und sie aus ihrer Verankerung gerissen. Ein leises Zischen war zu hören, als Gas ausströmte, und sofort hatte Cyn den typischen beißenden Geruch in der Nase. Die Grimmlinge, denen das Gas nichts anhaben konnte, stampften unbeirrt weiter, während die Luft vor ihnen bereits zu flimmern begann. Dann ging alles blitzschnell.

»Auf den Boden!«, rief Milo, stürzte auf Cyn zu und riss sie im Fallen mit.

Fast im selben Augenblick passierte es.

Das Gas war zur Decke des Foyers emporgestiegen, wo es sich sammelte – und in dem Moment, da die Konzentration hoch genug war, sprangen die Flammen der Lüster über und entzündeten das Gemisch.

Cyn wusste nicht, was schlimmer war.

Der grässliche Wind, der über Milo und sie hinwegfegte und an ihnen zerrte, oder die sengende Hitze. Die Lüster barsten in einem grellen Feuerball, unzählige Glassplitter prasselten wie ein mörderischer Regen von der Decke. Und in all dem Klirren und Bersten glaubte Cyn, ein grässliches Heulen zu hören, als würde eine Kreatur in äußerster Todesqual aufschreien.

Einen Lidschlag später sah sie wieder auf, und es bot sich ihr ein Bild der Zerstörung.

Die Decke des Foyers war rußgeschwärzt, Flammen leckten an den seidenen Tapeten, hier und dort loderten Brände auf dem Parkett. Von den Grimmlingen fehlte jede Spur, geradeso, als hätte der blendend helle Feuerschein ihre Schatten verblassen lassen. Doch inmitten des schwelenden Infernos sprang eine menschliche Gestalt einer lebenden Fackel gleich umher und gab entsetzliche Schreie von sich.

Professor Caligore.

»Vater!«

Milo, dessen Gesicht ebenso wie das von Cyn rußgeschwärzt war, wollte aufspringen, um seinem Vater zu Hilfe zu kommen, als etwas Unerwartetes geschah. Caligores brennender Körper brach zusammen – sein geisterhafter Schatten hingegen, den die Flammen auf die geschwärzte Wand warfen, löste sich von seinem Körper und huschte davon. Für einen Moment glaubte Cyn, höhnisches Gelächter zu hören – oder war es nur das Ächzen des alten Holzes, an dem die Flammen nagten?

Dann war Caligore verschwunden.

»Komm mit«, forderte Milo Cyn auf und half ihr rasch auf die Beine. »Wir müssen fort von hier!«

Natürlich hatte er recht. Zwar strömte aus der offenen Leitung kein Gas mehr nach – die Druckregulierung hatte angesprochen und den Zufluss unterbrochen –, jedoch waren die Flammen dabei, sich weiter auszubreiten. Schon hatten sie auf die Wandbehänge übergegriffen, die lodernd in Flammen aufgingen, und leckten an der Decke. Da die Türen nach draußen allesamt abgesperrt waren, liefen Cyn und Milo wieder zurück in den Zuschauerraum – um sich inmitten eines ebenso unheimlichen wie bizarren Schauspiels wiederzufinden.

26
SCHATTENTANZ

Ein Sturm schien im Theater zu toben!

Heftiger Wind schlug Cyn und Milo entgegen, der ihr Haar zerzauste und an ihren Kleidern zerrte. Wild fegte er an den Wänden entlang und über die Sitzreihen und Balkone hinweg, drehte sich in einem mächtigen Wirbel, der seinen Ursprung auf der Bühne zu haben schien – genau dort, wo die Laterne die Beplankung der Bühne durchschlagen hatte. Eine trichterförmige, grünlich leuchtende Windhose stieg von dort auf, die das gesamte Theater erfasst hatte und nicht nur Papierfetzen, Holzsplitter und anderen Unrat umherwirbelte, sondern auch die Schatten!

Die unzähligen Schemen, die zuvor die Sitzreihen bevölkert hatten, um Cyns Verwandlung in ihresgleichen zu verfolgen, waren von dem geheimnisvollen Strudel ergriffen worden. Cyn konnte ihre Schreie hören und ihr Wehklagen, so als würden sie fürchterliche Qualen erleiden, und immer wieder hatte sie das Gefühl, in dem aus verschwommenen dunklen Schleiern bestehenden Trichter hier und dort Einzelheiten auszumachen – die Silhouetten von Händen, die verzweifelt nach einem Halt zu suchen schienen, von Gesichtern, deren Münder zu Schreien aufgerissen waren, von grotesk verzerrten Gliedmaßen.

Doch sosehr der Sturm tobte und so entsetzlich die Qualen auch zu sein schienen, die die Schatten litten – das Leuchten, das unter der Bühne hervordrang, schien schwächer zu werden.

»Die Macht der Laterne!«, schrie Milo gegen das Tosen und die Schreie an. »Sie ist gebrochen! Die Schatten versuchen, sich von ihr zu befreien!«

Gegen den Widerstand des Windes und die Hände schützend vor den Gesichtern schlugen sie den Weg zur Bühne ein, um das Caligorium über den einzigen Fluchtweg zu verlassen, der ihnen noch blieb – den Bühnenausgang. Dass sie dafür noch einmal in die düsteren Katakomben des Theaters eindringen mussten, behagte Cyn nicht, aber ihr war klar, dass ihnen keine andere Möglichkeit blieb, wenn sie dem brausenden Inferno entkommen wollten.

Sie hatten die Bühne noch nicht ganz erreicht, als das grüne Licht zu flackern begann wie eine Kerze im Wind. Im einen Moment erhellte unsteter grüner Schein den Zuschauerraum, im nächsten Augenblick versank er in Dunkelheit. Cyn kam es vor, als würde sich ein unwirkliches Unwetter im Theater entladen, mit grünen Blitzen, hölzernen Hagelkörnern und begleitet vom Donner des nebenan tobenden Feuers. Ein künstlicher Hurrikan, wie ihn die vornehmen Theater an der Drury Lane vergeblich auf die Bühne zu zaubern suchten – selbst im Untergang war das Caligorium noch immer Schauplatz vollendeter Illusionen.

In geduckter Haltung eilten Cyn und Milo weiter, dem Auge des Hurrikans entgegen – denn genau dorthin mussten die beiden, wenn sie hinauswollten. Umtanzt von Schatten, die sich zwischen der Macht der Lampe und ihrer früheren Existenz zerrissen fühlten, erreichten sie den Niedergang, der unter die Bühne führte, und polterten die hölzernen Stufen hinab. Von den Theaterdienern war nichts mehr zu sehen. Sich einander fest an den Händen haltend hasteten die beiden durch das Chaos, das unter der Bühne herrschte. Der Sturm hatte Kisten, Farbtöpfe, Requisiten und vieles andere wild durcheinandergeworfen. Und inmitten all der Verwüstung lag die *laterna magica*.

Cyn und Milo konnten nicht anders, als stehen zu bleiben und auf die Laterne zu starren, die wie ein gestrandetes Wrack von Trümmern umgeben war. Die metallene Hülle war geborsten, viele ihrer Augen wiesen Sprünge auf, sodass sich das flackernde Licht schillernd darin brach. Und durch die Öffnungen, die durch den Aufprall in der verformten Kugel entstanden waren, drangen Schwaden wie von dunklem Rauch, die sich zu konkreten Schatten verdichteten, ehe sie vom Wind erfasst und nach oben gerissen wurden.

Milo hatte also recht gehabt.

Die Macht der Laterne war gebrochen, und die Schatten, die in ihrem Inneren gefangen gewesen waren – es mussten Tausende sein – strebten danach, ihr zu entkommen. Unter Brausen und Heulen, das hundertfach in Cyns Bewusstsein widerhallte, verflüchtigten sie sich und verschwanden. Was mit ihnen geschah, konnte Cyn nur vermuten, aber sie hoffte, dass …

»Verraten hast du mich! Mein eigen Fleisch und Blut!«

Cyn fuhr herum. Sie hatte die Stimme von Umberto Caligore sofort erkannt – doch wie war das möglich? Hatte sie nicht mit eigenen Augen gesehen, wie er …? Doch schon im nächsten Moment wurde ihr klar, dass es nicht wirklich der Professor war, der zu ihnen sprach – sondern nur sein Schatten.

Im flackernd grünen Lichtschein zeichnete er sich jetzt an der Backsteinmauer ab. Anders als den übrigen Schemen schien ihm der von der Laterne entfesselte Sturm nichts anhaben zu können, vermutlich deshalb, weil er über sie gebot.

»Vater, du lebst!«, entfuhr es Milo erleichtert. »Ich hatte gehofft, dass du …«

»Was?«, schnappte Caligore. »Dass ich bei lebendigem Leibe verbrennen würde?«

»Das war nicht meine Absicht«, versicherte Milo. »Aber ich musste Cyn und mich doch verteidigen.«

»Und dazu das geheime Wissen nutzen, das ich dir mitgegeben habe?« Sein Vater schnalzte tadelnd mit der Zunge, so als wäre Milo noch ein kleiner Junge, den man bei einem Streich erwischt hatte. »Als ich dir einst sagte, dass Feuerschein das Einzige ist, das den Grimmlingen Einhalt gebieten kann, da hatte ich gewiss nicht daran gedacht, dass du dieses Wissen einmal gegen mich einsetzen könntest. Aber so ändern sich eben die Zeiten, nicht wahr?«

»Vater, ich …«

»Kein Wort weiter! Damit hast du mich heute bereits zum zweiten Mal verraten.«

»Das lag nie in meiner Absicht.«

»Und das soll ich dir glauben? Nachdem du alles zerstört hast, was ich für uns aufgebaut habe? Sieh dir an, was du getan hast, du Narr! Die Laterne ist zerstört, die Schatten fliehen, und das Caligorium steht in Flammen!«

»Dazu hätte es nicht zu kommen brauchen«, konterte Cyn, die für Milo das Wort ergriff, »wenn Sie Ihre Fehler beizeiten eingesehen hätten. Sagten Sie nicht, dass die Schatten in der Laterne glücklich wären? Dass sie dort wahre Freiheit gefunden hätten? Wenn es so war, warum fliehen sie dann jetzt?«

»Dummes Gör«, fauchte Caligore. »Was weißt du schon?«

»Sie hat recht, Vater«, pflichtete Milo ihr bei. »Wir haben allen Unrecht getan, den Schatten wie den Menschen, und es ist an der Zeit, dies zu erkennen. Lass von deiner Rache ab, Vater! Sieh doch, was sie dich bereits gekostet hat! Einen Körper hast du nicht mehr, nun rette wenigstens deine Seele!«

»Sieh an«, erwiderte der Professor mit vor Häme triefender Stimme. »Mein verräterischer Spross ist um mein Heil besorgt. Darüber solltest du dir keine Sorgen machen, ich komme schon zurecht. Außerdem – wer sagt, dass ich keinen Körper habe?«

Cyn bemerkte etwas Lauerndes in seiner Stimme. Sie ergriff Milos Hand und wollte ihn zurückziehen, aber der Junge blieb unbeirrt stehen.

Ein Fehler.

Denn im nächsten Augenblick zuckte der Schatten seines Vaters peitschengleich vor und stürzte sich auf ihn. Gleichzeitig begann Caligore Worte zu murmeln – und mit Entsetzen erkannte Cyn, dass es genau dieselben Worte waren, die er auch vorhin gesprochen hatte, als er ihren Schatten rauben wollte. Die geheime Formel, die die Kräfte der *laterna magica* beschwor! Als würden die Worte jener uralten, längst vergessenen Sprache ihr noch einmal Kraft verleihen, intensivierte sich der grüne Schein, der aus der zerstörten Laterne drang. Ein Windstoß fauchte durch den Raum – der plötzlich auch Caligore und Milo erfasste.

»Nein!«, schrie Milo entsetzt, als er davongerissen wurde, von Myriaden grauer Schemen umwirbelt, während Caligore wie von Sinnen zu lachen begann.

Hämisch.

Triumphierend.

Dem Wahnsinn verfallen.

Unbegreifliche Kräfte schienen plötzlich an Milo zu zerren. Hätte Cyn ihn nicht mit aller Kraft festgehalten und sich mit dem ganzen Gewicht ihres Körpers dagegengestemmt, hätte der Strudel ihn erfasst und mitgerissen.

»Milo!«

Cyns Schrei übertönte das Brausen des Sturmes, das Heulen der Schemen und das dröhnende Gelächter Caligores, dessen Schatten sich über Milo gelegt hatte.

Jäh wurde Cyn klar, was der Schurke vorhatte – er wollte seinen Sohn seines Körpers berauben und so sein eigenes Überleben sichern! Cyn wusste, dass der Kampf in dem Augenblick verloren sein würde, da sie Milo losließ. Sie hielt ihn weiter krampfhaft fest, während der Schattenwind an seinem Haar und seiner weiten Kleidung zerrte – und ihm urplötzlich die Beine wegzog.

»Cyn! Hilf mir!«

Cyn biss die Zähne zusammen und packte so fest zu, wie sie nur konnte, doch den Kampf gegen die magische Macht würde sie nicht lange durchhalten. Schon ließen ihre Kräfte nach, Tränen der Anstrengung und der Verzweiflung traten ihr in die Augen. Mit namenlosem Entsetzen sah sie, wie Milos Körper sich vor ihren Augen zu verflüchtigen begann. Die Beine wurden durchsichtig, die Farbe der roten Uniform schien davonzulaufen wie von einem Pinsel, der in Wasser getaucht wurde.

Am liebsten hätte Cyn laut geschrien, aber sie sparte sich ihren Atem und setzte ihre ganze Kraft ein, um Milo vor dem Sturz in die Laterne zu bewahren. Sie konnte sein Gesicht sehen, seine vor Furcht geweiteten Augen.

»Lass mich nicht los, hörst du?«, rief er ihr zu. »Lass mich nicht los!«

In diesem Moment geschah es.

Cyn vernahm ein markiges Knacken über sich.

Instinktiv blickte sie nach oben – und sah roten Feuerschein durch die Deckenbeplankung leuchten.

Das Feuer!

Es musste auf den Theaterraum übergegriffen haben, noch zusätzlich angefacht von dem Sturm, der darin tobte.

In diesem Moment krachte etwas von oben auf die Planken. Es musste die Schattenriss-Kulisse des alten Memphis sein, die Feuer gefangen hatte und nun lichterloh brennend in die Bühne schlug.

Es gab ein Krachen und Splittern.

Feuerschein, der so grell war, dass er das Leuchten der Laterne verblassen ließ, flammte auf, und Cyn spürte mörderische Hitze. Mit zusammengebissenen Zähnen hielt sie Milo trotz des lodernden Infernos weiter fest. Erneut vernahm sie ein lautes Bersten, diesmal genau über ihr.

Ein letzter Blick in Milos Gesicht, in seine flehenden Augen.

Dann stürzte die Decke ein.

Cyn merkte, wie sie von etwas getroffen wurde, hart und schmerzhaft. Fast gleichzeitig ließ sie los.

Sie hörte sich selbst schreien, während sie niederging, suchte noch einen Blick auf Milo zu erhaschen, der plötzlich verschwunden war – dann begann ihr Bewusstsein ebenso zu flackern wie die Flammen ringsum.

Inmitten der Brände ging Cyn zu Boden, in der sicheren Überzeugung, dass dies das Ende wäre.

Eine letzte Sinneswahrnehmung zeigte ihr eine dunkle Gestalt, die sich zu ihr hinabbeugte, während ringsum die Flammen loderten.

Dann war es vorbei.

27
DAS ERWACHEN

»Nein!«

Mit einem Schrei fuhr Cyn in die Höhe.

Im ersten Moment nahm sie ringsum nichts als Schatten wahr. Sie glaubte zu sehen, wie sich eine Klauenhand näherte, fühlte einmal mehr die eisige Kälte.

»Nein! Nein! Nein!«

Sie schüttelte den schmerzenden Kopf, schlug mit der Hand nach der Klaue und traf sie tatsächlich. Schon das war seltsam, aber Cyn war noch zu sehr in ihrer Gedankenwelt gefangen, als dass es ihr aufgefallen wäre. Eine weitere Hand kam hinzu und drückte sie auf ihr Lager, und wieder spürte sie Kälte. Sie schrie erschrocken auf – bis sie merkte, dass die Abkühlung keineswegs unangenehm war, sondern beruhigend, und dass sie sich auf ihre Stirn beschränkte. Ein feuchtes Tuch, wie sie mit einem vorsichtigen Tasten feststellte.

Aber wie …?

Sie hatte die Augen schon die ganze Zeit über offen gehabt, aber erst jetzt begann sich der Blick zu schärfen. Und aus den schemenhaften bedrohlichen Umrissen, die sie für übermächtige Schattenkreaturen gehalten hatte, wurden Menschen.

»Ruhig, Mädchen, ruhig«, hörte sie eine vertraute Stimme sagen, und ihr wurde klar, dass sie die Menschen kannte. Sie hörte auf, sich gegen die

Hände zu wehren, die sie niederhielten, worauf der Druck sofort nachließ. Cyn blinzelte, um ihre Sicht vollends zu schärfen – und zu ihrer Verblüffung schaute sie in das Gesicht von Horace Pence.

»Vater?«

Sorge sprach aus seinen Zügen. Die blauen Augen blickten düster, die Brauen waren zusammengekniffen. Tiefe Falten hatten sich in die Stirn gegraben, zusammengekauert saß er auf der Bettkante. Als Cyn ihn jedoch ansprach, straffte sich seine Gestalt, und seine Miene hellte sich auf.

»Cynthia! Dem Herrn sei gedankt!«

»Wo … wo bin ich?« Sie schaute sich um und stellte fest, dass sie sich zu Hause befand, in ihrer Kammer. Die Fensterläden waren geschlossen, doch die Lichtstreifen, die durch die Ritzen fielen, ließen vermuten, dass es heller Tag war. »Wie komme ich hierher?«

»Das arme Kind!«, drang eine besorgte Stimme aus Richtung der Tür. »Habe ich es nicht gesagt? Sie fantasiert!«

Cyn drehte den Kopf und sah, dass ihr Vater und sie nicht alleine waren. Vertraute Gestalten drängten sich im Zugang der Kammer – zuvorderst Lucy, deren rundliches Gesicht ziemlich bekümmert dreinblickte, hinter ihr Albert, Hank und Nancy.

»Ihr … seid alle da«, entfuhr es Cyn verwundert. »Und es scheint euch gut zu gehen!«

»Natürlich geht es uns gut«, versicherte Lucy und stemmte in gespielter Entrüstung die kurzen Arme in die Hüften. »Du bist es, um die wir uns sorgen.«

»Warum?«, fragte Cyn und blickte fragend von einem zum anderen, während sie ihre dumpf pochenden Schläfen massierte. »Was ist geschehen?«

»Was geschehen ist?« Lucy holte hörbar Luft. »Nun hör sich einer das an, sie weiß es nicht einmal mehr! Davongelaufen bist du, das ist geschehen!«

»Davongelaufen?«

»Ja, weißt du es denn nicht mehr? Dein Vater lag im Fieber und du wolltest einen Arzt holen gehen.«

»Ich erinnere mich«, versicherte Cyn nachdenklich. Zumindest darin stimmten sie überein. Von dem, was anschließend geschehen war, schienen sie allerdings sehr unterschiedliche Vorstellungen zu haben.

»Seltsamerweise konnten dein Vater, Albert und Hank dich nirgendwo finden, obwohl sie den ganzen Tag über nach dir gesucht hatten. Sie fragten in allen Hospitälern im weiten Umkreis nach, aber niemand konnte sich erinnern, dich gesehen zu haben. Die Frage ist also, wo du tatsächlich gewesen bist!«

Der Vorwurf in Lucys Stimme war nicht gespielt. Die Freundin schien wieder ganz die Alte zu sein, worüber Cyn unsagbar erleichtert war. Aber wie passte das zusammen? Wie fügte es sich zu dem, woran *sie* sich erinnerte?

»Ihr … ihr habt nach mir gesucht?«, fragte sie und schaute verblüfft von einem zum anderen. »Was ist mit deinem Fieber, Vater? Ich dachte …«

»Am Morgen, nachdem du aufgebrochen warst, war das Fieber plötzlich verschwunden, und Horace war wieder ganz der Alte«, antwortete Lucy an seiner Stelle.

»Ist … ist das wahr?«

»Ja, Kind.« Ihr Vater lächelte.

»Aber … das Caligorium?«

»Was soll damit sein?«

»Es trägt Schuld an allem«, berichtete Cyn, die noch immer unter dem Eindruck der grausigen Ereignisse stand. »Umberto Caligore ist vom Wahnsinn besessen! Er ist im Besitz einer magischen Laterne, mit deren Hilfe er die Schatten der Menschen raubt! Er plant, auch die Königsfamilie zu seinen Dienern zu machen und die Macht über das Empire an sich zu reißen! Er will Krieg und Leid über die Menschen bringen und …«

Sie unterbrach sich, als sie merkte, dass ihre Worte nichts als Unverständnis hervorriefen.

»Armes Ding«, sagte Lucy in die Stille. »Sie ist noch immer nicht sie selbst. Irgendetwas muss ihr da draußen zugestoßen sein.«

»Und ob mir etwas zugestoßen ist«, versicherte Cyn. Sie setzte sich erneut auf ihrem Lager auf, und diesmal hinderte ihr Vater sie nicht daran.

»Das Caligorium ist mir zugestoßen. Ich bin dort gewesen, um den Puck zu holen, wie du es mir aufgegeben hattest, Vater. Aber dann wurde ich entdeckt und traf diesen Jungen, Milo. Ich überredete ihn dazu, dich freizulassen, wenn es mir gelänge, ihm zu zeigen, dass nicht alle Menschen böse sind und schlecht, und wir verbrachten einen Tag im Licht. Aber dann kamen die Grimmlinge und brachten mich zurück, und Caligore wollte auch mir den Schatten rauben. Dann gab es Tumult und Feuer und …«

Wieder hielt sie inne. Zum Unverständnis in den Gesichtern der anderen hatte sich Bestürzung gesellt.

»Ihr glaubt mir nicht, oder?«

»Nun«, meinte ihr Vater. »Du musst zugeben, dass sich das, was du sagst, ein wenig … abenteuerlich anhört. Fast könnte es sich dabei um ein Bühnenstück handeln.«

»Ein Bühnenstück? Aber nein, Vater, du verstehst nicht! Caligore hatte deinen Schatten geraubt und dich in einen anderen Menschen verwandelt. Euch allen hatte er die Schatten gestohlen«, fügte sie hinzu, an Lucy und die anderen gewandt. »Ihr wart nicht ihr selbst, gleichgültig und ohne jede Anteilnahme …«

»Aber Kind«, widersprach Lucy, »was redest du da? Wir sind doch deine Freunde!«

»Ich weiß, aber ich …« Cyn unterbrach sich, als ihr ein schrecklicher Gedanke kam. »Steht ihr etwa noch immer unter seiner Kontrolle? Hat Professor Caligore euch eingeredet, dass ihr so tun sollt, als wäre nichts geschehen? Sein Körper ist verbrannt, nicht wahr? Aber sein Schatten lebt noch immer weiter …«

»Mein Kind.« Ihr Vater hob beschwörend die Hände. »Wovon, in aller Welt, sprichst du? Wir wissen nichts von diesen Dingen, und diesen Professor kenne ich nicht.«

»Das ist nicht wahr! Dein Schatten hatte deinen Körper übernommen, und du hast für Caligore gearbeitet! Du wolltest, dass ich auch ein Schatten werde!«

»Hm«, machte Lucy.

»Hm«, stimmte ihr Vater mit ein.

»Was soll das heißen?«, fragte Cyn.

»Nichts weiter«, versicherte Horace. »Nur dass du noch ein wenig Ruhe brauchst. Vielleicht wird sich dann alles klären …«

»Da gibt es nichts zu klären«, widersprach Cyn entrüstet. »Ich kann mich an alles genau erinnern! An das Caligorium, an die Laterne und an die Grimmlinge!«

»Natürlich, Kind.«

»Ihr glaubt mir nicht? Ihr denkt, dass ich verrückt geworden bin?«

»Aber nein, so etwas würden wir niemals denken«, versicherte Lucy. »Aber vielleicht waren die Ereignisse der letzten Tage einfach zu viel für dich. Die Schließung des Theaters, der Besuch von Brewster, das Fieber deines Vaters …«

»Es war schrecklich«, versicherte Cyn, »aber daran liegt es nicht. Ich habe all diese Dinge wirklich erlebt, warum wollt ihr mir das nicht glauben? Ihr seid doch selbst dabei gewesen!«

»Cyn.« Die Besorgnis war auf die Züge ihres Vaters zurückgekehrt. »Weißt du, was du da sagst?«

»Und wenn ich es euch beweise?«, fragte sie dagegen.

»Wie willst du das anstellen?«

»Deine Brille zum Beispiel«, sagte sie, auf das zerbrochene Glas deutend, durch das der alte Horace sie ansah. »Wie ist sie kaputtgegangen? Und woher rührt die Verletzung an deiner Stirn?

»Ein Sturz.«

»Ein Sturz, ich verstehe.« Cyn beugte sich vor und schnupperte an der Jacke und am Hemd ihres Vaters. »Ist dir schon aufgefallen, dass deine Kleider nach Rauch riechen? Wie willst du dir das erklären?«

Ihr Vater räusperte sich und schien verunsichert, was Cyn als Erfolg verbuchte – jedoch nicht lange.

»Los doch«, ermutigte Lucy ihren Vater. »Irgendwann wird die Wahrheit ohnehin ans Licht kommen.«

»Welche Wahrheit?«, wollte Cyn wissen.

Ihr Vater schürzte die Lippen. »Ich habe dich gefunden«, erklärte er dann. »Auf der Straße. Deine Kleider waren angesengt, ebenso wie dein Haar, und du warst mehr tot als lebendig. Ich habe dich nach Hause getragen. Deshalb riechen meine Kleider nach Rauch.«

»Ich verstehe«, erwiderte Cyn, nun doch ein wenig verunsichert. »Und … wo hast du mich gefunden?«

»Unweit des Finsbury Circus, wo es letzte Nacht ein Feuer gab. Wie es heißt, ist das alte Century Theatre bis auf die Grundmauern niedergebrannt.«

»Das alte Century Theatre? Du sprichst vom Caligorium!«

Horace nickte.

»Ich weiß, wie es zu diesem Brand gekommen ist«, versicherte Cyn, »denn ich bin dort gewesen! Caligore hatte die Grimmlinge auf Milo und mich gehetzt, und es gelang uns in letzter Sekunde, die Gasleitung zu sabotieren und damit die Schattenmonstren mit Feuer in die Flucht zu schlagen!«

Sie fühlte den Blick ihres Vaters auf sich lasten. Noch immer war keinerlei Verständnis darin zu lesen, dafür immer noch größere Sorge. »Cyn«, sagte er leise, fast flüsternd, »es machen Gerüchte die Runde. Die Leute reden von Brandstiftung. Irgendjemand scheint ins Caligorium eingedrungen zu sein und dort Feuer gelegt zu haben.«

»Und?«

Ihr Vater blieb eine Antwort schuldig. Aber die durchdringenden Blicke, mit denen nicht nur er, sondern auch die anderen sie bedachten, machten Cyn nur zu klar, was in ihren Köpfen vor sich ging. »Ihr meint, dass … dass ich dieser Jemand war?«, presste sie fassungslos hervor.

Ihr Vater sagte auch diesmal nichts. Aber die Tatsache, dass er ihrem Blick auswich, sprach Bände.

»Das … das kann nicht euer Ernst sein«, stammelte Cyn und sah Hilfe suchend zu den anderen. »Lucy, bitte sag etwas!«

»Das würde ich gerne, Kind«, gab die Freundin zurück, wobei sich ihre runde Miene vor Unglück zerknitterte, »aber ich weiß selbst nicht, was ich denken soll. Keiner von uns weiß es«, fügte sie hinzu, worauf die anderen zaghaft nickten.

»Wir alle wissen, wie sehr dir die Schließung des Theaters zugesetzt hat«, meinte Albert.

»Und ich erinnere mich gut daran, wie ich sagte, dass das Caligorium an der Schließung des Penny Theatre schuld sei«, fügte Hank schuldbewusst und mit hängenden Schultern hinzu.

»Und ihr denkt, dass ich deswegen gleich losziehe und die Bude anzünde?«, fragte Cyn ungläubig.

»Das würden wir nie behaupten«, versicherte Albert.

»Aber bisweilen geschehen Dinge, die für ein empfindsames Herz zu viel sind«, merkte Lucy an. »Zuerst deine Mutter, dann dein Vater, schließlich das Theater …« Sie überließ es Cyn, sich den Rest dazu zu denken.

Cyn schaute von einem zum anderen. Sie sah die ehrliche Bekümmerung in Lucys runden Zügen und die Sorge in Alberts hagerem Gesicht, sah Hanks schlechtes Gewissen und Nancys Niedergeschlagenheit. Und als ihr Blick schließlich zurück zu ihrem Vater glitt, konnte dieser ihr noch immer nicht in die Augen sehen. Die Menschen, die sie liebte, sorgten sich tatsächlich sehr um sie – und plötzlich kamen ihr Zweifel.

Noch vor einem Lidschlag war sie bereit gewesen, jeden Eid zu schwören, dass das, woran sie sich erinnerte, tatsächlich genauso passiert war. Aber nun bröckelte diese Überzeugung, und Cyn ertappte sich dabei, dass sich die alles entscheidende Frage stellte:

War all das wirklich geschehen?

Wenn sie darüber nachdachte, so gab es nicht einen Beweis. Sie war in das Theater eingedrungen, hatte dort die Bekanntschaft eines Jungen gemacht, der so gut wie unsichtbar war und nur in ihren Gedanken zu ihr sprach, und er war für sie in die Rolle einer Puppe geschlüpft.

Was, wenn sie all jene Orte tatsächlich besucht, wenn sie wirklich auf dem unvollendeten Nordturm der Tower Bridge, in der Nationalgalerie und im Kristallpalast gewesen war, die Puppe jedoch ihr einziger Begleiter gewesen war? Wenn sie sich die Stimme in ihrem Kopf nur eingebildet hatte?

Die bloße Vorstellung war schrecklich, noch mehr ängstigten Cyn jedoch die Folgerungen, die sich aus ihr ergaben. Denn wenn all das nur in ihrer Vorstellung geschehen war, wer konnte dann mit Bestimmtheit sagen, dass sie sich auch die Ereignisse im Caligorium nicht nur einfach eingebildet hatte? Dass nicht doch sie es gewesen war, die im Theater Feuer gelegt hatte, in der festen Überzeugung, gegen riesige schattenhafte Unholde zu kämpfen?

»Vater!«

Von Furcht gepackt umschlang sie ihn, presste sich an ihn im verzweifelten Bemühen, sich an etwas festzuhalten, während sie das Gefühl hatte, hilflos und entwurzelt zu sein.

»Meine kleine Cynthia«, flüsterte der alte Horace ihr ins Ohr, während er ihr tröstend durchs Haar strich. »Das alles tut mir unendlich leid, denn ich trage Schuld daran. Das alles war zu viel für dich. Ich hätte besser auf dich achten sollen.«

Cyn drückte sich noch enger an ihn und hatte Tränen in den Augen, Tränen der Verzweiflung und der Furcht – als plötzlich von unten eine Stimme heraufdrang.

»Hallo? Ist jemand da?«

Die Stimme klang herablassend und hämisch. Cyn wusste sofort, dass sie Desmond Brewster gehörte.

Und plötzlich fiel es ihr wieder ein.

Es war der Tag der Übergabe.

28
SCHULDEN

»Sieh an, sieh an! Wie es aussieht, haben sich alle, die es angeht, im Haus versammelt. Umso besser, Herrschaften – dann muss ich wenigstens nicht jeden einzeln hinauswerfen!«

Desmond Brewster stand am Fuß der Treppe, und einmal mehr erinnerte er in seinem schwarzen Rock und mit den blutunterlaufenen, gierig starrenden Augen an einen Geier. Die Tatsache, dass er nicht erst angeklopft hatte, sondern die Tür kurzerhand hatte aufbrechen lassen, belegte, dass er das Theater bereits als sein Eigentum betrachtete. Dieses Mal hatte Brewster das Penny Theatre nicht allein betreten; neben seinen beiden Schlägern, deren verschwollene Visagen noch beredtes Zeugnis von der Begegnung mit Lucys Nudelholz ablegten, war auch ein Polizist dabei, ein großer Mann in schwarzer Uniform.

»Wie Sie sehen können«, schnarrte Brewster, »habe ich mir diesmal Unterstützung mitgebracht. Sie gestatten, dass ich Ihnen Sergeant Finlay vorstelle?«

Cyn, die überstürzt aus dem Bett gesprungen und mit den anderen zur Treppe geeilt war, holte scharf Luft. Der Polizist war tatsächlich kein anderer als Finlay. Die zu Schlitzen verengten Augen starrten prüfend herauf. Wenn Finlay sie erkannte, so ließ er sich jedoch nichts anmerken. Oder vielleicht entsprach es auch nur seiner Dienstauffassung, sich in jedem Fall neutral zu verhalten.

»Horace Pence?«, richtete er das Wort mit offizieller Korrektheit an Cyns Vater.

»Ja, Sir«, erklärte dieser und stieg gesenkten Hauptes die Stufen hinab.

»Mr Pence, es liegt eine von Ihnen persönlich unterzeichnete Schuldverschreibung vor, die bei Nichtzurückzahlung des gewährten Kredits am heutigen Tage wirksam wird«, führte Finlay aus, während Brewster mit breitem Grinsen neben ihm stand.

»Ich weiß«, seufzte Horace nur.

»Sind Sie in der Lage, die Schuld einschließlich der anfallenden Zinsen zu begleichen?«

»Wozu fragen Sie das?«, zischte Brewster gehässig. »Der Kerl hat kein Geld, sehen Sie ihn sich doch nur an!«

»Dennoch werden Sie mich nicht davon abhalten, die Übergabe den gesetzlichen Vorschriften entsprechend durchzuführen«, entgegnete Finlay ungerührt und hielt ein mehrfach gefaltetes und mit einem Siegel versehenes Schriftstück hoch. »Mr Pence, ist dies Ihre Unterschrift?«

Cyns Vater hatte das untere Ende der Treppe erreicht. Er hielt den Blick gesenkt, schaute nicht einmal hin und begnügte sich mit einem Nicken.

Stille trat ein, die so schwer und bleiern war, dass Cyn das Gefühl hatte, davon erdrückt zu werden. Zusammen mit den anderen stand sie am oberen Ende der Treppe und schaute zu, wie das Verderben seinen Lauf nahm, ohne dass sie etwas dagegen unternehmen konnte. Schlimmer noch, Cyn wusste nicht einmal, ob sie noch sie selbst war oder ob in Wahrheit bereits der Wahnsinn von ihr Besitz ergriffen hatte …

»Gut«, sagte Finlay ohne erkennbare Regung. »In diesem Fall erkläre ich kraft der mir verliehenen Autorität die von Mr Horace Pence aufgenommene Hypothek für erloschen. Sein gesamter Besitz geht damit, wie in dem vor genau einem Jahr unterzeichneten Vertrag festgelegt, in den Besitz des hier anwesenden Mr Desmond Brewster über. Die Übergabe des Gebäudes sowie des gesamten Hausstands hat augenblicklich und ohne Verzögerung zu erfolgen. Zuwiderhandlungen des Schuldners und/oder seiner Angehörigen werden mit Zuchthaus bestr…«

»Einen Augenblick!«

Die Stimme kam von draußen. Und sie war so klar und silberhell, dass sie alles andere übertönte.

»Was zum ...?« Unwirsch wischte sich Finlay, der in seinen Ausführungen nicht gerne gestört zu werden schien, über den Bart. Er wandte sich nach der halb geöffneten Tür um – und stieß eine wenig korrekte Verwünschung hervor, als er in das hölzerne Gesicht einer Puppe blickte. »Potztausend«, ereiferte er sich. »Was soll das?«

Cyn und den anderen blieb vor Staunen der Mund offen stehen. Denn die Puppe war kein anderer als der Puck, wenn auch mit rußgeschwärzten Wangen und angesengtem Wollhaar. Noch mehr jedoch staunte Cyn, als die Tür vollends aufgestoßen wurde, und sie sehen konnte, wer den Puck auf dem Arm trug.

»Milo!«

Ihr Herz machte vor Freude einen Sprung.

Cyn wusste weder, was in der Zwischenzeit geschehen sein mochte, noch, wie der Junge hierherkam. Nur eines wurde ihr in diesem Moment voller Erleichterung klar: Sie hatte sich das alles nicht nur eingebildet.

Hals über Kopf rannte und stolperte sie die Treppe hinab, an ihrem Vater vorbei und auf den Jungen zu, der ihr lächelnd entgegensah. Schon im nächsten Moment war sie bei ihm und fiel ihm um den Hals.

»Cyn!«

»Milo, ich bin so froh, dich zu sehen!«, flüsterte sie und drückte ihn fest an sich, so als fürchtete sie, er könnte im nächsten Moment wieder verschwinden.

»Was soll das Theater?«, schnarrte Brewster unwirsch.

»Junger Mann«, ließ sich auch Finlay vernehmen, »die Gentlemen sind gerade dabei, ein Geschäft abzuwickeln!«

»Ich weiß«, versicherte Milo, der noch immer die viel zu große, rußbefleckte Uniform des Theaterdieners trug, die ihn wie einen Obdachlosen aussehen ließ. »Deshalb bin ich hier.«

»Tatsächlich?« Cyns Vater hob fragend eine Braue. »Wie darf ich das verstehen, junger Mann?«

»Mein Name ist Milo«, stellte er sich vor. Er befreite sich aus Cyns

Umarmung, übergab ihr den Puck und hielt ihrem Vater die Hand hin. »Es ist mir eine Ehre, Sie kennenzulernen, Sir.«

»Milo«, brummte Finlay. »Und weiter?«

»Einfach nur Milo«, versicherte der Junge lächelnd.

»Es freut mich, dich kennenzulernen, Milo«, erwiderte der alte Horace und drückte ihm jovial die Hand. »Meine Tochter scheinst du ja bereits zu kennen. Und wenn ich ehrlich sein soll, habe auch ich das Gefühl, dir schon einmal begegnet zu sein. Jedenfalls erinnere ich mich an deine Stimme …«

»Muss ich mir diesen Unsinn anhören?«, nörgelte Brewster ungeduldig. »Finlay, tun Sie endlich ihre Pflicht und walten Sie Ihres Amtes. Das Theater gehört jetzt mir, also werfen Sie Pence und seine verkommene Verwandtschaft hinaus, ehe ich …«

»Noch nicht«, erhob Milo abermals Einspruch. »Die Rechtsfolgen wurden dem Schuldner noch nicht vollständig vorgetragen, also ist die Besitzübergabe noch nicht rechtskräftig.«

»Ist das wahr?« Brewsters Geiergesicht wandte sich dem Polizisten zu, seine Blicke schienen ihn zu durchbohren.

»Ich fürchte ja, Sir«, bestätigte dieser, während er sich stirnrunzelnd zu erinnern suchte, wo er stehen geblieben war. »Ach ja«, meinte er dann und verfiel wieder in denselben gleichgültigen Singsang wie vorhin: »Zuwiderhandlungen des Schuldners und/oder seiner Angehörigen werden …«

»Sparen Sie sich die Mühe«, fiel Milo ihm ins Wort, »denn das Schuldnergesetz findet keine Anwendung.«

»Ach nein?«, ätzte Brewster grinsend. »Und warum nicht, wenn es erlaubt ist zu fragen?«

»Weil das Penny Theatre nicht länger schuldenbelastet ist«, entgegnete Milo. Er griff in die weite Jacke der Uniform und holte etwas hervor, das er dem Geldverleiher kurzerhand vor die Füße warf. Cyn stockte der Atem, als sie sah, dass es ein Bündel aus Zwanzig-Pfund-Noten war. »Hier sind fünfhundert Pfund, Gentlemen«, erklärte er grinsend. »Ich nehme an, diese Summe genügt, um die Hypothek auszulösen?«

»W… was?«

Brewster stand wie vom Donner gerührt. Auf das Geldbündel zu seinen Füßen starrte er wie auf einen giftigen Egel.

»Ich sagte, dass ...«, begann Milo von neuem.

»Ich habe gehört, was du gesagt hast«, versicherte Brewster schnaubend, »aber ich will das verdammte Geld nicht, hörst du? Es kommt ohnehin zu spät.«

»Mit Verlaub – nein, Sir«, widersprach Finlay in diesem Moment. »Wie Ihnen vielleicht entgangen ist, hat mich der Junge abermals daran gehindert, Mr Pence über die Folgen einer etwaigen Gesetzesübertretung zu belehren. Das mag vorlaut und ein wenig unverschämt sein, jedoch steht außer Frage, dass die Besitzübergabe damit hinfällig ist. Die Schuld ist eingelöst. Nehmen Sie sich von dem Geld, so viel ihnen zusteht, und sehen Sie zu, dass Sie das Haus verlassen, bevor der Besitzer mit Ihnen die Geduld verliert und die Polizei zu Hilfe ruft, die sich zufällig bereits vor Ort befindet.«

»Das ... das würden Sie nicht wagen!«, schnaubte Brewster, kochend vor Zorn. »Sie sind hier, um mir zu helfen, mein Recht durchzusetzen, Finlay, vergessen Sie das nicht!«

»Ich diene dem Gesetz, Mr Brewster, nicht Ihnen«, erklärte der Polizist ungerührt.

Man konnte sehen, wie der Zorn an Brewster nagte.

Das Gesicht des Geldverleihers war zusammengeschnappt wie alter Gummi. Die schmale Oberlippe bebte, ebenso wie der Stock, den er in den Händen hielt. Die Augen, in denen es gefährlich zuckte, spähten nach den beiden Schlägern, die mit tief in die Gesichter gezogenen Mützen den Eingang säumten.

»Das würde ich lassen«, riet Finlay ihm. »Sollten Sie auf den Gedanken verfallen, die Dienste dieser beiden zwielichtigen Gentlemen dort in Anspruch zu nehmen, sehe ich mich gezwungen, Verstärkung zu rufen – was für Sie bedeuten würde, dass Sie die nächsten fünf Jahre in Newgate verbringen, Mr Brewster. Nehmen Sie es wie ein Sportsmann. Die Schuld ist beglichen, das Penny Theatre verbleibt im Besitz von Horace Pence.«

Er hatte kaum zu Ende gesprochen, als unbeschreiblicher Jubel aufbrauste. Alfred und Hank rissen die Arme in Siegerpose und brüllten ihre

Erleichterung laut hinaus, während Lucy und Nancy einander umarmten. Im Überschwang des Augenblicks wagte Lucy es sogar, ihrem Albert einen zarten Kuss auf die Wange zu hauchen – worauf dieser seine vermeintliche Schüchternheit aufgab und sie lange und innig auf den Mund küsste.

Auch Cyn und Milo umarmten einander, und der alte Horace gesellte sich dazu, der den Puck auf den Arm genommen hatte und ihn wie zu früheren Zeiten sprechen ließ. »Mein lieber Junge«, rief er aus, und in leichter Abwandlung der Shakespeare'schen Verse fügte er hinzu: »Es ist der Puck, der lust'ge Geist, der dir seinen Dank erweist!«

Cyn und Milo lachten, und zu viert legten sie eine Art Freudentanz hin, dem Brewster noch einen Moment lang angewidert zuschaute, ehe er sich abwandte und nach draußen stürzte, dicht gefolgt von seinen Schergen.

»Danke, Constable«, wandte sich Milo an Finlay.

»Sergeant«, verbesserten Cyn und Finlay wie aus einem Munde. Dann tippte sich der Polizist zum Abschied an die Krempe seines hohen Helmes und verließ das Theater ebenfalls – nicht ohne sich auf der Schwelle noch einmal umzudrehen und Cyn anerkennend zuzunicken.

Sie konnte ihr Glück kaum fassen.

Ihrem Vater und den anderen ging es wieder gut, das Penny Theatre würde im Besitz ihrer Familie bleiben. Und sie brauchte auch nicht an ihrem Verstand zu zweifeln, denn alles war genauso geschehen, wie sie es in Erinnerung hatte.

Sie jubelten noch lange und ausgelassen, und Lucy ließ es sich nicht nehmen, zum Markt zu gehen und Zutaten für einen Pudding einzukaufen, der nach Befinden aller der größte und beste Pudding wurde, den sie je in ihrem Kochtopf gezaubert hatte. Erst sehr viel später, als sich dieser denkwürdige Tag allmählich dem Ende neigte, kamen Cyn und Milo dazu, sich miteinander zu unterhalten.

Da drinnen weiter ausgelassen gefeiert wurde – man konnte den tiefen Bass des alten Horace singen hören, dazu Nancys brüchigen Sopran –, mussten die beiden notgedrungen flüchten, wenn sie ein wenig Ruhe wollten. Cyn öffnete das Dachfenster in ihrer Kammer, und sie setzten sich auf das Fensterbrett und ließen die Füße baumeln. Kalte Winterluft strömte ihnen entgegen, aber das störte sie nicht. Eine Weile lang schauten sie zu, wie die Sonne im Westen versank und die schneebedeckte Kuppel von St. Paul's in glitzerndes Licht tauchte, während die unzähligen Kamine über den Dächern der Stadt immer längere Schatten warfen.

»Danke«, sagte Cyn leise.

»Wofür?«

»Dass du zurückgekommen bist.« Cyn lächelte schwach. »Ich dachte, ich hätte dich verloren, zusammen mit meinem Verstand.«

Milo erwiderte das Lächeln. Das warme Licht der untergehenden Sonne ließ seine Züge sehr viel weniger blass erscheinen, und seine blauen Augen funkelten geheimnisvoll. »Dann ist es dir genau wie mir ergangen.«

»Was genau ist passiert?«, wollte Cyn wissen. »Ich erinnere mich, dass wir uns verloren hatten …«

»Es war meinem Vater gelungen, den Sog der Laterne umzukehren, und so wurde ich unaufhaltsam von ihr angezogen«, erklärte der Junge. »Für einen Augenblick fand ich mich tatsächlich im Schattenland wieder, was dann geschehen ist, weiß ich nicht. Ich nehme an, dass selbst die Kräfte meines Vaters nicht ausreichten, um die Laterne noch länger am Leben zu halten, und so entkam ich ihr wieder und kehrte zu meinem Körper zurück.«

»Und die anderen Schatten?«

»Auch sie sind der Laterne entkommen. Jene, die noch einen Körper hatten, haben sich noch in der Nacht mit ihm vereint. Da sie nun wieder als gewöhnliche Menschen leben, erinnern sie sich allerdings an nichts von dem, was geschehen ist.«

»Ich verstehe.« Cyn nickte. »So wie mein Vater und unsere Freunde. Und was ist mit den anderen?«

»Jene Schatten, die bei Sonnenaufgang keinen Körper fanden, zu dem sie zurückkehren konnten, sind mit dem Tageslicht verblasst«, erklärte Milo.

»Wie schrecklich.«

»Eigentlich nicht.« Der Junge schüttelte den Kopf. »Im Grunde sind sie nur den Weg gegangen, den ihre Körper schon vor langer Zeit beschritten haben. Ihre Seelen werden nicht verloren gehen, davon bin ich überzeugt.«

»Und dein Vater?«

Ein Seufzen entrang Milos Kehle. Die Antwort schien ihm schwerzufallen. »Fast zwei Jahrhunderte lang hat mein Vater dem Tod getrotzt. Diesen letzten Kampf jedoch hat er verloren.«

»Dann ist er …?«

»Auch er ist in die Ewigkeit eingegangen«, erklärte Milo und bedachte Cyn mit einem Seitenblick. »Der Tod ist nicht das Ende, weißt du? Für Menschen ist es schwer, sich das vorzustellen, aber es gibt ein Leben jenseits unserer körperlichen Existenz – die Magie der *laterna magica* war der beste Beweis dafür. Sie hat sich ein Gesetz zunutze gemacht, das so alt ist wie die Schöpfung – nämlich dass in diesem Universum nichts verloren geht.«

»Ich verstehe.« Cyn dachte einen Augenblick nach. »Und woher hattest du das Geld?«

»Aus dem Caligorium«, erklärte Milo kurzerhand. »Mein Vater hatte alles, was er den Schatten abgepresst hatte, in einem geheimen Safe aufbewahrt, der sich im untersten Keller befand. Bis dorthin sind die Flammen nicht vorgedrungen.«

»Aber warum hast du uns das Geld gegeben? Du hättest dir damit alles Mögliche kaufen können!«

Ein spitzbübisches Grinsen spielte um Milos Züge. »Wer sagt denn, dass das schon alles war? Außerdem hat mir jemand beigebracht, dass manche Dinge es wert sind, dafür einzutreten. Es ist ohnehin nur eine geringe Wiedergutmachung – den Schmerz, der dir angetan wurde, kann ich niemals aufwiegen. Aber ich hoffe, dass du meinem Vater dadurch irgendwann vergeben kannst. Es war auch Gutes in ihm, weißt du?«

»Ich weiß«, sie lächelte. »Sonst hätte er nicht einen Sohn wie dich gehabt.«

Milo atmete tief ein und aus, sog die kalte Luft in seine Lungen. »Manchmal glaube ich, dass nicht er selbst es war, der all diese Dinge getan hat, sondern die Laterne. Mein Vater glaubte, sie zu beherrschen, in

Wahrheit war er ihrer Macht verfallen. Nun, da sie zerstört ist, wird er hoffentlich seinen Frieden finden.«

Cyn konnte die Trauer spüren, die ihn überkam, und legte tröstend einen Arm um ihn.

»Und du?«, fragte sie sanft. »Hast du deinen Frieden gefunden.«

»Ja«, antwortete er leise.

Dann beugte er sich vor und küsste sie.

EPILOG

Vier Wochen später

»Wenn wir Schatten euch beleidigt,
O so glaubt – und wohl verteidigt
Sind wir dann! –, Ihr alle schier
Habet nur geschlummert hier
Und geschaut in Nachtgesichten
Eures eignen Hirnes Dichten.
Wollt ihr diesen Kindertand,
Der wie leere Träume schwand,
Liebe Herrn, nicht gar verschmähn,
Sollt ihr bald was Bessres sehn.
Wenn wir bösem Schlangenzischen
Unverdienter Weis' entwischen,
So ist es Puck, der lust'ge Geist,
Der Euch seinen Dank erweist.
Ist ein Schelm zu heißen willig,
Wenn dies nicht geschieht, wie billig.
Nun gute Nacht! Das Spiel zu enden,
*Begrüßt uns mit gewognen Händen!«**

Der Puck beendete seinen Schlussmonolog. Der Vorhang fiel, und die Bühne versank in schummrigem Halbdunkel.

Augenblicke lang standen sie dort und lauschten in die Stille, die jenseits des nagelneuen Samts herrschte.

Horace Pence, der einmal mehr den Oberon gespielt und dem Puck seine Stimme geliehen hatte; Milo, der in der Rolle des Demetrius zum allerersten Mal in seinem Leben auf einer Bühne gestanden und seine Sache mehr als gut gemacht hatte; und Cyn, die ihr Glück nicht fassen konnte, nach all den Widrigkeiten wieder das Kleid ihrer Mutter zu tragen und den Part der Helena zu spielen.

Die Sekunden erschienen den dreien wie Ewigkeiten.

Unruhig wechselten sie Blicke, Cyn und Milo fassten einander bei den Händen, während sie auf eine Reaktion der Zuschauer warteten – und sie kam.

Tosender Applaus brandete jenseits des Vorhangs auf, und als Albert an den Seilen zog und der Samt sich wieder hob, blickten Cyn, Milo und der alte Horace auf einen bis zum letzten Platz gefüllten Zuschauerraum und ein Publikum, das begeistert Beifall spendete.

Da nach Begleichung der Schulden noch eine ganze Menge Geld übrig gewesen war, präsentierte sich das Penny Theatre in neuem Glanz: Die Wände waren frisch gestrichen, die Dekorationen ausgebessert und die Bänke neu bezogen worden – und nun, da das Caligorium am Finsbury Circus nicht länger existierte, strömten die Menschen wie in den alten Tagen in Massen in das Puppentheater an der Holywell Lane.

Die Premierenvorstellung im neu renovierten Penny Theatre war bis auf den letzten Platz ausverkauft gewesen, und zum ersten Mal nach undenklich langer Zeit durften Cyn und ihre Freunde wieder die Ovationen der Zuschauer entgegennehmen. Immer wieder hob und senkte sich der Vorhang, und alle kamen sie auf die Bühne, auch Lucy, Hank und Nancy, die die Marionetten von Titania, Hermia, Lysander, dem eselsköpfigen Peter Squenz und all den anderen illustren Gestalten aus Shakespeares »Sommernachtstraum« gespielt hatten. Nur Albert blieb hinter den Kulissen – er war schließlich dafür zuständig, den Vorhang zu bedienen.

Wann immer der schwere Samt sich senkte, fielen Cyn und ihre Freunde einander in die Arme und beglückwünschten sich gegenseitig, überglücklich darüber, dass die dunklen Zeiten überwunden waren. Und nicht genug damit, dass sie ihr altes Leben zurückhatten, hatten sie auch noch ein neues Familienmitglied hinzugewonnen.

Nachdem er ohne Obdach war, hatte Cyns Vater Milo vorgeschlagen, bei ihnen zu bleiben, und obwohl Milo zunächst gezögert hatte, hatte er zu Cyns höchster Freude schließlich eingewilligt – und soweit sie es beurteilen konnte, hatte der Junge, der einst der Schatten des Puck gewesen war, durchaus Talent für die Bühne. Jedenfalls fand sie, dass er in der griechischen Tunika, die er als Demetrius trug, und mit dem schwarzen, von Lorbeer bekränzten Haar geradezu umwerfend aussah, und das gab sie ihm zwischen zwei Vorhängen mit einem liebevollen Lächeln zu verstehen.

Irgendwann senkte sich der Samt zum letzten Mal. Der Applaus ebbte ab, und die Zuschauer traten ihren Heimweg an. Gerade wollten Cyn, Milo und der alte Horace die Bühne verlassen, als ihnen Albert entgegentrat.

»Horace, da ist jemand, der dich unbedingt sprechen will«, berichtete er aufgeregt.

»Wer ist es?«, fragte Cyns Vater und nahm den langen Bart ab, den er als Oberon getragen hatte. »Jemand von der Presse?«

»Glaub ich nicht. Der Mann ist Franzose und heißt Louis Le Prince. Er sagt, er hätte eine Erfindung gemacht, die für ein Theater wie dieses von großem Interesse wäre.«

»Was ist es denn?«, fragte Cyn ausgelassen.

»Es geht doch nicht etwa um Schattenspiele?«, fügte Milo grinsend hinzu. »Falls ja, sag ihm …«

»Nein, keine Sorge«, wehrte Albert ab. »Er sagt, es ginge um Fotografien, die sich bewegen würden. Er nennt es ›Kinematografie‹ …«

Glossar

Bedlam – Kurzform für das Krankenhaus St. Mary of Bethlehem, in das Patienten mit Wahnvorstellungen eingewiesen wurden

Bender – umgangssprachlich für sechs Pence

Chandler – handelten ursprünglich nur mit Kerzen; später verkauften sie Waren des täglichen Gebrauchs, vor allem in ärmeren Gegenden

Cockney-Englisch – Umgangssprache der einfachen Leute

Costermonger – Händler, die von Karren und Ständen aus Essen verkauften

Dinosaur Court – Galerie von lebensgroßen Dinosaurierskulpturen, die vom Künstler Benjamin Waterhouse Hawkins im Jahr 1852 gestaltet und im Park von Sydenham Hill ausgestellt wurden

Ersatztee – aus bereits einmal aufgebrühten Teeblättern, anderen pflanzlichen Beimischungen sowie künstlichen Geschmacksstoffen bestehender Tee, der von den weniger wohlhabenden Bevölkerungsgruppen getrunken wurde

Ha'pence – umgangssprachlich für einen halben Pence

Kinematographie – die fotografische Aufnahme von Bewegungsabläufen gelang erstmals im Jahr 1888; Pionier auf diesem Gebiet war der in England arbeitende Franzose Louis Le Prince

Newgate – das größte und über viele Jahre hinweg auch berüchtigtste Gefängnis von London

Packer – im Theater angestellte Platzanweiser, die dafür Sorge trugen, dass möglichst viele Menschen auf die Sitzbänke passten
Penny – ein Pence
Porridge – vor allem von ärmeren Leuten geschätzter, nahrhafter Getreidebrei
Staubmänner – wurden in wohlhabende Haushalte gerufen, um Asche und Ruß aus den Öfen zu entfernen
Tretmühle – in viktorianischer Zeit eine gängige Art der Bestrafung, mit einem riesigen Hamsterrad für Menschen vergleichbar
Tuppence – umgangssprachlich für zwei Pence
Wassermänner – waren für das Tränken der Pferde an den Kutschständen zuständig
Vicky – Spitzname für Königin Victoria
Viktorianische Ära – nach der langen Regierungszeit der britischen Königin Victoria (1837–1901) benanntes Zeitalter
Yard – englisches Längenmaß, etwa 90 cm

* William Shakespeare: »Ein Sommernachtstraum«, Reclam, Stuttgart 1972/2012
S. 18 sowie S. 233: Akt V, Szene 1, S. 96
S.105f.: Akt II, Szene 1, S. 22f

Die spannende Fortsetzung der Zeitreise-Saga

Eva Völler
ZEITENZAUBER - DIE GOLDENE BRÜCKE
Band 2
320 Seiten
mit zahlreichen Abbildungen
ISBN 978-3-8339-0168-3

Nachdem Anna sich dem Geheimbund der Zeitwächter angeschlossen hat, lässt das nächste Abenteuer nicht lange auf sich warten. Mitten in ihrer Abiturprüfung ereilt sie eine Schreckensnachricht aus Paris: Sebastiano ist verschollen – und zwar im 17. Jahrhundert! Anna begibt sich auf eine gefährliche Reise und findet ihren Freund tatsächlich in Paris wieder. Doch es gibt ein neues Problem: Er hält sich für einen Musketier und hat keine Ahnung, wer Anna ist. Schafft sie es, seinem Gedächtnis auf die Sprünge zu helfen?